wear the
ruby necklace

루비 목걸이를
걸다

루비 목걸이를 걸다 2

초판 1쇄 인쇄 2017년 5월 17일
초판 1쇄 발행 2017년 5월 24일

지은이 강규원
발행인 오영배
기획 박성인
책임편집 김수현
디자인 권지연
제작 조하늬

펴낸곳 (주)삼양출판사 · 로즈벨벳
주소 서울시 강북구 도봉로 173
대표 전화 02-980-2112 **팩스** / 02-983-0660
편집부 전화 02-980-2116 **팩스** / 02-983-8201
블로그 blog.naver.com/dan_gul
출판등록 1999년 3월 11일 제9-00046호

ISBN 979-11-283-9191-0 (04810) / 979-11-283-9189-7 (세트)

R SE
velvet 은 (주)삼양출판사의 성인 로맨스 문학 브랜드입니다.

wear the
ruby necklace

루비목걸이를 걸다

2

강규원 장편소설

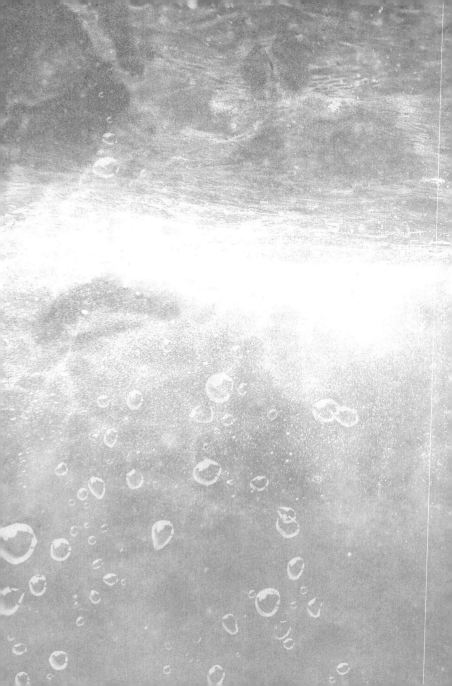

| 차 례 |

7장
맞선 상대가 몇 살이라고?

그새 날이 더워졌다.

올해는 유난히 더운 여름이라고 했던가. 지원은 서늘한 공항 밖을 나갈 엄두가 나지 않았다. 인천 공항은 화려하고 압도적이었다. 플로리다의 오래되고 작은 공항과는 전혀 다른 번쩍번쩍한 분위기가 이질적이라 꼭 꿈을 꾸는 기분이었다.

'꿈이었으면 좋겠다.'

눈가가 발갛게 부은 지원이 코를 훌쩍였다.

그때 그녀의 뒷덜미가 잡혔다. 멍한 표정으로 그녀가 막 뒤를 돌아보자 언니, 지수가 도깨비처럼 얼굴을 일그러뜨린 채 지원을 바라보고 있었다.

"윤지원!"

날카로운 목소리에 주변 이목이 지원에게로 쏠렸다. 그러거나 말거나 지원은 무표정했다.

　"……어, 언니가 왔네."

　흐리멍덩한 눈으로 지원이 지수를 응시했다. 속이 터지는지 지수가 씩씩거리며 동생의 등짝을 후려갈겼다.

　"너 미쳤어?"

　퍽퍽 맞으면서도 지원은 아무 대답도 하지 않았다. 차라리 정신을 놓아 버렸으면 좋겠다는 생각만 들었다.

　한편, 꼭 영혼이 빠져나간 사람처럼 힘없이 서 있는 동생에게 지수가 기막힌 눈빛만 보냈다. 오늘, 지원이 귀국하는 날이라고 어머니가 아침부터 인천에 가야 한다며 얼마나 재촉했는지 모른다. 윤지원이 가출한 보름 동안은 집안 꼴이 말이 아니었다.

　"지원아!"

　뒤늦게 엄마의 목소리가 들리자 지원이 어깨를 움찔했다. 걱정과 불안으로 점철된 목소리가 지원을 현실로 끌고 나왔다.

　"괜찮니? 어디 다친 데는 없어?"

　어디 작은 상처라도 났을까 봐 걱정하며 엄마가 지원의 손을 잡고 이리저리 살펴보았다. 종이 인형처럼 지원이 이리저리 흔들렸다. 다친 곳 없이 멀쩡하게 돌아온 막내딸을 확인하자마자 엄마가 지원을 품에 안고 울음을 터뜨렸다.

　"이 정신 나간 것아! 결혼하기 싫다고 네가 어떻게 엄마한테 이럴 수가 있어?"

그토록 체면을 따지던 엄마가 남들 눈은 아랑곳 않고 통곡하기 시작했다. 사람들이 힐끔힐끔 세 모녀를 곁눈질했다. 냉정하고 모진 편인 언니도 감정이 북받치는지 눈가를 쓱 훔쳤다. 그 와중에도 지원은 여전히 무표정했다.

"얼른 집에 들어가자. 아버지가 차 보내셨어. 아유, 피부 탄 것 좀 봐! 어디서 뭘 하고 다닌 거야?"

집. 지원은 제 손목을 꼭 쥐고 있는 엄마의 손을 내려다보았다. 언니가 엄마를 달래는 소리가 멀게 느껴졌다. 엄마는 아무 말 없는 막내딸을 질질 끌어당겼다.

바깥으로 나가기 무섭게 볕이 뜨거웠다. 온몸에 내리꽂히는 햇빛에 현실감이 밀려오기 시작하자 지원의 눈동자가 떨렸다.

'진짜 돌아왔구나.'

지난 보름이 갑자기 아득했다. 눈앞이 안개가 낀 듯 흐려졌다.

"바로 집으로 가 주세요."

언니가 엄마를 대신해서 운전기사에게 말했다. 지원이 무척 피곤해 보여서인지 엄마와 언니는 굳이 막내를 아버지 병실에 끌고 가지 않았다.

지원이 처음 보는 기사는 아버지가 보낸 젊은 비서였다. 비서는 자동차 뒷좌석 문을 열고 지원이 들어가기를 기다리고 있었다. 언니는 조수석에 올랐고, 엄마는 지원의 손목을 놓지 않은 채 차 안에서 그녀에게 말을 붙였다.

"뭐하니? 얼른 타지 않고."

세 쌍의 눈동자가 의아하게 지원에게 꽂혔지만 지원은 느릿하게 제 캐리어로 시선을 옮겼다. 그녀는 여전히 멍한 표정이었다.

"캐리어는요?"

"타시면 트렁크에 싣겠습니다."

쓸데없는 것을 묻는 지원에게 비서가 상냥하게 대답했다. 그제야 지원이 고개를 끄덕이고 뒷좌석에 올랐다. 이미 열려 있던 트렁크에 지원의 캐리어가 들어갔다.

막내딸이 옆에 앉자 엄마가 다시 한 번 확인하려는 듯 지원의 얼굴을 양손으로 매만졌다. 더운 곳에 있었다고 그새 그을린 피부가 꼭 그녀를 수척한 사람처럼 만들었다. 막내딸 걱정에 잠을 이루지 못했던 엄마가 걱정의 눈빛을 보였다.

"어디 아픈 데는 없지?"

아픈 곳?

지원의 시선이 바닥으로 향했다. 끊어진 샌들 대신 새로 산 신발을 쳐다보던 그녀가 눈을 길게 감았다가 떴다. 그날, 발에 상처가 날 정도로 달리고, 또 달렸다. 넘어져도 다시 일어나서 뛰었다. 잡혀서 한국에 돌아갈 수는 없었다. 그녀의 머릿속을 가득 메운 것은 오로지 그를 다시 만나야 한다는 집념뿐이었다.

"……네."

아픈 곳은 없었다. 미약한 근육통 정도가 아프다면 아픈 것이었다. 그때 생긴 무릎 상처는 딱지가 졌고, 발에 났던 상처도 아물었다.

가슴이 미어지는 통증을 제외하고는.

결국 이렇게 될 사이였다. 왼손 약지에 끼워진 반지도, 목에 걸린 목걸이도 다 부질없었다. 옆에 그 사람이 없는데, 반지며 목걸이가 무슨 소용이 있을까?

뛰다가 생긴 상처를 일일이 닦아 주고 밴드를 붙여 주었던 남자. 카센터의 얼굴이 생생하게 떠오르자 지원의 눈에서 눈물이 후드득 떨어졌다. 옷 위로 점점이 번지는 눈물을 발견한 엄마가 화들짝 놀라 소리쳤다.

"어머! 애, 지원아! 너 왜 울어?"

엄마의 호들갑에 조수석에 앉아 있던 언니도 고개를 돌렸다. 차마 말할 수 없는 추억 탓에 지원은 고개를 수그린 채로 흔들 뿐이었다. 정말 돌아왔구나. 이제 그를 다시 볼 수는 없겠구나. 다른 사람의 아내가 되겠구나. 여러 가지 서럽고 절망적인 생각만이 지원의 머릿속을 맴돌았다.

"무슨 일 있었어? 엄마한테 말해 봐. 무슨 일이야?"

엄마는 소리도 내지 못하고 우는 스물아홉이나 먹은 막내딸을 품에 안고 토닥였다. 언니가 혀를 쯧쯧 찼다.

"엄마 보니까 눈물 나나 보지. 뭘 잘했다고 울어?"

언니는 헛다리를 짚고 있었다. 사랑하는 남자와 헤어지고 왔다고 말할 수도 없어서 지원은 언니의 말을 정정하지 않았다.

"애도 아니고…….."

비아냥거리는 언니에게 엄마가 눈을 부라렸으나 엄마의 가슴에 얼굴을 묻은 지원은 볼 수 없었다. 차 안에는 훌쩍이는 소리만 났다.

21년 뒤에 다시 만나자는 약속은 사실상 이별과 다름없는 소리였다. 지원은 루비 목걸이를 손으로 꼭 쥐고 눈물을 삼켰다. 참지 못한 눈물은 끝없이 바닥으로 떨어졌다. 이별이 현실이 되고 말았다.

막내딸이 돌아오기만 하면 눈물이 쏙 빠지도록 혼을 내겠다던 최민화 여사는 마음을 고쳐먹었다. 사지 멀쩡하게 돌아온 게 어디인가 싶기도 했고, 무엇보다 다 큰 막내가 품에서 엉엉 우는 바람에 마음이 약해진 탓이었다.

"지원이 피곤하면 일단 2층 올라가서 쉬어."

엄마의 말에 지원은 제 캐리어를 들고 힘없이 2층으로 올라갔다. 막내의 뒷모습이 사라질 때까지 지켜보던 민화가 한숨을 길게 내쉬었다. 어쨌거나 막내가 멀쩡히 돌아와서 이제 좀 숨을 쉴수 있을 것 같았다. 매일 옆에 있어 주던 큰딸은 오랜만에 제 집으로 돌아갔다.

큰딸과 다르게 툭하면 사고를 치고 다니던 막내는 그래서 더욱 애틋하기도 했고 불안하기도 했다. 미국까지 도망쳤다가 돌아온 막내딸은 고등학생 때 갑자기 대학을 가지 않겠다고 고집을 부리질 않나, 2년 전에는 남자와 강제로 헤어지게 만들었다고 제주도로 가출을 했었다.

그때도 참 마음고생이 심했었다. 괜찮은 놈이면 이혼 한 번 시킬 생각으로 눈 딱 감고 결혼을 허락하려 했는데 그 남자 집안이 전형적인 가부장적 집안이었다. 그 집에 시집간 막내의 앞길이 뻔해서 두고 볼 수 없었다. 3천만 원에 홀랑 이별을 선택하는 그 놈에게 실망하기도 했고 말이다.

그날 이후, 막내딸이 집 안에 처박혀서 조용히 지내니 점점 마음이 놓였다. 막내의 원망에 가끔 서운하기도 했지만 사고를 치고 다니는 게 아니니 다행이라는 생각도 있었다. 윤지원이 방구석 귀신처럼 지내도 남들 보는 눈이 있기에 밖에서는 이제 슬슬 결혼할 때가 되어서 신부 수업을 한다고 둘러대고 다녔다.

그러다 사달이 났다.

과거를 상기하던 민화는 머리가 아파 왔다. 양손으로 관자놀이를 누르던 민화가 집안일을 돕는 가정부에게 부탁했다.

"영숙 씨, 커피 좀 연하게 내려 줄래요?"

"네."

오랫동안 집안일을 도운 영숙은 군말 없이 주방으로 들어갔다. 여전히 관자놀이를 쿡쿡 누르면서 민화는 보름 전에 남편에게 들은 소식을 떠올렸다.

첨단 산업 쪽에서 중소 규모로 사업을 하는 남편과 30년을 넘게 살았지만, 남편이 그토록 신이 나서 돌아온 적은 처음 보았

다. 그리고 돌아오자마자 남편이 한 말은 민화에게도 충격이었
다.

"은찬 자동차 사장한테 외동아들 있잖아, 우리 지원이랑 선을
봤으면 한다던데?"

당황스러운 소리였다. 기업 간의 혼맥은 일종의 거래와 비슷
했다. 거래는 동등한 체급의 기업이 하는 거지, 그런 대기업과
중소기업이 하는 게 아님을 잘 알기에 당연히 민화는 이유부터
물었다.

"그게……."

그러나 남편은 그 집안이 막내딸을 원하는 이유를 설명하기
는커녕, '오토 어쩌고' 하는 자동화 시스템 신기술 자랑만 실컷
늘어놓았다. 미안하지만 영문학과 출신의 최민화 여사는 남편
이 뭐라고 하는지 완벽하게 알아듣지 못했다. 정리하자면 은찬
의 손 사장이 그 신기술을 독점적으로 차량에 부착하고 싶어서
이런 황당한 제안을 했다는 것이었다.

"그러니까 그 기술에 관심이 있어서 혼맥을 맺자는 거야?"

"그게 제일 큰 이유이긴 한데, 또 우리 회사가 대단한 회사가
아니라서 걱정이 없나 봐. 경영권 같은 거 말이야. 뭐…… 그 회
사를 조각조각 낼 힘도 없고, 대기업들은 복잡하니까……."

이쯤 되면 자랑인지 자학인지 모를 지경이었다. 민화가 눈을
가늘게 떴다. 공대 출신의 공돌이 남편은 그저 신기술에 대한 자
부심만 가지고 있을 뿐이었다.

"결혼하고 나서 조금 있으면 다이렉트로 사장 자리 물려준대. 그럼 우리 지원이가 대기업 사장 와이프가 되는 거라고. 이런 기회가 어디 있어?"

꺼림칙했으나 분명 좋은 기회이긴 했다. 회사에도, 그리고 막내딸에게도.

방 안에서 가끔은 사흘씩 씻지도 않고 침대에만 무기력하게 누워 있는 막내딸은 큰딸처럼 연애결혼을 할 것 같지도 않았다. 하지만 순진한 남편이 또 이상한 소리에 홀랑 속은 건지도 모른다. 민화는 일단 고개를 저었다.

"그래도 좀 알아봐야겠어. 지수 아빠, 그쪽 연락처 좀 줘요. 비서실 직통으로."

"비서실 거칠 것도 없어. 여기로 바로 연락하면 돼."

남편이 내민 명함을 민화가 의심스럽게 쳐다보았다. 고급스러운 명함에는 회사 로고도 제대로 인쇄되어 있었으나 민화는 쉽게 넘어가지 않았다. 이 명함이 진짜라는 보장은 어디에도 없었으니까.

"아니. 비서실 거쳐서 물어볼 거야."

돌다리도 두드려 보고 건너는 타입의 최민화 여사는 이튿날 오전, 남편의 말이 전부 사실임을 알게 되었다. 거기다 고맙게도 시어머니가 없는 집안! 구제 불능의 막내딸이 괜한 시집살이를 할 가능성이 낮은 집이었다.

그 뒤, 민화는 막내에게 바로 결혼 이야기를 꺼냈고 윤지원은 그 이튿날 새벽에 짐을 싸들고 가출을 한 것이었다.

"쟤는 대체 뭐가 싫다는 거야?"

민화가 혼잣말로 투덜거렸다.

"상대나 누군지나 알아? 은찬 자동차 사장님(이 될 그 집 아들)이야."

일부러 막내딸의 기분을 좋게 만들어 보고자 그 집 아들이 아직 물려받지도 않은 사장 자리까지 언급해 주었건만, 기뻐하기는커녕 가출이라니!

물론 최민화 여사는 생략한 부분이 막내딸의 가출에 크나큰 공헌을 했음을 알지 못했다.

"사모님, 커피 드세요."

이내 영숙이 따끈한 커피를 가지고 나왔다. 커피 냄새에 민화를 짓누르던 두통이 조금 가라앉았다.

그 시간, 지원은 캐리어를 바닥에 내팽개치고 침대 위에 늘어져 있었다. 빌어먹을 일이다. 이제 꼼짝없이 아저씨한테 팔려 갈 일만 남았다.

"으아아아!"

미친 사람처럼 지원이 포효했다. 머릿속이 복잡한 듯하면서도 아무 생각이 없었다. 그저 지금 이 순간이 불만스러워 돌아 버릴 노릇이었다.

2년 동안 대부분의 시간을 이 방 안에서 보냈는데, 방 안이 낯설었다. 차분한 공기도, 고요한 정적까지 전부 다 불편했다. 자신이 있을 곳이 아닌 것처럼.

꼭 금단 증상이 온 양 그녀가 숨을 얕고 거칠게 쉬었다. 집 안에 발을 들인 순간부터 눈물은 메말라서 나오지 않았다. 대신…….

"목이 마르다."

지원이 중얼거리며 부스스 몸을 일으켰다. 하도 방 밖을 나서지 않아서 방 안에는 그녀만의 냉장고가 따로 있었다. 페트병에 담긴 냉수를 반쯤 마시고 난 후 그녀는 멍하니 투명한 페트병을 쳐다보았다.

"나보고…… 어쩌라고."

머릿속에 그녀의 의사와는 상관없이 달콤했던 추억이 떠오르고 말았다. 더위에 지친 자신에게 페트병을 건네던 카센터의 모습이 너무나도 선명했다.

지원은 양손에 얼굴을 묻었다. 물 좀 마셨다고 다시 눈물이 찔끔 흘러나왔다. 바보처럼 울고만 있을 수는 없어서 그녀는 눈물을 닦아 내고 남은 물을 다 마셔 버렸다. 냉수에 정신이 번쩍 들었다. 그가 더욱 보고 싶어진 그녀가 휴대폰을 집었다.

"이러려고 사진을 찍었지."

비밀번호를 넣어야만 들어갈 수 있는 비밀 폴더에 카센터가 자고 있는 사진이 있었다. 지원은 사진을 물끄러미 바라보았다.

이 사진을 띄워 놓고 옆에 누우면 좀 기분이 좋아질 것 같긴 했다.

"흐흐……."

미친 사람 같긴 하지만.

터덜터덜 침대로 돌아가 누운 지원이 휴대폰을 쥐고 하염없이 사진만 응시했다. 한참 가만히 있었더니 휴대폰 화면이 스르륵 꺼졌다. 까맣게 변한 화면에 제 얼굴이 비치자 그녀가 허탈하게 웃었다.

사진 따위로는 이 마음을 달랠 수가 없었다.

그럼에도 그녀는 휴대폰 액정이 꺼지지 않도록 설정을 바꾸었다. 화면은 배터리가 다 닳기 전까지 꺼지지 않을 것이다. 마치 윤지원이 죽기 전까지 이 마음을 지울 수 없듯이 말이다.

'거긴 덥겠지?'

그리고 아마 카센터는 여전히 일을 열심히 할 것이다. 기억하려 애쓰지 않아도 머릿속에 펼쳐지는 광경이 지원의 심장을 아프게 찔러 왔다. 감상에 빠진 그녀가 휴대폰 화면을 보며 그를 불렀다.

"오빠."

……물론 윤지원은 참지 못했다.

"아악! 오글거려!"

손발을 마구 흔들면서 어쩔 줄 몰라 했어도 지원의 눈가에는 눈물이 맺혔다. 이 목소리가 그에게 닿았으면 좋겠다. 그가 피식 웃으면서 자신의 머리를 쓰다듬어 주었으면 참 좋을 텐데.

앞으로는 있을 수 없는 일이었다. 지원의 안색이 어두워졌다.

사진은 시시각각 움직이는 실물과는 천지 차이라 보고 있으면 뭐랄까, 이별이 더욱 실감이 났다. 감상에 젖어 육성으로 그를 불렀지만, 사진에서는 아무 변화가 없었다. 하긴, 변화가 있으면 안 되는 것이긴 하다.

화면이 꺼지지 않도록 설정을 바꿨던 그녀가 스스로 휴대폰 화면을 껐다.

한숨을 폭 내쉰 지원이 시선을 돌려 바닥에 널브러진 캐리어를 쳐다보았다. 몸은 천근만근 피곤한데 그래도 미리 캐리어에서 땀에 절었을 것이 분명한 옷들을 꺼내야 할 것 같았다. 안이 얼마나 엉망진창일지 두려워하면서 지원이 캐리어를 열었을 때였다.

"아……."

지원이 저도 모르게 탄성을 뱉었다.

밀려오는 그리운 냄새에 지원의 눈동자가 크게 흔들렸다. 퀴퀴한 땀 냄새나 날까 하던 걱정은 이미 사라진 지 오래였다.

옷과 신발, 파우치 등의 짐은 아직 플로리다의 흔적을 가지고 있었다. 그녀가 떨리는 손으로 맨 위에 놓인 옷가지를 집어 들었다.

"어떡해……."

그녀의 눈동자만큼 목소리도 떨렸다. 지원은 얇은 원피스를 품 안으로 끌어안았다. 겨우 멎었다 싶었던 눈물이 다시 흐르기 시작했다. 그녀는 제 옷에 얼굴을 묻었다. 눈물이 얇은 원단에 스며들었다. 눈을 감으니 그리운 그 냄새만이 남아 꼭 뒤에서 그가 나타나 안아 줄 것 같다는 착각이 들었다.

문득, 그가 마지막으로 했던 말이 떠올랐다.

"내 이름 기억해."

그의 이름을 알게 되면 찾게 될 것 같다는 얄팍한 생각으로 이름을 듣지 않았는데, 거부하지 말 걸 그랬다.

21년 뒤에 다시 만나자는 말은 완전한 이별을 순화한 것에 불과한 기약 없는 약속이었다. 지원은 감도 잡히지 않는 그 머나먼 세월 동안 그 없이 살아갈 미래가 암담했다.

그를 찾아내서 먼발치에서라도 좋으니 한 번만 보고 싶었다. 만나서 이야기를 나누는 것까지는 바라지 않았다. 그저 멀리서 그와 같은 하늘 아래 살고 있다는 것을 느낄 수 있도록 단 한 번만이라도 볼 수 있다면.

눈물에 옷은 물론 손바닥까지 다 젖었다. 옷을 얼굴에서 떼고 싶지 않았지만 지원은 참았던 숨을 입으로 내뱉으며 고개를 들었다. 바닥에서 입을 쩍 벌리고 있는 캐리어를 흐려진 눈으로 보던 그녀가 옷가지 위에 엎드렸다.

이대로 잠이 들면 꿈을 꿀 수 있을 것 같았다. 그가 자신을 향해 웃어 주는, 행복해서 깨고 싶지 않은 꿈 말이다.

　이튿날, 오랜만에 제 집에서 남편을 배웅한 후 친정에 온 지수는 한결 밝아진 엄마의 얼굴을 보고 안도했다.

　"윤지원은요?"

　"아직 자고 있어."

　"지금이 몇 신데?"

　지수가 눈살을 찌푸렸다. 벌써 오전 열 시였다. 좀 깨우라는 엄마의 눈치에 지수가 2층 계단으로 향하며 물었다.

　"걔 어제 도착했을 때부터 잤어요?"

　"응. 저녁 먹으라고 불러도 안 나왔어."

　혀를 쯧쯧 찬 지수가 2층으로 올라갔다. 2년 전 제주도에서 돌아왔을 때부터 동생은 방 안에 처박혀서 통 나오지를 않았다. 그때부터 동생은 잠을 자는 것이 아니면 시시껄렁한 인터넷 사이트나 돌아다니며 인생을 낭비했다.

　"윤지원!"

　한심하기 그지없는 동생을 깨우고자 지수가 방문을 쾅쾅 두들겼다. 그러나 안에서는 아무런 대답도 들리지 않았다.

　몇 번 더 노크를 했으나 동생은 여전히 묵묵부답이었다. 결국 지수는 문고리를 쥐었다.

　"들어간다?"

　혹시나 했지만 문은 잠겨 있지 않았다. 2층을 사용하는 사람이 결국 지원뿐이라, 지원은 문을 잠가야 할 필요를 느끼지 못했다. 방에 들어가서 지원을 발견하자마자 지수가 기겁했다. 캐리어에 상체를 집어넣은 채 엎드려 있는 동생의 모습이 기괴했다.

"윤지원!"

꽥 소리를 지르자 지원이 몸을 움찔했다. 얼굴을 찌푸린 채로 동생에게 다가가 옆에 앉은 지수가 조심스럽게 말을 붙였다.

"너 뭐…… 해?"

지수는 황당함을 숨기지 못한 목소리였다.

"아, 언니네."

고개를 모로 비튼 지원이 지수를 보고 바보처럼 웃었다. 지수는 여전히 뜨악한 표정을 지우지 못했다. 동생의 두 눈은 퉁퉁 부은 상태인 데다, 잠기운까지 잔뜩 묻어나 있었다.

"너 그러고 잤어?"

"허리 아파……."

그제야 상체를 똑바로 세운 지원이 인상을 찡그리면서 허리를 짚었다. 허리 근육이 다 굳은 듯 끔찍한 근육통이 밀려왔다. 허리를 조금만 비틀어도 비명이 나올 것 같아 지원은 숨만 헉헉 겨우 내쉬었다. 동생의 꼴을 보자 지수는 기가 막혔다.

"바보니? 침대 두고 왜 바닥에서 허리를 접고 자?"

물론 지원은 대답하지 못했다. 허리가 너무 아파서 아무 말도 할 수 없었다. 지수는 이번에 지원의 부은 눈을 지적했다.

"눈은 또 왜 그래?"

"왜?"

"팅팅 부었어."

"아, 그래?"

그러고 보니 눈가가 좀 묵직한 느낌도 든다. 지원이 눈을 깜빡거렸다. 어제 엉엉 울다가 잠들었으니 눈이 붓지 않을 리가 없었다.

"미국에서 무슨 일 있었지?"

한편, 동생의 이상한 행동을 보다 못한 지수는 자체적으로 결론을 내렸다. 윤지원이 이상한 것은 하루 이틀이 아니었으나 왠지 미국에 다녀온 뒤로 더욱 이상해졌다. '평생소원'이라는 것을 들어주지 않기도 했고 말이다.

"무슨 일?"

"너, 좀 많이 이상해졌어."

태연한 척 되물은 지원이 지수의 말을 듣고 멈칫했다. 미국에서 무슨 일이 있기는 했다. 아주 큰 사건이었다. 자신의 인생을 뒤흔들 만한 남자를 만난 일이지만 그 누구에게도 말할 수 없는 일이기도 했다.

동생이 아무 말도 하지 않자, 지수가 막 재촉할 무렵이었다. 지원이 아랫배를 움켜쥐더니 인상을 바짝 썼다.

"아…… 나 배 아파."

"왜?"

"생리통인 것 같아."

예정일은 어제였으나 장시간의 비행과 마음고생으로 예정일이 하루 미뤄진 듯했다. 아랫배 안쪽이 쿡쿡 쑤시고 바늘로 긁는 듯한 날카로운 통증이 느껴졌다. 지수는 더 이상 동생을 닦달하지 못했다. 자매 모두 생리통이 심한 편이어서 동생의 고통을 알기 때문이었다.

"약 갖다 줄게."

어쩔 수 없이 지수가 한걸음 물러났다. 냉장고에서 약을 찾는 지수의 뒤에 대고 지원이 쓸데없이 물었다.

"언니, 임신 많이 힘들었지?"

"그건 왜?"

엄마도 첫 아이인 지수를 갖기까지 꽤 오랜 시간이 걸렸다고 했다. 번번이 임신에 실패할 때마다 언니가 엄마에게 와서 약해진 모습을 보이면 엄마는 본인의 잘못인 양 미안해서 어쩔 줄 몰라 했다. 그 느낌을 이젠 간접적으로나마 지원도 경험할 수 있었다. 그 스위트룸에 들어간 순간부터 셀 수 없이 카센터와 사랑을 나누었는데, 아무 일도 일어나지 않았다.

'차라리 임신이라도 했으면…….'

순간, 지원은 책임감 없는 상상에 혼자 깜짝 놀랐다. 다행이라는 생각보다 아쉽다는 생각이 먼저 들다니 아무리 사리 분별을 못 해도 그렇지. 윤지원은 정말 제정신이 아닌 모양이었다.

반면, 동생이 무슨 생각을 하는지 모르는 지수는 이내 진통제와 냉수를 찾아 가져왔다.

"먹어."

전화로는 매섭게 몰아붙인 언니지만 챙겨 주는 사람도 언니 뿐이었다. 지원은 약을 먹고 나서 시무룩하게 말했다.

"신경 쓰게 해서 미안해."

"미안하면 엄마 말 좀 잘 들어. 이따가 병원 좀 가고. 아버지 뵙고 병원 간 김에 네 형부랑 인사도 좀 해."

"……응."

"내려가 있을게."

그나마 철이 든 듯한 동생의 모습에 안도하면서 지수가 방을 나섰다. 문이 닫히는 것까지 보고 나서 지원은 캐리어를 슬프게 응시했다.

정말 끝이었다. 그와의 사이에 남은 것은 아무것도 없었다.

약을 먹고 통증이 조금 가라앉자 그제야 윤지원은 인간답게 씻고 나왔다. 몸은 개운하지만 기분은 썩 개운치 않았다. 아무 옷이나 주워 입고 1층으로 내려가자 기다렸다는 듯 언니와 엄마 가 다가왔다.

"밥 먹어야지?"

"네……."

29년을 겪었던 일상이 너무나도 이질적이라서 지원은 머릿속 이 멍했다. 꿈에서 깨지 않은 것 같은 희끄무레한 기분이 썩 달 갑지는 않았다.

엄마를 따라 주방으로 향하는 지원에게 언니가 걱정스러운 시선을 보냈다.

"좀 괜찮아?"

"응."

지원은 건성으로 대답했다. 혼이 빠진 양 멍한 동생을 지수는 의아하게 살폈다. 언니의 시선을 느끼면서도 지원은 별 대꾸 없이 식탁 앞에 앉았다. 오랜만에 지원을 본 영숙이 호들갑을 떨었다.

"아이고! 지원이 없어졌다고 사모님이 얼마나 난리가 났는지 알아?"

"더 뭐라고 해 줘요. 내가 혼을 안 내 갖고 얘가 아무 생각이 없어."

엄마는 역성을 들어주는 영숙을 부추겼다. 지원은 희미한 웃음만 내보일 뿐, 구구절절한 변명을 하지는 않았다. 전과 다르게 왠지 처연해진 지원을 영숙이 이상하다는 듯 보다가 가볍게 덧붙였다.

"엄마한테 말도 없이 가출하고 그러면 못 써."

"죄송해요."

스물아홉이나 먹었는데 집안에서 막내라 그런지 아직도 아이 취급이었다. 지원은 자신에게 꽂히는 세 쌍의 눈동자를 모르는 척하면서 숟가락을 들었다. 언니가 엄마에게로 시선을 돌렸다.

"아버지한테 갈 거죠?"

"그래야지. 얘, 지원아 천천히 먹어."

말없이 우걱우걱 밥만 퍼 먹는 지원에게 엄마가 한마디 보탰다. 참 이상하게도 익숙한 집 밥이 낯설기만 했다. 보름 만에 먹는 건데 입맛도 없고, 모래알을 씹는 것처럼 입 안이 까끌까끌했다.

언니와 엄마가 대화하는 것을 흘려들으면서 지원은 숟가락을 들었다 놓기를 몇 차례 더 한 뒤에 마침내 입을 열었다.

"다 먹었어."

식탁에 앉아 밥상을 받은 지 5분도 채 지나지 않았다. 밥공기는 반만 비워져 있었고 정갈히 담긴 반찬은 손도 대지 않은 게 대부분이었다. 자식 끼니 챙기기가 제1순위인 대한민국 어머니, 민화가 인상을 썼다.

"다 남겼잖아?"

"……죄송해요. 입맛이 없어서."

뭔가에 홀린 듯 앉아 있는 막내딸을 민화가 세심하게 살펴보았다. 말하는 것도 전보다 더 어눌한 것 같고, 시무룩한 표정이나 창백한 안색이 평소 모습과는 많이 다른 것 같았다. 무기력하긴 해도 기본적으로는 밝고 명랑한 아이였는데.

"엄마랑 얘기 좀 하자."

결국 민화는 지원의 손목을 잡고 거실로 질질 끌고 나갔다. 영숙이 말없이 식탁을 치우기 시작하자 지수도 거들며 지원의 뒷모습이 사라질 때까지 바깥을 흘끔거렸다.

지원의 손을 잡은 채 나란히 앉은 민화가 그동안 마음에 담아 두었던 질문을 드디어 입 밖으로 뱉었다.

"그렇게 결혼하기 싫었어? 가출할 만큼?"

"네. 싫었어요."

입술을 삐죽 내민 지원이 바로 대답했다. 엄마에게 이야기를 들은 그날, 바로 비행기 표를 예매해서 새벽에 미국으로 날랐다. 얼마나 싫은지 이만하면 엄마도 느낄 수 있을 것이다. 그러나 웬걸, 엄마는 영 납득이 안 되는 모양이었다.

"대체 뭐가 그렇게 싫었는데? 이런 기회도 없구먼."

"기회?"

도대체 엄마가 말하는 그 '기회'가 뭘까? 집에서 식충이처럼 사는 막내딸을 치워 버릴 기회? 그것도 아버지뻘인 남자에게 시집보내는 거면서? 기가 막혀서 지원이 소리 높여 되물었다. 처음으로 막내딸의 눈동자에 빛이 돌아온 것 같아 민화가 반색했다.

그때, 지수가 돌아와 맞은편 소파에 앉아 물었다.

"이유나 알자. 뭐가 마음에 안 들었는지 궁금해."

어렵게 임신한 몸으로 일하지 말라며 영숙이 쫓아낸 탓에 지수도 대화에 끼어들 수 있었다. 지원이 지수를 원망스럽게 흘겨보았다.

"언니는 연애결혼 했잖아."

"아, 그래서 넌 맞선 보고 결혼하기 싫다고?"

맞선이라기보다는 상대가 문제인 거지만 지금 상황에선 그게 그거였다. 지원이 고개를 끄덕이기 무섭게 지수가 동생을 비웃었다.

"네가 애니? 맞선이 싫으면 나가서 남자를 만나든지."

"잘 만나던 남자 쫓아낸 쪽은 엄마거든?"

전적이 있는 터라 민화가 움찔했다. 다행히 지수가 민화의 편을 들어 주었다.

"그건 지난 일이잖아. 2년이나 됐고. 그놈도 돈 받고 떨어졌다며? 설마 윤지원, 너 아직도 그놈한테 미련 있어?"

"없어!"

지원이 바로 부정했다. 미안하지만 박민철의 얼굴조차 기억나지 않았다. 그럼 언젠가는 카센터의 얼굴도 잊게 될까? 망각이란 이토록 무서운 것이었다. 어두운 침실에서 잠들어 있는 흐릿한 사진 따위로는 그를 향한 갈증을 채울 수가 없었다.

"그러면 네가 직접 나가서 남자를 만나야지. 집에만 처박혀 있으니까 맞선 보라는 거잖아."

대기업 사장과의 맞선. 허울은 좋지만 맞선 상대가 누군지 알면서도 언니와 엄마는 이게 평범한 맞선이라고 여기는 건지 모르겠다. 지원이 황당한 표정으로 말했다.

"⋯⋯그게 맞선이야?"

"그럼 연애니?"

하긴, 연애도 아니었다. 따지자면 고상한 원조 교제 같은 거랄까? 그 생각을 하자마자 지원의 기분이 갑자기 확 상해 버렸다.

정말 미칠 노릇이다!

"맞선이 맞선이지 무슨."

언니는 쓸데없이 논리 정연해서 도저히 이길 수가 없었다. 이게 똑똑한 언니를 둔 죄인 셈이다. 지원이 입술만 삐죽거렸다. 지수가 계속 말을 이었다.

"그리고 맞선 상대도 진짜 괜찮던데 뭐가 그렇게 싫어? 그 남자가 눈에 안 차? 눈 진짜 높다, 윤지원."

"……뭐? 괜찮아?"

"그럼 넌 뭐가 그렇게 안 괜찮은데?"

지수의 태연한 대꾸에 지원은 기가 막혔다. 그렇게 괜찮은 상대면 언니가 나가라는 말이 목구멍까지 치솟았으나 후폭풍이 두려워서 지원은 겨우 말을 삼킬 수 있었다. 대신 지원은 바보처럼 말을 더듬었다.

"그, 그 남자가 며, 며, 몇 살인데 괜찮아?"

"서른하나인가? 둘? 나랑 동갑이라고 했던 거 같은데 그럼 서른둘일 걸? 맞죠?"

지수가 기억을 더듬어 가며 묻자 엄마가 고개를 끄덕였다. 순간, 지원의 미간이 확 좁아지며 소리를 질렀다.

"뭐?"

"……뭐가?"

예상치 못한 동생의 격렬한 반응에 지수가 당황했다. 가뜩이나 동그란 눈을 크고 동그랗게 뜨고 지원이 지수와 민화를 번갈아 보았다.

'서른둘? 예순이 아니라 서른둘이라고?'

지원의 머릿속이 혼란스러워지기 시작했다. 이상하다. 분명 은찬 자동차 사장은 예순의 중년 남자였다. 포털 사이트에 올라온 사진의 인상은 적당히 좋았던 것도 같다. 부인과 사별하고 슬하에 아들이 하나 있다고 했는데…….

"그, 그 맞선 상대가 몇 살이라고?"

눈동자가 쉴 새 없이 흔들리는 지원을 지수가 의아하게 응시했다. 민화는 막내딸이 또 왜 이런 격렬한 반응을 보이나 걱정스러워서 긴장했다. 영리하고 눈치 빠른 지수는 동생이 뭔가 착각하고 있음을 단번에 깨닫고 침착해졌다.

"서른두 살이라고."

"사, 사장이라며?"

"벌써 사장 됐어요? 좋겠네, 나랑 동갑인데."

똑똑한 만큼 야망이 컸던 지수가 한숨을 내쉬었다. 지원이 인지 부조화를 느낄 때, 엄마가 고개를 저으며 자연스럽게 대답했다.

"아니, 결혼하고 바로 자리 물려받을 거랬어. 그런 자리는 아내가 있어야 돼. 집에서 든든하게 받쳐 주고 그래야지, 회사 나가서도 잘하는 법이라고."

"네?"

엄마의 말을 지원은 하나도 이해하지 못했다. 눈만 크게 뜬 채로 막내딸이 쳐다보자 기분이 이상해진 민화가 막내의 눈치를 살피며 물었다.

"너 왜 그러니?"

"사장이라면서요?"

"그거야 그땐 너한테 말 좀 잘하려고 과장을 했던 거지. 그래도 사장은 될 거야. 그 집 자식이 아들 하나뿐이거든."

머쓱한 얼굴로 엄마가 어색하게 웃었다. 그제야 지원은 머릿속이 차츰 정리가 되는 것 같았다. 맞선 상대가 그 아저씨가 아니라 그 아저씨의 아들이라면 엄마의 '좋은 기회'라는 말도 납득이 가긴 하는데…….

"엄마…… 그, 그러면 아빠 회사 힘들거나 어려운 거 아니에요?"

"별로? 왜? 네 아빠가 그랬어? 힘들다는 말 없었는데? 요즘 잘나가고 있고, 네가 결혼만 딱 하면 은찬에서 투자도 세게 들어올 거고."

엄마의 핑크빛 전망을 들으며 지원이 힘없이 중얼거렸다.

"아니, 그게…… 나는 아빠 회사가 힘들어서…….."

플로리다에 도착해서 열심히 세웠던 가정이 와르르 무너지기 시작했다. 그러니까 아빠 회사가 힘들어서 자신을 늙은 아저씨한테 팔아넘기려는 게 아니라, 부모님은 정말 흔치 않은 기회로 대기업과 사돈지간이 될 수 있는 기회를 얻은 것이다. 머릿속이 터질 것처럼 복잡해져서 지원이 이마를 짚을 찰나였다.

"힘들어서 뭐?"

"아, 아니야."

아빠 회사가 힘들어서 다 늙은 아저씨한테 막내딸을 파는 줄 알았다고 어떻게 털어놓는단 말인가! 제 짧은 생각이 부끄러워서 지원의 얼굴이 달아오르기 시작했다. 엄마는 여전히 의문이 가득한 눈빛이었다.

"왜? 아빠가 언제 힘들다고 그랬어?"

"아니, 그건 아닌데……."

"근데 왜 그런 생각을 했어?"

"가, 갑자기 결혼을 하라니까요."

지원이 눈동자를 이리저리 굴리면서 나름대로 사실만을 말했다. 그러나 엄마는 웃음을 터뜨렸다.

"애, 아빠 회사가 힘들면 손 사장이 제 아들을 너랑 잘도 결혼시키겠다. 아들도 하나잖아. 금이야 옥이야 키운 아들일 텐데. 이런 기회가 어디 있어?"

기회…… 기회는 맞긴 하다. 할 말이 없어서 지원이 어물거렸다. 동생의 태도를 쭉 지켜보고 있었던 지수가 날카로운 눈빛을 내비쳤다.

"윤지원, 너 뭐 잘못 생각했지?"

"아, 그……."

역시 언니가 정곡을 찔렀다. 혼란스러운 표정을 애써 숨기며 지원이 뒷머리를 긁적였다. 엄마가 눈을 동그랗게 뜨고 물었다.

"그래? 무슨 생각을 했는데? 아빠 회사가 힘들어서 뭐 어디 팔려 가기라도 한다고 생각했어?"

어쩜 엄마도 정곡을 찌른다. 엄마와 언니의 시선에 난처해진 지원이 어쩔 줄 몰라서 입만 뻥긋거리다가 결국 한숨을 내쉬었다. 아무래도 숨길 수는 없을 듯했다.

"엄마가 사장이라고 그랬잖아."

"얘, 어차피 사장 될 거라니까."

엄마가 난감한 목소리로 대꾸했다. 엄마가 말만 제대로 전했어도 이런 오해는 없었을 것이다. 억울해진 지원이 목소리를 높였다.

"검색해 봤는데 사장이 아저씨였다고요!"

"뭐야?"

엄마는 지원의 억울함을 곧바로 이해하지 못했다. 대신 너무나도 똑똑해서 이해력이 하늘을 찌르는 언니가 완벽하게 이해하고는 동생을 비웃었다.

"그래서 그 아저씨랑 결혼시키는 줄 알고 미국으로 튀었던 거야? 윤지원 진짜 여러 가지 한다, 너."

"어머머머머! 윤지원! 넌 엄마를 뭐라고 생각한 거야?"

언니의 설명에 엄마도 기가 막힌 듯 막내딸의 손목을 홱 놓았다. 억울함을 잔뜩 담아서 지원이 투덜거렸다.

"그래서 아빠 회사가 힘든 줄 알았잖아. 그런 아저씨한테 시집보낸다고 하니까."

"어머머, 애! 그럼 가출하기 전에 물어보기라도 했어야지! 어떻게 엄마랑 아빠를 그런 파렴치한 사람으로 생각하니? 내가 진짜……."

겨우 그 오해 때문에 집을 나갔던 것이다! 차마 말을 잇지 못한 엄마의 얼굴이 벌겋게 달아올랐다.

"내가 진짜 못 산다, 못 살아! 손 사장님 볼 면목이 없어, 정말. 이런 딸년을 결혼시킨다고 하다니……."

"대단하다, 윤지원. 소설 써도 되겠다, 너."

언니는 황당하기 그지없다는 표정으로 헛웃음을 뱉고 있었다. 말리는 시누이가 더 밉다더니 딱 이 짝이었다. 언니를 노려보던 지원이 얼굴을 바싹 구기고 꽥 소리쳤다.

"그럼 안 하면 되잖아!"

"뭐가 어째?"

엄마의 눈이 세모꼴로 확 변했다. 그러나 지원은 엄마를 간절하게 바라보면서 말을 이어나갔다.

"아빠 회사 어려운 것도 아니지? 그럼, 이 결혼 꼭 해야 하는 것도 아니잖아."

"이 자리가 얼마나 큰 기회인데 안 해?"

안다. 이성적으로는 엄마의 말이 옳다는 것을 알지만, 이미 사랑하는 남자가 생기고 말았다. 가슴속 깊은 곳에 숨겨 둔 사랑을 어쩌면 꺼낼 수 있지 않을까? 지원은 한 줄기 희망을 가지고 대답했다.

"결혼하기 싫어. 그 남자하고 결혼하면 평생 불행할 거라고 요."

그 남자가 누군지도 모르면서 윤지원은 불행을 단정 지었다. 살짝 가늘어진 눈으로 동생을 바라보던 지수가 툭 내뱉었다.

"결혼 안 하면 어쩔 건데?"

"안 하면……."

안 하면 어떡하지?

당장 플로리다행 비행기 티켓부터 예매할 것이다. 아직 말일 까지 시간이 남았으니 카센터에게 달려가서 고백할 수 있었다. 결혼하지 않아도 괜찮다고, 자신의 옆에 있어 달라고 말이다. 지 원은 지푸라기라도 잡고 싶었다. 그를 생각하는 것만으로도 눈 물이 나올 것 같아 지원은 고개를 수그렸다.

"지원아."

그때 엄마의 목소리가 나직하게 울렸다. 지원은 고개를 들지 않았다. 엄마의 다정한 목소리가 이어졌다.

"지금은 서로 모르는 사이니까 거부감이 드는 거야. 시간이 지나고 서로 알아 가면 좋아질 거야."

그럴 리가 없었다. 지원은 고개를 흔들었다. 이미 카센터에게 마음을 다 줘 버렸기에 다른 사람을 사랑할 수는 없었다.

결혼을 한다면 평생 불행할 것이다. 차라리 예순의 아저씨가 나을지도 모른다. 카센터의 약속이 이루어지는지 여부는 차치 하고서도, 20년쯤 지나면 다 늙은 남편을 버리고 자유를 찾아 날아갈 수 있을 테니까.

하지만 예순의 아저씨가 아니라 서른둘의 청년이라면 이야기는 달라진다. 이대로 결혼한다면 21년 뒤의 남편은 겨우 쉰셋, 자신은 그의 곁으로 갈 수 없을 것이다.

동생이 수그린 채 고개만 마구 흔드는 것을 쭉 지켜보던 지수가 덤덤하게 물었다.

"윤지원, 너 혹시 아직도 그 자식한테 미련 있어서 그래?"

"그 자식?"

"박민철."

뜬금없는 이름을 듣자 지원이 번쩍 고개를 들었다. 도대체 왜 민철의 이름이 자꾸 나오는지 모르겠어서 지원은 손까지 휘휘 내저었다.

"아니야! 그 사람은 신경도 안 써. 얼굴도 기억 안 나는데!"

격렬히 부정하는 동생을 지수가 황당한 표정으로 바라보았다. 이상하다. 객관적으로 좋은 맞선 상대를 거부하는 이유는 다른 사람을 마음에 두었을 때 말고는 없었다. 게다가 아까 동생은 연애결혼이라는 단어도 입에 올렸다. 그뿐만이 아니다. 집에 돌아온 동생의 태도는 2년 전에 사랑을 접고 제주도에서 돌아왔을 때와 비슷해 보이기까지 했다.

추측컨대 동생은 누군가를 마음에 담고 있을 것이다. 지수의 추리는 옳았지만 안타깝게도 살짝 빗나가고 말았다.

"그런데 왜 그래? 만나는 남자도 없잖아. 그럼 만나 보기라도 하라고. 만나서 정 아니다 싶으면 그때 가서 파투 내면 되잖아."

"어차피 마음에 안 들 거야."

사랑하는 사람이 있으니까.

그러나 지원은 카센터의 존재를 입 밖으로 낼 수 없었다. 대기업 오너가 될 사람에 비하면 자동차 정비사는 엄마나 언니의 눈에 차지 않을 테니까. 카센터의 존재를 알게 된다면 엄마가 민철을 쫓아냈을 때처럼 무슨 짓을 할 수도 있기에 지금 당장은 이유를 덧붙이지 못했다.

"그건 모르는 거지."

지원은 단호했고 지원만큼이나 지수도 단호했다.

"아냐, 난 알아. 마음에 안 들 거라고."

논리로 언니를 이길 수 없다면 해결책은 고집뿐이었다. 지원이 입술을 삐죽였다. 한편, 막무가내로 답하는 동생을 곱게 볼 수 없어서 지수가 한마디 할 찰나였다.

"그만해라. 병원 가게 준비해."

민화는 자매의 대화가 말싸움으로 번지기 전에 상황을 정리했다. 언니의 눈초리가 따가웠으나 지원은 모르는 척 고개를 획 돌렸다. 말싸움에서 언니를 이길 자신이 없어서였다.

아버지가 입원한 병실로 향하는 걸음이 무겁다. 지원은 어깨를 축 늘어뜨리고 언니만 뒤따랐다. 1인용 특실로 지원이 들어가자마자 아버지의 반가운 목소리가 들렸다.

"지원이 왔냐?"

"네……."

애정이 뚝뚝 떨어지는 아버지의 눈빛에 지원은 괜스레 불편해졌다. 막내딸을 이토록 사랑하고 아끼는 아버지가 돈 때문에 딸을 팔아넘길 리가 없는데 믿지 못해서 죄송할 따름이었다.

윤 사장은 애지중지 키운 막내딸을 품에 안고 나서야 안심을 했다. 가출한 막내딸이 연락도 없이 숨어 버린 뒤로 얼마나 애를 태웠는지 뇌혈관까지 딱 막히는 바람에 회사에서 쓰러졌었다. 의식을 잃어 가는 순간까지 생각한 것은 막내딸의 얼굴이었다.

"정말, 다시는 우리 막내 못 보는 줄 알았다."

아버지의 진심이 느껴져서 지원의 눈시울이 뜨거워졌다. 이유 있는 가출이었지만 불효를 저지른 셈이기는 했다.

"죄송해요."

"아니야. 건강하게 돌아왔으니까 됐어. 어디 아픈 데는 없지?"

"네."

막내딸에게만큼은 약한 창섭이 지원의 얼굴을 매만지면서 속상한 표정을 지었다.

"밥은 잘 먹고 다닌 거야? 얼굴이 왜 그렇게 핼쑥해?"

"잘 먹었어요. 아침에 조식도 웬만하면 챙겨 먹었고."

처음에는 푸드 트럭까지 걸어 다녔지만 카센터와 함께할 때에는 웬만하면 끼니를 거르지 않았다. 햄버거를 먹을지언정 말이다. 만석인 식당 여러 군데를 거쳐 결국 맥도날드로 저녁을 때웠던, 그와 식사를 하기로 한 첫날이 떠오르자 지원의 가슴이 찌릿 아파 왔다.

"도대체 어느 호텔에서 머물렀던 거야? 아빠가 얼마나 널 찾아다녔는지 알아?"

"호텔 말고…… 리조트에 있었어요."

고급 리조트에서 가장 전망이 좋은 스위트룸. 생애 가장 행복한 시간을 그곳에서 보냈다. 다신 돌아오지 않을 황금 같은 시간이었다. 물론 그 리조트를 다시 갈 수는 있겠지만 카센터와의 뜨거운 시간은 다시 돌아올 리가 없었다. 지원의 눈빛이 살짝 흐려질 때였다. 옆에서 지수가 끼어들었다.

"얠 뭐하러 찾았어요? 어차피 이렇게 멀쩡히 잘 돌아올 건데."

"걱정되니까 그렇지."

"아버지도 참……."

스물아홉 살이나 먹은 막내딸을 아직도 어린애처럼 끼고돈다. 큰딸의 타박에 창섭이 멋쩍은 표정을 지으며 지원을 놓아주고는 아내에게로 시선을 돌렸다.

"아, 손 사장이 빠른 시일 내로 한번 보자는데?"

"엥? 갑자기 왜?"

단숨에 화제가 변했다. 감상에 빠져 있던 지원이 번쩍 정신을 차리고 아버지를 쳐다보았다.

"내가 지원이 여행 갔다가 돌아왔다고 하니까 한번 보고 싶다고 그러더라고."

지원은 엄마에게 고개를 돌려서 간절하게 만나기 싫다는 사인을 보냈다. 민화는 이 좋은 기회를 걷어차려는 미련한 막내딸의 눈빛을 무시하며 말했다.

"언제?"

"난 내일 퇴원해도 된다니까 내일이나 모레 어때?"

당장 내일 아니면 모레라니. 준비할 시간도 없겠다. 민화가 황당한 얼굴로 남편을 응시했다.

"아니…… 지수 아빠, 너무 이르지 않아요?"

"일러? 지원이가 출국만 안 했어도 벌써 만났을 텐데."

어째 매우 아쉬운 목소리였다. 물론 아버지는 막내딸을 탓하고 있지 않았지만 지원은 괜히 가슴 한구석이 찔렸다. 하긴, 미국으로 도망만 가지 않았어도 벌써 한 번은 인사 자리가 있었을 것이다. 아니다. 그래도 그 오해 덕분에 사랑하는 사람을 만나지 않았던가. 좋은 일이 있으면 나쁜 일이 하나 있기 마련이다.

카센터의 얼굴을 떠올린 지원이 답답한 마음에 한숨을 내쉴 때였다.

"왜? 지원이는 싫으냐?"

드디어 아버지가 자신의 의사를 물어보자 지원이 반색하면서 고개를 흔들었다.

"벼, 별로 만나고 싶지 않은데요. 부담스러워서……."

"그래도 어차피 계속 볼 사람 아니야? 손 사장이 아들 귀국하기 전에 미리 한번 보고 싶어 하더라고."

'어라?'

뭐랄까? 이상하게 말이 통하지 않는 걸 보니 아버지는 이미 결정을 내린 모양이었다. 자리를 마련하기로 말이다. 결국 결혼이 진행되는 걸까? 지원은 초조해졌다. 지원 대신 엄마가 입을 열었다.

"그 집 아들 한국에 없어?"

"미국에 있잖아. 월말이나 내달 초에 귀국한대."

월말. 카센터도 월말에 귀국 예정이라고 했다. 미국에 있다고? 카센터도 미국에 있다. 들리는 모든 단어가 그와 연관되어서 지원은 울적해졌다. 아무래도 안 되겠다. 도저히 결혼을 할 엄두가 나지 않아 지원은 마음을 굳게 먹고 용기를 냈다.

"아빠, 저 이 결혼 꼭⋯⋯."

하지만 슬프게도 지원의 말은 끝까지 이어지지 못했다. 옆에 있던 언니가 덥석 입을 막아 버린 탓이었다. 자매의 이상한 태도에 아버지가 고개를 갸웃거렸다.

"왜 그러냐?"

"신경 쓰지 마세요. 아버지는 내일 퇴원 언제 하세요?"

"읍! 읍읍!"

윤지원의 말은 아무도 들어 주지 않았다. 언니의 질문에 아버지는 흐뭇한 미소를 지으며 대답했다.

"진 서방이 알아서 해 주겠지."

대학 병원 교수로 있는 큰사위는 아플 때 큰 도움이 되었다.

흐뭇하지 않을 리가 없었다.

"읍읍!"

자신을 제외하고 가족 셋이 하하호호 웃고 있었다. 어떻게 이럴 수가 있지? 지원은 자신의 의사가 하나도 반영되지 않는 이 상황이 기가 막히고 억울해서 난동을 피우려 노력했다.

"우읍읍!"

지원의 반항이 거세질수록 지수의 팔에도 힘이 점점 들어갔다. 지수는 절대 동생을 놓아주지 않았다. 생긴 건 가냘파 가지고 어디서 이런 힘이 나오는지 모르겠다. 언니 특기가 합기도긴 했지만 말이다.

필사적인 두 자매의 소리 없는 혈투가 지속되는 동안, 엄마는 아버지와 여유롭게 대화를 나누었다.

"그래도 한번 보자는데 우리가 거부하기도 좀 그렇잖아?"

기우는 쪽이 알아서 납작 엎드려야 하는 법이다. 민화가 남편의 일리 있는 소리에 고개를 끄덕였다.

"그럼, 내일 저녁 어때요? 우리 집에 초대해야 하나?"

"응. 집안 분위기가 궁금한 것 같더라고."

"손님 초대라니, 어휴……."

안주인으로서 해야 할 일이 많아지자 민화가 귀찮은 투로 한숨을 내쉬었다. 내일은 아침부터 바쁘게 생겼다.

"지수 너도 저녁에 시간 내라. 진 서방은 바빠서 안 되겠지?"

"네. 내일은 그이도 당직이에요."

동생의 난동을 막기 위해 진땀을 흘리던 지수가 억지로 웃으며 대답했다. 정작 맞선 당사자인 윤지원을 제외한 모두가 즐겁게 일정을 정하고 있었다.

병실에 윤지원의 편은 한 사람도 없었다.

*　　　*　　　*

아무래도 이대로는 안 되겠다.

침대에 누운 채로 지원은 휴대폰을 들여다보았다. 항공권을 구입할 수 있는 웹 사이트였다. 휴대폰 화면을 보며 그녀가 씩씩거렸다.

아버지 회사가 탄탄대로를 달린다고 하니 이제 거리낄 것도 없었다. 그나마 부모에 대한 최소한의 예의로 귀국한 거였건만, 부모님에게 있어서 막내딸의 의견은 중요한 것이 아니었다.

'갈 거야. 다시 갈 거라고!'

자동차 정비사라는 직업이 엄마에게 만족스럽지 않다고 하더라도 상관없었다. 카센터의 자존심이 상할 것을 두려워하며 가만히 있는 건 바보 같은 짓이었다.

미국으로 가서 임신이라도 해 가지고 올 것이다. 그러면 하나뿐인 아들을 귀하게 키웠다던 손주환 사장이 미치지 않고서야 결혼을 강행하지 않을 것이다. 엄마와 언니가 평생 카센터를 인정하지 않고 무시하겠다면, 이딴 집구석에 발도 들이지 않겠다.

"아참!"

그때 지원이 행동을 멈추었다. 그녀는 휴대폰을 내려놓고 침대 밖으로 훌쩍 뛰어내렸다. 여권 번호가 필요한데, 여권을 어디다 두었는지 기억이 잘 나지 않았다. 붙박이장 구석에 처박힌 캐리어를 끄집어낸 지원이 고개를 갸웃거렸다.

"여권이 어디 갔지?"

책상 서랍, 책꽂이, 화장대 서랍, 수납장 등을 미친 듯이 뒤지는 지원의 안색이 급속도로 어두워졌다.

"왜 없지?"

여권이 없었다. 아무리 방을 뒤져 보아도 초록색 여권이 보이질 않았다. 워낙 정리 정돈을 못하는 윤지원이었지만 아무리 그래도 여권 같이 중요한 물건을 아무 데나 두는 바보는 아니었다.

일단 지원은 항공권 결제를 보류하기로 했다. 대신, 그녀는 포털 사이트에 들어가서 여권 재발급에 대해 검색하기 시작했다. 재발급에 걸리는 시간은 보통 3일에서 5일 정도. 그녀는 바로 달력을 쳐다보았다. 말일까지 시간이 간당간당했지만 늦지는 않을 것이다.

'또 플로리다는 하루 늦잖아?'

당장 내일 여권 발급 신청을 하면, 이번 주 금요일에 여권을 받을 수 있을 것이다. 주말에 다시 도망치자. 지원이 머릿속으로 계획을 세우고 지친 듯 한숨을 뱉었다.

새벽 내내 씩씩거리면서 핑크빛 계획을 세운 지원은 아침에 피곤에 찌든 모습으로 집 안을 두리번거렸다. 구청에 가기 위해 사진과 지갑을 챙겨든 그녀가 살금살금 현관으로 향할 때였다.

"윤지원!"

"히익!"

뒤에서 엄마의 목소리가 들렸다. 찔리는 것이 많은 지원이 깜짝 놀라 슬그머니 뒤를 돌아보았다.

"어디 가?"

"잠, 잠깐 밖에……."

눈동자만 데굴데굴 굴리는 막내딸을 민화가 의심스럽게 응시했다. 게을러 빠진 막내가 웬일로 아침부터 집 밖을 나가겠다는 건지 모르겠다. 거기다 시선도 슬금슬금 피하는 게…….

"도망가려는 거지, 너?"

"네? 아, 아닌데……."

어떻게 알았지 싶어서 지원은 당황스러웠다. 도망갈 생각이긴 한데 여권을 재발급받아야 도망칠 수 있었다. 그러나 엄마는 지원의 팔뚝을 꽉 붙잡고는 2층으로 질질 끌고 올라갔다.

"꿈도 꾸지 마. 오늘 저녁까지 바깥출입 금지야!"

"아, 아니야! 도망가는 거 아니라고요!"

지원이 절규했다. 일정상, 여권 재발급을 오늘 중으로는 신청을 해야 했다. 오늘이 아니고서는 다음 주에나 여권을 받을 수 있게 된다. 아슬아슬하게 플로리다로 돌아가고 싶지 않았다.

"도망 안 간다니까요!"

"네 말을 어떻게 믿니?"

엄마는 순순히 넘어가지 않았다. 지원을 방 안으로 밀어 넣고 나서 엄마가 휴대폰으로 언니에게 전화를 걸었다.

"얘, 지수야. 얼른 와서 지원이 좀 감시해라."

'안 돼!'

"진짜로 그냥 나갔다가 올 거라고! 열두 시 전에 들어올게요! 네?"

하지만 엄마는 지원의 말을 들어주지 않았다. 지원이 오만상을 찌푸렸다. 언니까지 가세하면 정말 끝장이었다. 어제 말 한마디도 못 하게 입을 막던 그 무자비한 언니 아닌가!

"저녁까지 감시해야 하니까 입을 옷 챙겨 오고."

언니가 올 모양이었다. 어떻게 나갈 방법이 없을까 싶어서 두리번거리던 지원이 엄마의 손을 물끄러미 내려다보다가 사력을 다해 팔을 뿌리치고 방 밖으로 쏜살같이 뛰어나갔다.

"아이고!"

지원이 밀치는 바람에 민화가 옆으로 휘청거렸다. 엄마의 목소리에 지원은 잠시 미안했지만, 일단 여권 재발급을 받는 것이 최우선이었다.

"윤지원!"

"엄마 미안! 금방 돌아올게요!"

지금은 도망치는 것이 아니라 그저 여권 재발급 신청을 하러 가는 것뿐이었다. 자신 있게 소리 높여 대꾸한 지원이 1층으로 뛰어내려 왔다. 자신을 뒤쫓는 엄마의 발소리를 들으며 지원이 1층 바닥에 막 발을 내디딜 때였다.

"으악!"

"윤⋯⋯."

쿵, 하는 소리와 함께 지원이 바닥으로 나뒹굴었다. 헐레벌떡 계단을 내려오던 민화가 막내의 이름을 부르다 말고 눈을 크게 떴다. 제 엄마를 따돌리고 도망치던 막내딸이 바닥에서 쓰러져 있으니 놀라지 않을 리가 없었다.

"지원아!"

이내 엄마의 손이 지원의 어깨를 잡아 일으켰다. 바닥에 부딪친 엉덩이며 등허리며 아프지 않은 데가 없었지만, 그보다 더 절망적인 것은 엄마에게 결국 붙잡혔다는 사실이었다. 지원은 눈을 질끈 감아 버렸다.

'아, 망했다.'

"어떡해! 어디 안 다쳤어?"

한 번도 미끄러진 적 없던 거실에서 왜 하필 오늘 미끄러진단 말인가. 지원은 이 상황이 기가 막히고 어이가 없어서 웃음도 나오지 않았다. 그때 거실 끄트머리에 있던 영숙이 큰 소리를 듣고 다가와 중얼거렸다.

"귀한 손님 오신대서 왁, 왁스로 바닥 닦고 있었는데 어쩌누? 아프겠다."

지원의 의문이 단숨에 풀렸다. 원목으로 된 거실 바닥을 그녀가 원망스레 내려다보았다. 왁스칠이 되어 있어서 번쩍번쩍했다.

윤지원이 모든 것을 포기하고 바닥에 주저앉은 지 얼마 지나지 않아 초인종 소리가 집 안을 관통했다. 언니가 온 것이 틀림없었다.

여권 재발급은커녕 방 밖으로 나가는 것도 감시를 받게 되어 윤지원은 우울하기 그지없었다. 고지가 보이는 마지막 난관에서 대실패를 한 기분이 이런 걸까? 거실 바닥에서 굴렀지만 얼굴이나 손 등, 노출되는 부분에 다친 흔적이 없어서 다행이라면 다행이었다.

드레스 룸으로 사용하고 있는 안쪽 공간에서 출장 나온 헤어 디자이너가 난처한 듯 지수를 돌아보았다.

"동생분이 협조를 잘 안 해 주시는데……."

"윤지원."

지원의 머리 위에 지수의 주먹이 놓였다. 법과 도덕, 예의는 멀고 주먹과 폭력은 가까웠다. 미용사가 머리 만지는 것을 방해하던 지원이 얌전히 고개를 들었다.

지원의 바깥출입이 원천 봉쇄된 이후, 지수는 단골 헤어숍에 출장을 부탁했다. 어쨌거나 예비 시아버지와의 첫 대면이니 인간다운 몰골은 갖추어야 했다. 야생마처럼 대충 기르기만 한 머리나 볕에 그을린 맨얼굴 그대로 동생을 내보낼 수는 없는 노릇이었다.

"동생분은 피부 관리를 잘 안 하시나요?"

미용사와 2인 1조로 함께 출장 온 메이크업 아티스트가 물었다. 상냥한 음성으로 뱉는 신랄한 질문에 지원은 묵비권을 행사했다. 지수가 코웃음을 쳤다.

"좀 히키코모리 기질이 있어요. 방구석에 처박혀서."

"아, 그래요? 그런 거치곤 얼굴이 많이 탔네요."

피부 관리를 아예 하지 않는 것은 아니었다. 언니의 말대로 집 안에만 콕 박혀 있지도 않았다. 아무리 그래도 윤지원은 대한민국에서 스물아홉 해를 살아온 평범한 여자였다. 화장도 할 줄 알고 피부에 신경도 쓰곤 했었다.

그런데 지금은 다 소용없었다. 지금 윤지원에게 중요한 것은 플로리다로 어떻게 돌아가느냐, 그것뿐이었다.

"동생분 데리고 저희 숍 좀 오세요."

"저도 그러고 싶은데 얘가 집 밖을 안 나가니까 출장을 부탁드렸죠."

지수의 대답에 미용실 직원들이 어색한 미소를 지으며 지원을 떨떠름하게 쳐다보았다. 한편, 지원은 눈을 가늘게 뜨고 언니를 흘겨보았다. 집 밖을 안 나간다니? 오늘도 나가려다가 붙잡힌 것 아닌가. 억울하기 그지없어서 지원은 속으로 분통만 터뜨렸다.

"다 됐습니다."

얼마 지나지 않아 드디어 지원은 의자로부터 풀려날 수 있었다.

"지수 씨는요?"

"전 됐어요. 제가 돋보일 자리는 아니거든요."

"아……."

미용사가 아쉬운 듯 고개를 끄덕였다. 지원도 내심 아쉬웠다. 언니가 의자에 꼼짝없이 붙들려 있으면 도망치기 수월하지 않을까 싶어서였다. 역시 윤지수, 철저하기 이를 데 없다. 지원은 인조 속눈썹 때문에 무거운 눈을 깜박였다.

"아래층에 가시면 저희 엄마가 기다리고 계실 거예요. 좀 우아하고 고상하게 부탁드릴게요."

저녁 준비 때문에 반쯤 혼이 나간 최민화 여사가 다음 타자였다. 지수의 말에 두 직원이 상냥하고 싹싹한 미소를 지어 보였다.

직원들이 방을 나서기 무섭게 윤지수는 도로 악마의 탈을 뒤집어썼다.

"야."

"왜?"

뾰로통한 동생의 표정을 지수가 무표정하게 내려다보다 물었다.

"생리통은?"

"지……."

"지?"

지금 생리통이 문제냐고 투덜거리려던 지원이 입을 다물었다. 언니에게 괜히 의심 살 만한 이야기를 해서는 안 된다. 눈치 빠르고 똑똑한 언니는 지원의 말 한 마디에 모든 계획을 눈치챌지도 모르기 때문이었다.

"아니야. 약 먹어서 괜찮아."

"철 좀 들어라. 철 좀."

언니가 한탄하듯 나무랐으나 지원은 입술을 쭉 내민 채 시선만 돌렸다. 언니가 말하는 '철든다'는 게 대체 뭘까? 의지와 감정을 다 죽인 채로 부모의 말을 따르는 게 철드는 일이라면 별로 하고 싶지 않았다.

"옷장 좀 열어 봐."

"언니 마음에 들 옷은 없거든?"

지원이 퉁명스레 반항했으나 지수는 눈만 흘기고 직접 붙박이장을 열었다. 문이 꼭 닫혀 있을 때는 몰랐지만, 문을 열고 안을 들여다보니 가관이었다. 아무렇게나 널린 옷가지를 보며 지수가 혀를 찼다.

"정리 좀 하고 살아라. 응?"

"흥!"

지원이 콧방귀만 뀌었다. 그러거나 말거나 지수는 이미 한참 유행이 지나 촌스러워 보이는 옷을 헤쳐 가면서 그중에서 그나마 멀쩡한 옷을 찾아냈다.

"이럴 줄 알았으면 옷도 사 가지고 올 걸."

얌전한 검은색 정장 원피스를 지원의 몸에 가져다 대면서 지수가 후회했다. 여름철에 입기에는 원단이 조금 더워 보였지만 반소매 원피스라 괜찮을 성 싶었다. 그때, 지원이 한숨을 내쉬며 말했다.

"언니 일도 아니면서 왜 이렇게 신경을 써?"

"이게 왜 내 일이 아니야? 친정 일이 내 일이지."

예상치 못한 언니의 대답에 지원은 내심 놀랐다. 자기 밖에 모르는 이기적인 사람인 줄 알았다. 하긴, 자신이 미국으로 도망친 순간부터 언니가 엄마와 아빠 수발을 들고 있었다고 했다. 의외로 언니는 효녀였다.

"그래도…… 내가 결혼을 깨도 언니한텐 아무런 피해가 없잖아."

동생의 질문에 지수가 지원의 양어깨를 잡고 화장대 앞으로 질질 끌고 갔다. 거울 앞에 선 지원이 지수를 의아하게 돌아볼 참이었다.

"윤지원. 거울 보고 잘 생각해 봐. 지금 너 같은 망나니 백수를 데려가고 싶다는 사람이 다시 나올 것 같아?"

"뭐?"

언니의 신랄한 지적에 지원이 눈살을 찌푸렸다. 물론 지금은 전문가의 손길로 화장과 드라이를 받아서 멀쩡한 모습이긴 했다. 지원이 입가를 씰룩거렸다.

"내가 어디가 어때서?"

씩씩거리는 동생을 위아래로 훑은 지수가 들으라는 듯 한숨을 크게 뱉었다.

"어디 가서 네가 남자를 만나겠니? 아니, 남자를 만나도 제대로 된 남자를 만나기나 하겠니, 네가?"

"언니!"

지원이 꽥 소리를 질렀다. 큰 소리에 깜짝 놀란 지수가 지원의 눈앞에 주먹을 들이댔다.

"소리 안 낮춰? 내 새끼 떨어지면 너 죽는다?"

언니의 배 속에 있는 조카가 아마 윤지수를 닮았으면 태어나기 전부터 그렇게 약할 리가 없을 것이다. 그러나 지원은 제 안위를 위해 말을 꾹 참았다.

미안하지만 언니의 생각과 달리, 자신은 제대로 된 남자의 사랑을 듬뿍 받았었다. 이역만리 먼 곳에 있는 카센터를 떠올리자 지원은 울적해졌다. 그를 다시 볼 수 있을까? 진짜 내일이라도 여권을 재발급받아야겠다.

지원의 바람과는 정반대로 대기업 사장님 초대를 위한 준비는 착착 진행되고 있었다.

단정한 옷을 입고 예쁘게 꾸몄으나 지원은 우울했다. 언니가 침대 맡에 앉아 형부와 통화하는 것을 흘려들으면서 지원은 비밀 폴더에 있는 카센터의 사진을 하염없이 바라보았다.

'희망을 갖자.'

오늘만 버티고 나면 그에게 갈 수 있었다. 지원은 마음을 단단히 먹었다. 곧 문밖에서 노크 소리가 났다.

"지수랑 지원이 내려와라. 인사하게."

"아, 네."

올 것이 왔다. 마른침을 삼킨 지원과 달리 지수는 태연하게 대답했다. 엄마의 시선이 지원에게 불안하게 꽂혔다.

"윤지원. 예의 바르게 행동해."

지원은 대답하지 않았다. 그래도 부모 체면이 있으니 지랄 발광은 하지 않을 생각이었다.

"끊을게요. 이따가 다시 전화할게."

지원이 휴대폰 화면을 끌 즈음, 지수도 통화를 마쳤다. 사랑하는 사람과 축복 속에 결혼한 언니가 지금처럼 부러울 때도 없었다.

도살장에 끌려가는 소처럼 지원이 지수에게 붙들려 1층으로 내려왔다. 가식적인 미소를 짓고 있는 엄마를 낯설게 보던 지원은 이내 자신을 향해 인자한 웃음을 보여 주는 손 사장을 마주했다.

"이쪽이 작은딸?"

"아…… 안녕하세요."

손 사장의 시선이 부담스러워서 지원이 고개를 숙였다. 큰 회사 오너답게 손주환 사장은 사람을 압도하는 위압감이 있었다. 소탈한 척 집으로 저녁 초대를 요청했으나 손 사장은 실상 며느릿감으로 점찍은 윤지원이라는 여자와 그 집안에 대한 탐색을 하기 위해 억지로 이런 자리를 만든 것이었다.

싹싹하지 않은 막내의 태도에 엄마와 언니가 애태우는 것도 모르고 지원은 굳은 표정을 풀지 않았다. 결국 보다 못한 민화가 한마디 보탰다.

"우리 막내가 애교 같은 게 조금 부족해요."

"진지한 성격이 좋은 거지요."

여유로운 목소리가 왠지 익숙한 느낌이라 지원이 반짝 고개를 들고 주환을 쳐다보았다. 익숙한 중저음의 음성은 아버지의 목소리와는 조금 달랐다. 지원의 빤한 시선에 주환이 입을 열었다.

"왜? 얼굴에 뭐가 묻었나?"

그제야 정신을 차린 지원이 창백한 안색으로 시선을 떨구었다. 어른에게 버릇없는 태도를 보였다.

"죄송합니다."

"아니, 죄송할 건 없지. 얼굴에 뭐가 묻었으면 미리 말해 줬음 좋겠어. 윤지원 양."

가볍게 대답한 주환은 여전히 미소를 잃지 않았다. 주환이 너그럽게 넘어가 주자 지원은 문득 손주환 사장에게 미안해졌다. 그동안 혼자 착각을 하느라 손 사장을 원망하고 미워하며 저주까지 했었다. 지금 생각하면 얼굴이 화끈거릴 일이었다.

'정말 죄송합니다.'

속으로 사과한 지원은 가능한 한도 내에서 살가운 태도를 보이기로 마음먹었다. 어차피 오늘 보고 나면 앞으로 만날 일도 없을 테니까 조금 싹싹하게 구는 것도 좋을 것이다.

　"저녁부터 드시고 이야기 나누세요."

　엄마가 경직된 미소로 거물급 손님을 안내하기 시작했다. 절대 실수하면 안 되는 자리이기 때문일까? 엄마의 눈가가 미세하게 경련하는 걸 본 지원은 아마 엄마가 내일부터 사흘 정도 앓아누울 것쯤을 어렵지 않게 예상했다.

8장
나 사랑하는 사람 있어

아들 자랑.

부모의 낙은 자식 자랑이라더니, 손주환 사장도 부모는 부모인 모양이다. 물론 아쉬울 것 하나 없는 손 사장이 지원의 환심을 사기 위해 자랑할 리는 없었다.

"녀석이 저보다는 제 엄마를 닮아서 외모가 훨씬 낫지요."

"아드님이 빠지는 게 없네요."

엄마는 무리하고 있었다.

하여튼 손 사장의 아들은 들은 대로만 나열하면 외모도 번듯하고 외국 유학을 다녀온 재원에 남자답고 호기로운 성격이었다.

'흥!'

그래 봤자 카센터의 발끝에도 미치지 못할 것이다. 아직도 잊지 못한다. 손바닥을 통해 느껴지던 그의 탄탄한 몸매라거나 섹시한 눈빛 등은 웬만한 남자는 따라오지도 못할 테니까. 지원은 삐딱한 마음으로 주환의 아들 자랑을 경청하는 척했다.

음식이 입에 들어가는지 코로 들어가는지 모르는 채로 저녁 식사 자리가 끝이 나고, 말주변이 없는 지원 대신 지수가 눈물겨운 노력을 했다.

"어머, 그럼 아드님이 벌써 스스로 자기 사업을 하는 건가 봐요? 저랑 동갑인데 대단하네요."

"온전히 자기 사업이라고 하면 기고만장할 테니 그냥 연습 정도라고 보면 되겠지."

아들의 성과를 낮추어 말하며 손 사장이 온화한 미소를 띠자 지수가 맞장구를 치라는 식으로 지원의 옆구리를 쿡 찔렀다. 멍하니 있던 지원이 고개를 끄덕였다.

"그, 그렇군요…… 연습."

해외에서 휴양 시설 사업을 한다는데 고작 연습 취급이라니, 이 사람들의 경제관념을 지원은 따라갈 수 없었다. 지원의 무관심한 대꾸에 옆에 앉은 언니가 분노를 삭이기 위해 부르르 떨었다. 지원도 어떻게든 싹싹하게 손님 접대를 해 보려고 했으나 마음이 꼭꼭 닫혀 쉽지 않았다.

한편, 손 사장은 지원의 어리바리한 표정을 보고 웃음을 터뜨렸다.

"저녁까지 같이 먹었는데 아직도 긴장하고 있으면 어떡하나."

한숨을 내쉬는 주환 때문에 언니와 엄마의 날카로운 시선이 지원에게 바늘처럼 꽂혔다. 막내딸이 멍청한 이미지로 혼담을 깨트리면 어디 가서 한탄도 못 할 것이다.

"죄송합니다."

"눈치 볼 것 없어. 지원 양 집이잖아? 편하게 대해요. 옆집 아저씨 대하듯이."

"네? 그, 그렇지만……."

'대기업 오너인데?'

TV 뉴스나 신문 기사로만 접할 재계 거물급 인사를 옆집 아저씨처럼 대하기란 쉽지 않은 일이다. 심지어 부모조차 눈치를 보고 있는 상황이니 조심해야 하는 건 당연했다. 강자의 입장에서 살아온 사람만이 베풀 수 있는 너그러운 아량이 지원은 불편했다.

"내가 하나 꼭 묻고 싶은 게 있는데, 지원 양은 이번 결혼에 대해 어떻게 생각하지?"

처음으로 자신의 의사를 물어 주는 사람이 생겼는데 하필이면 맞선 상대의 아버지. 까마득하게 먼, 큰 회사 사장님이었다.

"그……."

지원은 늘 건강하던 위가 아파 왔다. 부모님과 언니의 눈빛이 소리 없이 말하고 있었다. 제발 사고만 치지 말아 달라고!

지원의 입술이 말라 갔다. 지금이 마지막 기회일지도 모른다.

이 집안사람들은 아무도 막내딸의 의사를 궁금해하지 않았다. 당연히 윤지원은 이 결혼을 해야 한다고 여기고 있었다. 그렇다면 지금이 결혼을 엎을 마지막 기회가 아닐까?

"솔직히 말씀드리자면, 저는 이 결혼⋯⋯."

결혼 못 하겠다. 사랑하는 사람이 있으니까. 지원은 지푸라기라도 잡는 심정으로 용기를 냈다. 그때였다.

"앗!"

지원의 말이 채 끝나기도 전에 언니가 비명을 지르며 아랫배를 움켜쥐더니 새우처럼 등을 구부렸다. 지원에게 꽂혀 있던 시선들이 전부 지수에게로 돌아갔다.

"아! 배가 좀⋯⋯ 아픈 것 같아요."

"뭐? 얘, 지수야! 너 설마!"

고상하고 우아한 척 억지로 여유를 부리고 있던 엄마가 기겁했다. 지수의 손을 잡은 민화는 안절부절못했다.

"죄송합니다. 말씀 도중에⋯⋯."

지수의 안색이 그새 창백해졌다. 이 와중에도 죄송하다는 말이 나오다니, 언니의 정신력은 대단한 것 같다. 지원도 걱정이 가득 담긴 눈빛으로 언니를 쳐다보았다. 지수의 핏기가 가신 얼굴과 초조해 보이는 표정 모두 지원으로서는 처음 보는 모습이었다.

"임신 중이라면서, 위험한 거 아닌가?"

"일단 기사 대기시키고 병원으로 보냅시다."

생판 남인 손 사장조차 당황한 기색을 내비쳤다. 그나마 제일 침착한 사람은 아빠뿐이었다.

"지수야……."

울기 바로 직전의 엄마는 눈물을 삼키면서 언니를 품 안에 끌어안았다. 이 광경을 내내 지켜본 지원의 마음에도 죄책감이 얹혔다. 임신 초기에 언니가 여러 가지 일 때문에 몸도 마음도 고생했고, 거기에 분명 자신의 탓도 있었다.

엄마가 언니와 함께 먼저 병원으로 떠나고 집에는 두 아버지와 지원만이 남았다. 손 사장이 눈살을 찌푸리며 먼저 유감이라는 투로 말했다.

"밖에서 자리를 마련할걸, 괜히 안 좋은 일 생기면 어떡하나 걱정되는군요."

"너무 걱정하지 않으셔도 될 겁니다. 우리 지수, 강한 애니까요."

가장 침착했던 사람은 의외로 윤 사장이었다. 주환은 윤 사장의 침착한 모습이 신기했다. 만약 자신의 딸이, 아니 슬하에 아들 하나뿐이니까 자신의 며느리가 임신 도중에 병원에 실려 간다면 자신은 이성을 잃고 펄쩍펄쩍 날뛰었을 터였다.

'며느리라……'

주환은 혼이 빠진 듯한 지원을 흘끔 곁눈질했다. 2년 전에 세상을 뜬 아내처럼 윤 사장의 막내딸에게도 어딘가 의뭉스러운 곳이 있었다. 오히려 병원에 실려 간 장녀는 속내가 빤히 보였다. 어떻게든 동생의 이미지를 포장해서 이 결혼을 성사시키고자 애를 쓰고 있었다. 싹싹하기로는 언니 쪽이 월등했다.

하지만 정작 당사자인 윤지원은 소극적이었다. 마치 이 자리에 불려 나오고 싶지 않았다는 듯, 정신이 다른 세상에 가 있었다.

그래서 손 사장은 일부러 더 아들 자랑을 했다. '이래도 내 아들한테 관심이 가지 않아?'라고, 서른 살 넘게 어린 아가씨를 상대로 혼자 경쟁심을 불태웠다. 다른 팔불출 아빠들처럼 아들 사진을 휴대폰에 넣어 놓고 다녔다면 그녀의 눈앞에 들이밀었을 것이다.

'손하경, 이 녀석은 사진 좀 찍어 놓지.'

안타깝게도 윤지원은 손주환의 아들에게 별로 관심이 없어 보였다. 으레 물을 만한 질문도 하지 않고 그저 분위기에 이끌려 고개나 끄덕이거나, 억지로 만든 감탄사를 뱉는 정도로만 예의를 지켰다.

어디 내놓아도 빠지지 않는 아들이라 자신했는데 관심을 주지 않으니 손 사장은 괜히 자존심이 상했다. 그래도 한편으로는 괜찮다는 생각도 들었다.

'차라리 이게 나아.'

무엇보다 윤지원은 은찬 자동차라는 배경에 관심이 없었다. 즉, 대기업 안주인이 되었다고 갑자기 나설 사람으로 보이지도 않았다. 딸만 둘 있는 집에 큰사위는 대학 병원 교수라고 하니 은근슬쩍 회사에 숟가락을 얹으려는 가족도 없었다. 하나뿐인 아들에게 회사를 온전히 물려주고 싶은 손 사장에게 윤지원이라는 아가씨는 며느리로 적임이었다.

"나중에 제 쪽에서 자리 다시 만들겠습니다."

오늘은 이만 자리를 파해야 했다. 아들이 돌아오면 다시 한 번 제대로 된 자리를 마련할 수 있을 듯했다.

그때, 아들이 결혼에 관심 없어 보이는 이 아가씨한테 자존심이 구겨지는 경험을 하는 것도 좋지 않을까? 33년 전, 자신이 김숙자 양에게 홀대 받은 이후로 설욕을 하겠답시고 기를 써서 그녀를 쫓아다녔듯이. 그러면 해피엔딩일 텐데. 손 사장은 차에 오르면서 피식 웃었다.

언니의 병실로 가는 동안 지원은 암담했다. 되는 일이 하나도 없었다. 결혼에 대한 자신의 의사를 손 사장에게 제대로 밝히지도 못했다.

그렇다고 지금 이 상황에 자신의 일 따위만 아쉬워할 수는 없었다. 언니가 어렵게 얻은 조카를 잃게 될지도 모르는 다급한 상황이니 말이다.

"언니, 괜……."

"왔냐?"

지원은 1인실 침대에 누워서 감자 칩을 먹고 있는 언니를 믿을 수 없다는 눈으로 쳐다보았다. 언제 아팠냐는 듯 언니는 태연하기 그지없었다. 지원이 슬금슬금 지수에게 다가왔다. 지수는 다 비운 감자 칩 봉투를 바닥 쓰레기통에 던져 넣고 빈정거리는 목소리로 물었다.

"넌 생각이 있는 거니?"

"응?"

"너 거기서 결혼하기 싫다고 말하려고 그랬지?"

언니의 말에 지원이 멈칫했다. 언니는 웃고 있었지만 절대 호의적인 미소가 아니었다. 뭔가 느낌이 좋지 않아 지원이 미간을 좁혔다.

"설마……."

"미친년. 네 복을 직접 차는구나?"

지수가 비아냥거렸다. 험한 소리까지 들으면서도 지원은 잠시 동안 정신을 차리지 못했다. 지금 와서 보니, 언니의 상태는 평소와 크게 다르지 않았다. 창백했던 안색도 돌아왔고 목소리에는 힘도 실려 있었다.

그렇다는 것은…….

"설마 꾀병이었어?"

"만약 네가 진짜로 결혼하기 싫다고 말했으면 이거 꾀병이 아니었을지도 몰라. 알아?"

지원의 얼굴이 파삭 구겨졌다. 그러니까 눈치 빠른 윤지수가 동생의 결혼 거부를 막기 위해 이런 쇼를 벌인 거다. 기가 막히면서도 화가 치밀어서 지원은 말이 제대로 나오지 않았다.

"어, 언니가, 언니가 어떻게…… 이럴 수가 있어?"

"나야말로 묻고 싶다. 너 진짜 제정신이야?"

지수의 표정도 무섭게 굳어졌다. 이 상황이 어이가 없어서 지원이 아무 말도 못 하고 지수만 노려보았다. 지수는 만사가 다 귀찮은 듯 마른세수를 하고 날카롭게 물었다.

"결혼하기 싫다고 치기 어린 반항하는 거 내가 모를 줄 아니?"

"치기…… 어린 반항?"

지원이 중얼거렸다. 지금까지 살면서 처음으로 언니에게 실망했다. 입을 뻐끔거리던 지원이 헛웃음을 터뜨렸다.

"언니한테는 이게 애들이나 하는 '치기 어린' 반항 같아?"

"그럼?"

언니는 부정하지 않았다. 역시 아무것도 모르는 언니에게는 자신의 거부가 애들 고집처럼 보이는 모양이다. 결국 차오르는 눈물을 꾹 참으면서 지원이 털어놓기 시작했다.

"언니, 나 사랑하는 사람 있어."

굳어졌던 지수의 얼굴에 균열이 생겼다. 예상했던 대로이긴 한데 어째 슬슬 불안해진다.

눈가가 일그러지는 언니를 지원은 똑바로 쳐다보았다. 카센터를 향한 감정만큼은 그 무엇보다도 진실하니까 꿀릴 것도 없었다.

"말일까지만 있겠다고 했잖아. 언니가 무시한 내 평생소원. 그거 그 사람하고 이달 말까지만 같이 있고 싶다는 거였어."

열흘만 더 양보해 주지. 아버지 회사 사정이 어려운 것도 아니면서 가족들은 왜 이토록 모질었을까? 지원의 눈동자에 원망의 빛이 서렸다. 그러나 언니는 동생의 감정을 외면하고 화제를 돌려 버렸다.

"너…… 설마 미국에서 남자랑 있었어?"

제일 먼저 나오는 소리가 저런 거라니! 절망스러우면서도 분노가 치밀어 오른 지원이 이를 갈다가 소리를 높였다.

"그래! 남자랑 있었다. 왜? 그 남자랑 매일매일 잤다! 하루에도 몇 번씩 했다고! 됐어?"

"너 진짜 미쳤구나?"

언니의 눈빛에 경멸이 어린 듯했다. 치기 어린 아이를 보는 눈빛이 아니라 이제는 앞뒤 재지 않고 달려드는 불나방을 보는 눈빛이었다. 물론 지금의 윤지원에게 언니의 시선은 불난 데 기름 붓는 꼴이었지만 말이다.

"그래, 나 그 사람 없으면 미칠 것 같아! 한국에 돌아온 뒤로 밤마다 맨날 울었어. 그런데도 돌아온 이유가 뭔지 알아? 나 때문에 엄마 아빠가 잘못될까 봐, 그래서 사랑하는 사람 남겨 두고 돌아왔어. 언니는 사랑하는 사람하고 결혼했잖아. 근데 왜 나는 안 돼? 나도 사랑하는 남자랑 결혼하고 싶은데 왜 나는 안 되냐고!"

발까지 쾅쾅 구르면서 지원이 성질을 부렸다. 아무래도 동생이…… 제대로 미친 것 같다. 예상치 못한 동생의 발작에 하얗게 질린 지수가 떨리는 목소리로 물었다.

"뭐 하는 놈인데?"

"언니, 말조심해. 언니한테 이놈 저놈 소리 들을 사람 아니니까."

언제 날뛰었냐는 듯 지원이 차분하게 지적했다. 지수가 예리한 시선으로 동생을 살폈다. 진지하게 눈을 빛내는 동생의 모습은 처음이었다.

"뭐 하는 사람이냐고."

지수가 말을 정정하자 지원이 침을 꿀꺽 삼켰다. 드디어 말할 때가 온 것이다. 떨리는 마음을 숨기고 지원이 태연한 척 대답했다.

"카센터 해."

"뭐?"

"카센터 한다고."

"카센터? 자동차 수리하는 그거?"

믿을 수 없다는 언니의 표정이 적나라했다. 카센터 본인도 아닌데 이상하게 지원이 대신 상처를 받았다.

만에 하나라도 그와 결혼한다거나 좋은 관계로 뻗어 나갈 수 있다면 아마 그는 평생 처가 식구들에게 이런 시선을 받을 것이다. 지원은 억울했고, 한편으로는 가족들이 부끄러웠다. 이성적이고 똑똑한 언니마저 색안경을 쓰고 있었다. 막상 그를 직접 만나면 언니도 마음을 고쳐먹을 텐데.

"무시하지 마. 언니가 무시할 직업 아니야."

"윤지원…… 진짜 미쳤어."

지수가 입술을 바르르 떨며 대꾸했다.

어렸을 적부터 이 원수 같은 동생은 제멋대로였고 제 감정에만 심취해 살아왔다. 갖고 싶은 것이 있으면 가져야 했고, 먹고 싶은 것이 있으면 먹어야 했다. 고집은 또 얼마나 센지, 지수는 툭하면 떼를 쓰는 동생을 두들겨 패곤 했다.

"하하……."

지수의 웃음소리가 허탈하게 울렸다.

그런 동생의 성격이 어디 가지 않는 모양이다. 윤지원은 올해 스물아홉, 내년이면 서른이니까 이제 좀 철이 들었을까 했는데 이건 딱 아홉 살짜리 어린애 짝이었다.

"카센터……."

이 상황이 믿기지 않아 지수가 다시 한 번 반복했다. 지원은 입을 일자로 다물고 벌게진 눈만 부릅뜬 채 서 있었다. 지수는 한숨을 내쉬었다.

"그래, 좋아. 결혼하는 데 직업이니 조건이니 따지지 말자. 윤지원 너도 아버지 배경만 아니면 백수 나부랭이니까 너보다는 그 남자가 낫긴 하지."

언니는 아픈 곳을 너무 잘 찔렀다. 백수로 2년을 보낸 지원이 당당하던 눈길을 바닥으로 떨구었다. 그러거나 말거나 지수는 말을 이었다.

"좋다 못해 황송한 맞선 자리를 걷어찬 윤지원이 가족들 반대다 물리치고 결혼해서 해피엔딩. 참 좋겠다, 그치?"

언니의 목소리에 비난이 담겨 있었지만 지원은 아무 대꾸도 하지 않았다. 지수가 지친 얼굴로 머리를 쓸어 올렸다.

"그 남자도 자기 기술 있으니 평생 밥 굶지는 않겠지. 카센터 잘만 하면 돈도 꽤 번다니까 괜찮을 거야."

'뭐지?'

이상하다. 언니가 왜 갑자기 긍정적으로 변한 거지? 지원은 불안해졌다. 화가 나서 방방 날뛸 때와 달리, 지원의 손바닥에 식은땀이 어렸다.

"결혼하고 한 3년 정도? 그즈음 임신도 할 테고, 조금 빠르면 이미 넌 애 엄마가 되어 있을 거야."

지수는 링거 주삿바늘이 꽂힌 팔을 침대 위로 조심스레 내려놓았다. 지수의 가느다란 팔에 지원의 눈길이 닿을 때였다.

"음…… 콩깍지가 벗겨지면 세상에서 가장 멋있던 내 남편한테서 슬슬 마음에 안 드는 구석이 하나둘 보이기 시작할 거야."

마치 예언자처럼 언니가 말을 늘어놓았다. 지원이 멍하니 지수를 바라보았다. 언니는 험악한 표정도 아니고 무표정도 아니었다. 언니가 짓고 있는 복잡한 표정의 의미를 지원은 이해할 수 없었다.

"아주 사소한 것부터 하나씩 마음에 안 들 걸? 남편은 일하느라 힘들고 너는 너대로 임신 중이거나 아이를 돌보느라 힘들고.

싸우는 횟수가 늘어날 거야."

"안……."

지원은 그럴 리가 없다고 자신 있게 말하려 했으나 지수가 손을 뻗어 말을 제지했다. 입을 다문 지원은 가라앉은 지수의 눈빛에 괜스레 움찔했다.

"그러다 보면 어느 날은 말이야, 내가 진짜 가족도 버릴 만큼 사랑했던 남자가 엄청 싫어지는 날도 생긴다? 진짜 미워서 때려 죽이고 싶어져."

'자기 경험담인가?'

무술 유단자인 언니라면 형부를 때려죽일 수도 있을 것이다. 지원은 남자치고 소년처럼 하얗고 가녀린 형부를 떠올렸다. 형부를 처음 보았을 적, 지원은 언니 취향이 미소년 계열 남자라는 데 충격을 받기도 했다.

'근육남을 좋아하는 줄 알았는데…….'

……라고 생각하는 윤지원이야말로 근육 취향이었다. 지원은 제 손을 맞잡았다. 손바닥 가득 탄탄하게 느껴지던 감촉을 평생 잊지 못할 것 같았다.

"그래도 어떡해? 참아야지. 참다 보면 기분이 더러워져. 이 남자는 내가 포기한 게 얼마나 많은지 아는 건가 싶어지고, 내가 포기했던 것들이 하나씩 떠올라."

지원이 무슨 생각을 하는지 모르는 지수는 담담하게 이어 말했다. 얼굴을 험상궂게 구긴 걸 보면 진짜 자기 경험인가 보다.

"그러다가 관심도 없던 뉴스나 신문 기사에서 어느 날 보게 될 거야. 아주 우연히, 네 맞선 상대 이름말이야. '은찬 자동차 손하경 사장' 하고 딱!"

말에 맞춰 나온 박수 소리에 제 생각에만 빠져 있던 지원이 깜짝 정신을 차렸다. 손하경. 그래, 그게 맞선 상대의 이름이었다. 이름도 꼭 계집애 같은 게 마음에 들지 않는다고 지원이 속으로 투덜거렸다.

"그만한 대기업은 절대 망하지 않아. 우리나라 꼬라지 알잖아? 대기업한테 몰빵하는 거. 정부 지원에 국민 신뢰까지 받으면서 네 맞선 상대는 승승장구할걸?"

지수가 코웃음을 치자 지원이 미간을 좁혔다.

"멍청한 윤지원은 뒤늦게 네 원수 같은 남편한테 말하겠지. 나 이 남자하고 결혼할 뻔한 여자라고. 근데 큰소리쳐 봐야 늦었어. 이미 윤지원은 카센터 사장이랑 결혼했는걸."

언니가 하고 싶은 말이 뭔지 제대로 알겠다. 놓친 고기가 아까워 보이는 건 당연하지만, 덩치 크기가 차원이 다른 고기였다.

그래도 윤지원은 조건보다 감정이 우선이었다. 철이 덜 들었다고 손가락질을 해도 굽히고 싶지 않았다.

"비약하지 마. 싸울 일도 없고 비교하지도 않을 거야."

"글쎄? 살다 보면 알게 될 걸? 누구 말이 맞는지."

지원이 언니를 질린 눈으로 바라보았다. 언니가 만약 카센터를 한 번이라도 보았다면, 한 번만이라도 대화를 나누었더라면 이런 소리는 하지 못할 것이다. 그는 시시한 남자가 아니었다. 언니가 지적하는 재력으로도, 물론 대기업 오너를 이길 수는 없겠지만 그는 충분히 여유가 있었다.

"내가 속물 같니?"

살짝 누그러진 언니의 목소리에도 지원은 심통이 난 아이인 양 대답하지 않았다. 지수가 한숨을 뱉고 솔직히 털어놓았다.

"솔직히 나도 네 형부, 의사 집안 차남에 교수 자리까지 보장되었으니까 결혼한 거지, 예를 들어 가난한 집안에 홀어머니 모시면서 아득바득 의사가 된 남자였으면 결혼 절대 안 했어. 아무리 사랑해도."

"뭐?"

처음 듣는 소리였다. 언니가 그렇게 계산을 했을 줄은 몰랐다. 사랑 하나만 보는 연인처럼 언니와 형부는 다정하기 그지없었으니까.

"결혼은 연애와 달라. 살아온 환경이 어느 정도 맞아야지 행복하게 오랫동안 결혼 생활도 지속할 수 있어. 그게 아니라면 차이를 뛰어넘을 무언가를 가지고 있어야 하고."

지원의 뜨악한 시선에 지수가 고소를 지었다. 이럴 때 보면 동생은 참 순진하다. 하긴, 순진하니까 사랑 없는 결혼은 하기 싫다고 떼를 쓰는 것이리라. 장녀로서 일찍 철이 들어 버린 지수는 가끔은 동생의 순수한 모습이 부럽기도 했다. 지금은 아니지만 말이다.

"결혼은 현실이야. 그 사람 사랑하는 감정 배제하고 이성적으로 생각해 봐. 네가 아버지 회사에 어마어마한 도움이 될 수 있어. 그리고 평생 편하게 살 수 있어."

도대체 이성적인 게 뭘까? 현실을 고려하는 건 어떤 거지? 지원은 언니의 말이 이해가 될 듯 되지 않았다. 사랑하는 사람을 가슴에 묻어 두고 조건 좋은 남자와 결혼하는 게 현실이라면, 지원은 그런 현실에 순응하고 싶지 않았다.

"카센터하는 남자한테 시집가면 베이비시터 두기도 힘들고, 가사도우미 부르는 것도 제한이 있을 거야. 영숙 이모처럼 입주 가정부는 꿈도 못 꿀 테고, 쓰고 싶은 만큼 돈도 못 쓸 걸? 네가 맞선을 봐서 결혼하면, 기본적으로 주어지는 것들인데 말이야."

"그런 건…… 필요 없어."

귀국한 뒤로 한 번도 빼지 않은 루비 목걸이를 매만지며 지원이 똑 부러지게 말했다. 언니가 말하는 건 오로지 금전적인 여유뿐이었다. 금전적으로 카센터도 모자라지 않았다. 그는 며칠 뒤에 떠날 여자에게 다이아몬드 반지를 끼워 주는 남자인 걸.

현실을 회피하고 어리석은 고집을 버리지 않는 동생을 지수가 물끄러미 응시했다.

"그래?"

두고 보라는 투로 코웃음을 치는 언니에게 발끈한 지원이 뭐라 말하려던 참이었다. 병실 문이 열리고 하얀 가운을 입은 형부가 헐레벌떡 들어왔다.

"응급 수술 때문에 늦었어. 미안해."

"아니야."

오자마자 사과부터 하는 남편에게 지수가 고개를 저었다. 언니보다도 얼굴이 더 하얀 형부를 지원이 물끄러미 올려다보았다. 이 남자를 남편으로 맞이하려는 데 언니가 여러 가지를 고려했다는 게 충격이라면 충격이었다.

"안녕하세요. 언니는 괜찮은 거죠?"

지원이 조심스럽게 말을 붙였다. 뒤늦게 그녀의 존재를 인식한 모양인지 고개를 돌린 형부는 머쓱해 보였다. 하긴, 아이를 가진 아내가 병원으로 실려 왔으니 다른 사람은 눈에 보이지도 않을 것이다.

"아…… 괜찮을 거야."

형부가 걱정 말라는 듯 웃어 주었다. 의사의 의견이니 지원은 아무 의심 없이 수긍했다. 지원이 더 이상 아무것도 묻지 않자 형부는 다시 침대가로 다가가 물었다.

"무슨 일 있었어? 처제도 돌아왔는데 왜 또 그래?"

'또?'

거슬리는 단어에 지원의 의아한 눈빛이 지수에게 닿았으나 지수는 동생의 눈빛을 모르는 척 무시하고 제 남편에게만 시선을 고정했다.

"조금 당긴다 싶었어. 윤지원, 이제 엄마한테 가 봐."

"어? 응……."

얼떨결에 지원이 고개를 끄덕였다. 더 이상 할 말이 없다는 식으로 언니는 누워서 눈을 감아 버렸다. 미안하다는 듯이 형부가 어색하게 웃으며 인사했다.

"나중에 봐, 처제."

"네."

지원이 꾸벅 고개를 숙였다. 머리를 긁적이면서 지원이 조심조심 걸어 나가고 막 문이 닫힐 때였다.

"이제 처제한테 그만 신경 써. 벌써 몇 번째야? 이러다가……."

말소리는 거기까지였다. 문이 소리 없이 닫혔다.

분명 언니는 꾀병이라는데 형부가 왜 저러는 걸까? 지원은 혼란스러워졌다. 뒤에 이어질 말을 더 들었으면 좋았을 걸. 아쉬운 마음을 털어 내면서 지원은 휴게실에 있는 엄마에게 돌아왔다.

"네 언니는 좀 어떻대?"

놀란 마음을 진정시키고자 엄마는 커피를 마시고 있었다. 임신 때문에 카페인 섭취가 금지된 언니는 자신의 앞에서 타인이 커피 마시는 꼴을 용납하지 못해서 엄마는 병실을 나와야만 했다.

"형부 오긴 왔어. 근데 엄마, 언니 상태 안 좋아?"

"원래 임신 어려운 사람들이 떨어지기도 잘 떨어져."

툭 내뱉고 나서 민화가 커피를 한 모금 마셨다. 벌써 반쯤 식은 커피는 맛이 덜했다. 씁쓸한 건 아마 기분 탓도 있을 것이다.

지원의 눈가가 찌푸려지기 무섭게 엄마가 말을 이었다.

"내가 지수한테 못 할 짓을 하고 있었지. 그러니까 네가 엄마 말 좀 잘 들어. 네 언니 저러다가 애 놓치면 폐인 된다고."

"언니, 진짜 위험해?"

"그럼 가짜로 위험하니? 지수 쟤는 하필 저런 걸 날 닮아 가지고……."

종이컵을 내려놓고 나서 꼭 자신 탓이라는 양 엄마가 양손에 얼굴을 묻었다. 지원의 눈동자가 크게 흔들렸다.

'꾀병이라면서?'

언니가 꾀병이라고 인정하는 말을 하자마자 지원은 속았다는 기분에 얼마나 화가 났는지 모른다. 그래서 더 악을 쓰고 날뛰었던 건데 언니가 정말 위험한 상태일 수도 있다니 눈앞이 아찔해졌다.

"이제 지수, 집에 부르지 말아야겠다."

"엄마, 언니 전에도 저랬어?"

"그랬대. 네 아빠 쓰러지고 정신없어서 나도 몰랐는데, 진 서방이 알려 줬어. 지수 쟤는 그런 걸 숨기고 그러니, 정말."

속상해 보이는 엄마의 모습에 지원은 아무 말도 하지 못했다. 어떻게 보면 가족 모두가 언니에게 기대고 있던 셈이었다.

"하여간에 너도 언니한테 충격 주지 말고, 스트레스 안 받게 해."

충격과 스트레스. 그럼 오늘 언니가 병원에 실려 온 것도…….

'설마 나 때문에?'

지원이 심각해진 표정으로 고개를 돌려 언니가 입원한 병실 쪽을 응시했다. 갑자기 가슴이 철렁 내려앉았다.

만약 모든 걸 다 버리고 다시 미국으로 도망간다면 언니는 어떻게 될까? 죄책감이 지원의 심장을 꽁꽁 옭아매기 시작했다. 언니가 얼마나 어렵게 임신에 성공했는지 자신도 잘 알고 있었다.

날이 밝자마자 지원은 구청에 가서 여권 재발급 신청을 했다. 플로리다에 다시 돌아가든, 다시 돌아가지 않든 여권은 만들어 놓아야 했다.

그리고 지원은 지수의 병실을 다시 찾았다. 언니는 어제 그 자리에 그대로 누워 있었다.

"언니 아직 퇴원 안 했어?"

"네 형부가 3일은 누워 있으래."

지원이 멈칫했다. 꾀병 환자에게 3일이나 입원실을 내 주는 병원은 없었다. 제발 언니가 꾀병 환자이기를 바라며 지원이 떨리는 마음으로 물었다.

"……진짜 안 좋은 거야?"

"무슨 대답이 듣고 싶은데?"

순간 지원의 심장이 철렁 내려앉았다.

아들을 낳지 못했다고 돌아가신 할머니에게 엄마가 구박받을 때마다 자신이 아들 노릇을 하겠다며 대들던 언니는 집안의 기둥처럼 든든한 사람이었다. 약한 소리도 하지 않고 눈물을 보인

적도 거의 없었다. 아픈 내색 또한 전혀 비치지 않던 언니였기에 지원은 언니가 임신 스트레스로 엄마에게 한탄하는 모습에 충격을 받기도 했었다.

"미안해."

무슨 일이 생겨도 눈 하나 깜짝하지 않던 언니에게 지원이 진심으로 사과했다. 강한 사람이라고 생각했던 언니도 그저 평범한 여자였다. 고개를 수그린 지원이 계속 말했다.

"나 때문에 언니가 신경 많이 썼다며."

"알면 철 좀 들어라. 그 자리에서 결혼하기 싫다는 말이 어떻게 나오니, 너는? 엄마나 내가 너 망하라고 그러겠어? 다 잘되라고 그러는 거지."

지원은 평소와 다르지 않은 언니의 태도에 마음이 놓이기도 하고 한편으로는 불편하기도 했다. 언니가 기대하는 바를 잘 알지만 자신은 언니가 원하는 대로 감정을 죽이고 '현실적인' 선택을 할 자신이 없었다.

병실에 가득한 침묵을 깨고 지원이 우물쭈물 먼저 입을 열었다.

"언니, 나……."

"머리 식히고 마음 정리해."

지수는 지원이 무슨 말을 할지 아는 사람처럼 동생의 말을 잘랐다. 당황한 지원이 입술을 뻐끔거릴 때였다.

"아니면 다시는 나 볼 생각하지 마."

"언니!"

청천벽력 같은 소리에 지원의 눈가가 복잡한 감정으로 일그러졌다. 반면 지수는 여전히 평온한 얼굴로 하얗게 질린 동생을 응시했다. 지수의 견고한 눈빛이 지원을 아프게 찔렀다. 협상은 절대 불가하다는 듯 지수가 고개를 돌려 버렸다.

"이제 그만 나가. 더 할 말 없으니까."

지금까지 살면서 언니는 허튼소리를 한 적이 없었다. 즉, 카센터를 포기하지 않으면 언니는 정말로 지원을 다시 보지 않을 것이다. 언니의 결정이 야속하면서도 이해가 되지 않는 것도 아니라 지원의 어깨는 한층 더 무거워졌다.

*　　*　　*

저녁 여덟 시. 웬일로 일찍 귀가한 손주환 사장은 가정부의 호들갑에 서재 밖을 나왔다가 깜짝 놀랐다.

"저 왔어요. 잘 계셨죠?"

"뭐야, 너?"

주환은 제 앞에 가벼운 옷차림으로 서 있는 아들을 황당하다는 듯 바라보았다. 아직 귀국일이 아니었는데 아들 녀석이 벌써 돌아와 있었다. 안경을 벗어 셔츠 주머니에 끼운 뒤 주환이 물었다.

"말일에 들어온다며?"

"일은 제대로 마무리하고 왔으니 걱정 마세요."

하경이 피곤한 낯으로 대답했다. 열두 시간이 넘는 비행시간 때문에 지치기도 했고 몰아치듯 해치운 일 탓에 피로도 풀리지 않았다.

슬그머니 아들 눈치를 살핀 주환이 한숨에 섞어 중얼거렸다.

"들어올 거면 이틀만 일찍 들어오지."

"왜요?"

하경에게 지원에 대해 이야기를 하려던 주환이 고개를 저었다. 피곤에 찌들어서 날이 서 있는 아들에게 괜히 여자 이야기를 할 필요는 없었다. 일하라고 미국에 보내 놨더니 여자나 만나고 다닌 녀석 아닌가. 주환은 아들이 결혼까지 생각하는 여자와 갈라놓은 주제에 정략결혼에 대해 시시콜콜 말하기가 불편했다.

"아니다. 밥은?"

"됐어요. 올라가 볼게요."

꾸벅 고개를 숙이고 나서 하경이 미련 없이 등을 돌렸다. 주환은 어느새 훌쩍 자란 아들의 뒷모습을 가만히 바라보았다.

어렸을 적에는 '아빠, 아빠!' 하면서 뒤를 졸졸 쫓던 녀석이었는데 애비보다 반 뼘은 더 크더니 귀여운 맛이 사라졌다. 그래도 주변에서는 장성한 아들 중에 손하경만큼 애교 있는 아들도 드물다고 칭찬하곤 했지만 말이다.

'장가도 보내고 회사도 물려주면 할 일은 다 한 거지.'

시원섭섭한 마음을 애써 숨기면서 다시 서재로 걸음을 돌리려던 주환이 멈칫했다. 멋스러운 원목 선반에 놓인 액자가 그의 시선을 끌어당겼다. 2년 전에 너무나도 이르게 세상을 떠난 아내의 사진이었다. 아마 아내가 현재 부자의 모습을 본다면 이렇게 말했을 것이다.

'남자 둘이서 살벌하네.'

……라고.

한편, 오랜만에 집에 돌아온 하경은 캐리어를 구석에 던져 놓고 바로 노트북부터 켰다. 부팅 화면이 들어오자마자 타이밍 좋게 휴대폰이 진동했다. 공항에서부터 계속 연락을 나누던 흥신소 직원이었다.

"네."

─네, 안녕하세요. 여기…….

"압니다. 무슨 일이시죠?"

하경은 통화 상대가 구구절절 늘어놓는 자기소개를 도중에 잘랐다. 이내 멋쩍은 목소리가 이어졌다.

─……확인 드리고 싶은 게 있어서요.

"뭡니까?"

부팅이 끝난 노트북 화면을 내려다보며 하경이 건성으로 대꾸했다. 기다렸다는 듯 전화기 너머로 말이 들려왔다.

─의뢰서 상에, 찾는 분이 도서관 사서라고 하셨는데 혹시 공무원이신가요?

도서관이 공무원인지 사기업 직원인지 알 정도면 의뢰도 하지 않았을 것이다. 하경이 눈살을 찌푸렸다.

"모릅니다."

―네…… 그래도 정보가 상세한 편이라서 금방 찾을 수 있을 것 같고요.

확신이 없는 말의 어미가 왠지 불안하다. 그래도 친구들을 탈탈 털어서 일 잘한다는 업체에 의뢰한 건데 '금방 찾을 수 있을 것 같고요.'라고 말하다니. 업체가 무능하다고 밝히는 느낌이랄까.

'엿 먹으라고 일부러 이상한 데 알려 준 거 아냐?'

손하경은 괜스레 친구를 원망했다. 그때였다.

똑똑 출입문을 두드리는 소리에 하경이 깜짝 놀라 문가를 돌아보았다. 다행히 문은 열리지 않았다. 대신 아버지의 목소리가 희미하게 들렸다.

"하경이, 안에 있냐?"

다른 사람도 아니고 하필이면 아버지였다. 떠난 여자를 찾고 있다는 걸 아버지에게 들키면 큰일이라 하경이 눈살을 찌푸렸다. 방음이 잘되는 편이어서 그나마 통화 소리가 새어 나가지는 않았을 것이다. 아무것도 모르는 전화 상대는 계속 줄줄 말을 늘어놓았다.

―길어 봐야 일주일 정도 소요될 듯하고…….

"예, 알겠습니다. 자세한 건 뭐라도 진행된 다음에 연락 주십시오."

—네?

이미 메일로 전해 받은 정보를 계속 듣고 있을 필요는 없었다. 하경은 또 직원의 말허리를 뚝 자르고 매정하게 전화를 끊어 버렸다. 그가 전화를 끊기 무섭게 방문이 열리고 아버지가 다가왔다.

"잘 정리하고 왔어?"

어째서일까? 아버지의 말이 썩 달갑지 않게 들린다. 하경이 눈가를 미미하게 찡그리면서 되물었다.

"……어느 거요? 일? 아니면 여자?"

아들이 대놓고 물어볼 줄은 예상하지 못했던 터라 주환이 잠시 멈칫했다. 당연히 업무 이야기였다. 밖에서야 아들이 소소하게 사업을 연습한다고 말하고 다니긴 하지만 어찌 되었든 아내의 이름을 딴 프로젝트였다. 신경이 쓰이지 않을 리가 없었다. 아, 물론 영문명이지만 말이다. 김숙자 프로젝트는 아니니까.

그제야 손 사장은 하경의 눈에서 불만의 기색을 읽어 냈다. 그나마 다행인 것은 '아버지 때문에 여자와 헤어졌잖아요!' 하고 질질 짜지는 않는다는 것쯤일까? 주환이 한숨을 삼키고 답했다.

"둘 다."

"마무리는 확실히 하고 왔어요."

하경은 둘 중 어느 쪽 마무리인지 명확하게 밝히지는 않았다. 아버지도 별로 궁금하지 않은 양 더 이상 캐묻지는 않았다. 대신 손 사장은 아들을 머리부터 발끝까지 쓱 훑어보았다.

"살이 조금 빠진 것 같은데?"

"많이 빠졌을 걸요."

하경이 피곤한 투로 대꾸했다. 물론 일은 그다지 힘들진 않았다. 문제는 윤지원이었지. 그녀와 함께 있을 때는 체력적으로 바닥을 느꼈고, 그녀가 떠난 뒤에는 정신적으로 바닥을 경험했었다. 하경은 끔찍하기 그지없던 요 며칠을 떠올리기조차 싫었다.

"힘들었냐?"

이런 하경의 사정을 알 리 없는 손 사장은 걱정스러운 눈빛을 내비쳤다. 겨우 프로젝트 하나의 총책임자였을 뿐인데 힘들었다면 아들은 기업 오너의 자질이 없는 것이다. 초조한 마음을 애써 숨기고 주환은 하경의 말을 기다렸다. 다행히 아들은 고개를 흔들었다.

"아뇨, 괜찮았어요. 재미있었고."

"그래. 그거면 됐지. 쉬어라."

아들의 대답에 주환은 겨우 마음을 놓을 수 있었다. 인자한 아버지의 탈을 쓴 주환이 몸을 돌리다 말고 다시 하경을 불렀다.

"아! 하경아."

"네?"

그 순간 찰칵, 하고 카메라 셔터 음이 방 안을 울렸다. 하경은 아버지 손에 들린 휴대폰을 떨떠름하게 쳐다보았다. 휴대폰으로 사진을 찍는 아버지의 모습은 낯설었다.

"……뭐하세요?"

"네 사진이 없어서."

아버지는 그 말만 남기고 방을 나섰다. 아무래도 사진이 목적인 모양이었다. 문이 닫히고 하경은 눈살을 찌푸렸다. 아버지도 늙긴 늙었나 보다, 낯간지럽게 아들 사진을 찍어 가다니. 그리고 또 하나.

'이상하게 찍혔을 것 같은데.'

그가 괜히 제 얼굴을 손으로 쓸어 보았다. 아버지에게 사진을 찍히자 참 어색했다. 어렸을 적에는 그래도 종종 유원지 같은 데서 사진을 찍었던 것 같은데.

그러고 보니 아버지처럼 도서관도 자신에게 카메라를 들이댔었다. 사진 남기는 것을 별로 좋아하지 않았지만 그때, 그는 조용히 자는 척을 해 주었다. 눈을 감고 있는데도 그녀의 마음이 물씬 느껴졌었다. 이 인연이 결코 스쳐 지나가는 인연이 아니길 바라는 마음은 둘 다 같았다.

다시 의자에 털썩 앉은 하경이 한숨을 내쉬며 마른세수를 했다.

도서관이 없는 며칠이 수십 년처럼 길게 느껴졌었다. 신기한 일이었다. 그녀와 함께 한 시간보다 홀로 있던 시간이 훨씬 긴데 넓은 스위트룸이 그토록 낯설 수가 없었다.

평소, 아침에 일어나면 당연히 새근새근 자고 있는 도서관을 볼 수 있었고, 아침 식사 때는 커피를 마시는 자신 옆에서 그녀는 행복한 표정으로 조식을 먹었었다. 주인의 일거수일투족에 예민하게 반응하는 강아지처럼 그들은 서로에게 시선을 떼지 못했었다.

하지만 그녀가 떠난 이후, 현실은 완전히 뒤바뀌었다. 아침에 눈을 떴을 때, 그는 혼자였다. 커피가 유난히 쓰게 느껴졌을 때, 그는 제 옆에서 말을 붙이던 여자가 사라졌음을 절감했다.

떠난 사람을 놓지 못하는 건 미련한 짓이라고 생각했는데.

그녀를 보내고 나서 공항에서 리조트로 어떻게 돌아왔는지 기억이 잘 나지 않았다. 그날의 기억을 떠올려 보려고 해도 드문드문 떠오를 뿐이었다. 가장 강렬하게 남은 기억은 그녀는 그의 이름을 알고 싶어 하지 않았다는 거였다. 기약 없는 재회를 약속이랍시고 말해 보았으나 역시 그녀는 완전한 이별을 각오하고 있던 것이다.

그녀의 존재에 익숙했던 터라 하경은 홀로 남은 스위트룸이 어색하고 싫었다. 그는 그녀와 함께 있을 적처럼 잠을 최소한도로 줄이고 업무에 몰두했다. 관계자들은 느긋하던 책임자가 일을 몰아치며 끝내자 의아해했지만 고맙게도 끝까지 잘 따라와 주었다. 마지막 업무 리스트까지 확인한 뒤에 하경은 바로 귀국 일정을 당겼다.

혼자 있는 것도 싫었지만 조금이라도 빨리 윤지원을 되찾고 싶은 마음뿐이었다.

서울에 사는 도서관 사서, 윤지원을 찾아 달라 업체에 의뢰한 것과 동시에 하경도 시간을 내서 도서관 투어에 나섰다. 이달 말까지 메리엔 프로젝트 덕분에 시간이 비어 있어서 그녀를 찾아다닐 시간이 충분했다. 역시 일은 미리미리 끝내는 편이 좋았다.

하경은 내비게이션을 보고 가장 가까운 도서관부터 향했다. 어린이 도서관이든 대학 도서관이든 종류를 가리지 않았다.

처음에, 도서관 직원들은 손하경을 경계하며 알려 드릴 수 없다고 강짜를 놓다가도 간절하게 부탁하면 슬그머니 알아봐 주곤 했다. 하지만 문의를 받은 도서관 직원들은 나중에 똑같은 말만 했다.

"그런 분은 안 계시는데요?"

……라고.

번번이 실패였다.

첫술에 배부를 생각은 없었지만 세 번쯤 지나니 오기가 생기면서도 지쳤다. 기대를 참 많이 하고 있었구나 싶어서 하경은 울적해졌다.

그때 친구에게서 전화가 걸려 왔다. 믿음이 영 가지 않는 업체를 알려 준 친구, 준서였다. 하경은 허탕을 친 도서관 로비에서 전화를 받았다.

"왜?"

ㅡ한국 들어왔다며? 언제 한번 한잔해야지?

"제주도에서 나오지도 못하는 놈이 무슨."

하경이 비아냥거렸다. 학창 시절부터 같이 어울린 친구 준서는 개망나니처럼 살아온 벌로 제주도에 있는 호텔을 경영하라는 명목하에 섬을 떠나지 못했다. 유배당한 주제에 놀자고 전화하는 친구가 한심하면서도 한결같음이 참 대단했다.

—네가 내려오면 되잖아.

"그럴 시간 없어."

하경은 손목을 내려다보고 시간을 살폈다. 점심시간이 되기 전에 근처 도서관을 하나 더 돌아야 했다. 그러나 준서는 끈질겼다.

—왜? 말일까지 출근 안 한다면서?

"미안한데, 정말 시간 없어."

귀찮은 투로 마음에도 없는 사과를 하고 하경이 막 전화를 끊으려던 참이었다. 준서가 계속 말을 붙였다.

—혹시 사람 찾고 있는 것 때문에?

"그래. 끊자."

—누굴 찾는데 그래? 어? 손하경!

준서의 목소리가 멀어지더니 뚝 끊어졌다. 친구한테 시시콜콜 도서관에 대해 말할 의무는 없었다. 바쁘기도 했고 말이다.

오늘은 금요일이고 내일은 토요일. 토요일에 도서관 직원들은 일찍 퇴근했고, 대학 도서관의 경우 일요일, 국공립 도서관은 월요일이 휴관일이었다. 그 외에 사립 도서관들도 스케줄이 제각각이니 서울 이곳저곳을 돌아다닐 계획만으로 하경은 피곤해졌다.

　　　　　*　　　*　　　*

　언니가 병원에 있는 동안 윤지원은 자유로웠다. 반쯤 의미 없
는 자유였다. 자신 때문에 언니에게 안 좋은 일이 생길 수도 있
다는 가능성을 엿본 뒤 지원의 마음은 한껏 불편해졌다. 모든 것
을 다 뒤로하고 도망가는 건 쉽지 않은 일이겠구나, 하고 그녀는
이미 조금씩 포기하고 있었다.

　답답한 마음에 지원은 집 근처가 아니라 백수가 아닐 적 자주
들르던 회사 근처 카페까지 일부러 나갔다. 그녀는 가장 좋아하
던 창가 끄트머리 테이블에 앉아서 카페 내부를 둘러보았다.

　'알바가 다 바뀌었네.'

　위치도 그대로고 인테리어도 바뀌지 않았지만 일하는 사람은
전부 모르는 사람이었다. 그제야 지원은 2년이라는 시간이 꽤
긴 시간임을 깨달았다.

　문득 그녀는 집 안에만 처박혀 있던 2년이 아까워졌다. 만약
2년 전으로 돌아갈 수 있다면, 쉴 새 없이 바깥을 돌아다닐 텐
데. 전국 방방곡곡 카센터가 있는 곳이라면 묻지도 따지지도 않
고……..

　거기까지 생각한 지원이 멈칫했다. 무슨 생각을 하든 그 끝은
오로지 한 사람으로 귀결되었다. 마음속에 묻은 남자를 그리워
하며 평생 살아야 할까? 아니면 언젠가는 이 감정도 빛이 바랠

까?

그때 누군가가 지원의 어깨를 톡톡 쳤다. 깜짝 놀란 지원이 획 뒤를 돌아보고는 의외의 인연에 입가를 가렸다.

"어……."

"어머나! 지원 씨 아니야?"

도서관에서 근무할 적 지원의 사수였던 이나라 대리였다. 계속 죽을상이었던 지원의 얼굴이 드디어 활짝 펴졌다.

"안녕하세요, 대리님! 오랜만이에요."

"웬일이야! 이게 얼마만이니? 2년?"

"……네."

박민철 때문에 사표를 던지고 도망치듯 나온 것이 2년 전이었다. 아마 나라에게 있어서 지원의 마지막은 처량한 이미지일 것이다. 애인에게 차여서 업무 시간에도 흑흑 울던 지원은 마침내 사직서를 냈고, 사직서는 단숨에 수리되었다. 남는 인원이 많아서라기보다 윤지원의 근무 태도가 엉망진창인 탓이었다.

그래도 나라는 껄끄러운 내색은 하지 않고 지원을 반가워했다. 하긴, 전에도 인망 하나는 좋은 사람이었다.

"그동안 잘 지냈……."

나라가 말을 하다 말고 눈을 크게 떴다. 나라의 시선이 꽂힌 곳은 테이블 위에 얌전히 놓여 있던 지원의 왼손 약지였다. 대뜸 지원의 손을 잡아챈 나라가 다그치듯 물었다.

"반지 뭐야? 결혼했어? 우린 왜 안 부르고?"

눈썰미 좋은 나라는 자그만 반지를 바로 알아보았다. 정작 당사자인 지원도 반지의 존재를 종종 잊곤 하는데 말이다. 당황한 지원이 손을 내저으며 다급히 대답했다.

"아, 아뇨! 결혼은 아직……."

"에이, 딱 결혼 반지 같은데? 남친이 준 거야?"

지원은 잠깐 말문이 막혔다. 카센터와의 관계를 어떻게 정의 내릴 수 있을까? 두 사람은 연인과 가장 가까운 관계였으나 분명 연인은 아니었다. 그와 다시 만난다는 보장은 없었고 심지어 자신은 그의 이름조차 몰랐다. 이대로라면 윤지원은 다른 남자와 웨딩마치를 올리게 될 것이다.

그럼에도 지원은 그를 자신의 연인이라는 위치에 남겨 두고 싶었다. 카센터가 아닌 다른 남자에게 윤지원의 연인이라는 자리를 주고 싶지 않았다.

"……네."

수줍은 미소가 쓰게 올라왔다. 지원의 복잡한 속내를 알 리 없는 나라는 고개를 끄덕이면서 계속 질문을 쏟아 냈다.

"전에 만나던 사람하고 계속?"

"아뇨, 그 사람하고는 헤어졌어요."

지원이 담담하게 대답하자 나라도 지난 연애에 대해 굳이 관심을 갖지는 않았다. 오히려 나라는 예상했다는 듯이 고개를 끄덕이기까지 했다. 지원의 퇴사 원인을 다른 사람들보다 잘 알고 있었으니까.

"그랬구나. 여기 비었지?"

"네. 앉으세요."

나라는 아예 주문한 음료가 나오기 전까지 지원과 대화를 이어 가려는 듯 맞은편 의자에 앉았다.

"지금 남친은 뭐 하는 사람이야?"

지원은 차마 '반지를 준 사람은 카센터를 해요!'라고 자신 있게 말할 수가 없었다. 물론 그의 직업 때문이 아니었다.

우습게도 그녀는 지금 이 상황에서 미래의 신랑이 누가 될지 몰랐다.

아직 지원은 마음을 확실하게 정하지 못했다. 언니가 병원에 실려 가기 전까지는 카센터에게 돌아가리라 결심했었다. 하지만 지금은……

"머리 식히고 마음 정리해. 아니면 다시는 나 볼 생각하지 마."

언니의 냉정한 목소리가 머릿속에서 맴돌았다.

차라리 언니처럼 이해득실을 완벽하게 따지며 칼같이 잘라 내는 성격이라면 좋았을 것이다. 가족을 등지고 사랑만을 좇아 떠날 수 있거나, 아니면 마음을 정리하고 맞선을 볼 테니 말이다.

하지만 윤지원은 무른 성격이었다. 언니가 유산을 할지도 모른다는 공포를 맞닥뜨리자 가족을 떠날 용기가 나지 않았다. 그렇다고 카센터를 포기하고 싶지도 않았다. 아직도 갈팡질팡한 마음을 그녀는 여권이 나오기 전까지 고민할 생각이었다.

"그냥, 자기 사업해요."

"사업? 벤처? IT 같은 거?"

"어, 그게…… 자동차 관련이에요."

하나는 자동차 정비소를 물려받을 사람이고, 다른 하나는 자동차 회사를 물려받을 사람이었다. 두 가지 직업의 카테고리를 하나로 묶을 수 있어서 다행이었다.

지원이 뭉뚱그려 대답했으나 나라는 그 정도면 충분한지 직업에 대해 더 이상 캐묻지 않았다. 지원은 마른 입술을 축이고자 커피를 한 모금 마셨다. 커피 잔을 든 손이 조금 떨렸지만 나라는 눈치채지 못한 듯했다.

"몇 살인데 벌써 자기 사업을 해?"

"서른둘이요."

정말 고맙게도 둘 다 서른두 살이었다. 괜히 거짓말이 될까 봐 안절부절못하면서 대답을 미룰 필요도 없고, 두루뭉술하게 답할 필요도 없었다. 지원은 뜻밖의 우연에 감사했다.

"서른둘? 대단하다. 나보다 어리네. 그러면……."

생각보다 젊은 사업가라서 나라는 놀란 표정을 감추지 않았다. 뭔가 더 물어보려는 듯 나라가 입을 다시 열 참에 그녀가 주문한 음료가 준비되었다는 직원의 목소리가 들렸다. 슬쩍 눈가를 찡그리면서 시간을 확인한 나라가 한숨을 푹 내쉬었다.

"참, 결혼할 때 꼭 불러. 축의금 빵빵하게 쏠게. 대신 음식은 맛있는 데로 정해 줘. 가야겠다."

그제야 지원도 휴대폰 화면을 확인했다. 조금 있으면 도서관 점심시간이 끝이었다.

"지금 들어가세요?"

"응. 나도 토요일에 쉬고 싶다."

입술을 삐죽거리는 나라에게 지원은 대답 대신 미소만 지어 보였다. 2년 전까지는 자신도 항상 그렇게 생각했었다.

"전화번호 안 바뀌었지?"

"네."

"그래. 어휴, 갈게."

가방을 어깨에 메고 카운터로 후다닥 달려가는 나라의 뒷모습을 지원은 물끄러미 응시하다가 고개를 수그렸다.

한편, 오늘 근무하는 팀원들 커피까지 사 들고 사무실로 돌아온 나라가 막 시설관리팀을 지날 무렵이었다. 기다렸다는 듯 시설관리팀의 막내 사원이 나라를 붙잡았다.

"대리님, 우리 사서팀에 윤지원 선생님이라고…… 계세요?"

근 2년 만에 카페에서 재회한 지원을 떠올리며 나라가 눈을 동그랗게 떴다. 오늘 지원을 만난 것도 신기한 우연이었는데 또 지원의 이름을 듣게 될 줄은 몰랐다.

"응? 사서팀 윤지원?"

"네."

재차 확인한 뒤에 나라가 희한하다는 투로 설명했다.

"지원 씨 퇴사한 지 좀 됐는데. 왜요?"

"누가 찾아오셨는데 재직자 명단에 없어서요. 일단 없다고는 말해 뒀어요."

"누구였어요?"

나라가 심각한 표정으로 되물었다. 한 달 쯤 퇴사한 계약직 직원이 저지른 일이 불현듯 생각난 탓이었다. 문제는 그 직원이 퇴사한 뒤에 일어났다. 카드 대금 연체에 심지어 사채까지 쓰고 잠적해 버린 그 직원 때문에 회사에 사채업자들이 찾아오고 난리가 났다.

지원이 그럴 사람은 아니지만, 또 모르는 일이다. 나라의 걱정스러운 표정에도 관리팀 사원은 아무렇지 않게 답했다.

"젊은 남자분이라는데 누군지는 잘 모르겠어요. 인턴 학생이 만나서요."

"아, 그러면 별일은 없었죠?"

"네."

시설관리팀 사원은 그 이상 할 이야기가 없어서 고개를 꾸벅 숙이고 사무실 안으로 쏙 들어갔다. 나라는 문이 닫힌 시설관리팀 출입문을 흘깃 보고 사서팀 사무실 쪽으로 걸음을 옮기며 중얼거렸다.

"오늘 참 이상한 날이네. 지원 씨의 날인가?"

퇴사한 지원을 2년 만에 만나지를 않나, 2년 전에 퇴사한 지원을 누군가가 찾질 않나. 확실히 특이한 날이기는 했다.

카페를 나온 지원은 정처 없이 길을 따라 걸었다. 아직 본격적인 여름도 아닌데 날이 무척 더웠다. 햇살은 눈부시고 공기마저 습했다. 꼭 플로리다처럼.

그 순간 지원의 옆으로 오토바이 한 대가 쏜살같이 지나갔다. 깜짝 놀란 그녀가 걸음을 멈추고는 오토바이 뒤꽁무니를 기분 나쁘게 응시했다.

'플로리다는 개뿔. 매연 봐라.'

날씨는 비슷한 것 같은데 대기의 질은 엉망진창이다. 오토바이가 남기고 간 매캐한 흔적 탓에 그녀가 한참을 콜록거렸다.

토요일 한낮, 번화가 거리답게 사람이 많았다. 덥고 끈적이는 날씨에도 연인들은 서로 착 달라붙어서 걷고 있었다. 환하게 웃는 사람들의 표정이 너무 눈부셔서 지원은 더욱 기분이 나빠졌다. 원치 않은 이별을 한 자의 심술이었다.

'배고프다.'

커피를 마셨는데 허기가 져서 지원은 우울했다. 한숨을 내쉬고 주변을 둘러보던 지원이 길 건너를 바라보면서 멈추어 섰다. 멀리서도 눈에 띄는 붉은 간판. 번화가에 하나씩 꼭 있는 가게가 그녀의 눈길을 붙잡았다.

맥도날드였다.

지원은 바로 횡단보도를 찾아 걸었다. 굳이 햄버거가 먹고 싶지는 않았는데 점심 메뉴가 단번에 정해졌다.

　점심시간이라 매장 내에는 손님이 많았다. 코끝을 스치는 고소한 감자튀김 냄새에 지원이 군침을 삼켰다. 손님이 많은 만큼 주문을 받는 직원도 많아서 금세 지원의 차례가 돌아왔다.

　"주문하세요!"

　"빅맥 세트 주세요."

　한 치의 망설임도 없이 지원이 주문했다. 이것저것 들어 있는 햄버거도 좋았지만 지원은 클래식한 빅맥을 선호하는 편이었다. 그러고 보면 식은 빅맥도 괜찮았다. 맛이 조금 덜해질 뿐 아침 식사로도 나쁘지는 않았던 것 같다.

　"아, 쿼터파운더치즈버거 세트도요."

　식은 햄버거의 퍽퍽한 식감을 떠올리던 지원이 눈가를 찡그리고는 무엇에 홀린 듯 덧붙였다. 자신이 말하고도 깜짝 놀라 지원이 멍한 표정을 지었다.

　"드시고 가세요?"

　손님이 바로 대답하지 않자 포스 기계를 능숙하게 누르는 직원의 손길이 멈추었다. 지원이 퍼뜩 정신을 차리고 고개를 저었다.

　"아뇨, 가지고 갈게요."

　이내 지원은 포장용 종이봉투를 들고 매장을 나왔다. 그때까지도 꼭 꿈속에 있는 느낌이었다. 2인분 음식이 든 봉투가 묵직했다.

'하나만 먹어도 충분한데 왜 추가를 했을까?'

바깥은 햇볕이 쨍쨍 내리쬐었다. 강렬한 햇빛에 지원은 눈살을 찌푸렸다. 덥고 습한 날씨는 옆에 누가 함께 있는 것 같은 착각을 일으켰다. 아마 그래서 햄버거 두 세트를 주문한 것이리라.

갈 곳이 마땅치 않았다. 그렇다고 집에 돌아가고 싶지는 않아서 결국 지원은 언니의 병원으로 향했다. 배가 고프기는 했으나, 햄버거 세트 두 개를 다 먹어 치울 자신은 없었으니 누군가를 만나는 게 최선이었다.

가까운 버스 정류장을 찾은 지원은 한 번에 병원까지 가는 버스를 탔다. 자리에 앉아 햄버거가 든 봉투를 무릎 위에 올려놓았다.

'이럴 줄 알았으면 병원 근처에서 살 걸.'

자석에 이끌리듯이 맥도날드를 지나치지 못한 지원은 가장 좋아하는 빅맥 세트와 느끼해서 잘 먹지도 않는 쿼터파운더치즈버거 세트를 주문했다. 예전에는 메뉴에 있는지도 몰랐던 치즈버거 세트를 굳이 주문한 이유를 모르는 척, 그녀는 제 마음을 외면했다.

지하철과 달리 버스는 뱅글뱅글 돌아서 겨우 병원 앞에 도착했다. 얕게 잠들었다가 깬 지원이 서둘러 버스에서 내렸다.

"언니 있어?"

지원이 병실을 찾아 들어가자 침대 위에 누워 있던 지수가 동생을 발견하고 태블릿을 내려놓았다.

"왜 왔어?"

"오늘 퇴원해?"

자매는 질문에 대답은 않고 서로 묻기만 했다. 웬일로 지수가 먼저 숙여 주었다.

"이따 네 형부랑 같이 갈 거야."

지원이 고개를 끄덕이고 침대 가까이로 다가가서 맥도날드 종이봉투를 들어 올렸다. 지수의 시선이 종이봉투에 꽂혔다.

"언니, 햄버거 먹어도 돼?"

"상관없어."

"콜라는?"

"안 돼."

명쾌한 답에 지원이 봉투에서 햄버거 두 개를 한 손에 각각 들었다. 그래도 환자를 배려해서 지원은 언니에게 선택권을 주었다.

"빅맥 먹을래, 치즈 버거 먹을래?"

"빅맥 줘."

언니도 빅맥을 좋아했다. 괜스레 아쉬워진 지원이 지수에게 빅맥을 건네주었다. 햄버거를 받아 들자마자 지수가 눈살을 찌푸렸다.

"다 식었잖아. 웬 햄버거야?"

"그냥 먹고 싶어서."

"하여튼 윤지원, 애도 아니고."

지원이 침대 옆에 보호자 의자를 가져다 두고 앉았다. 패스트 푸드를 즐겨 먹지 않는 지수는 햄버거가 오랜만이었다. 병실에는 바스락거리는 햄버거 포장지 소리만 들렸다. 쿼터파운더치즈버거를 먹기 전, 지원은 얼음이 다 녹아 싱거워진 음료를 한 모금 마시고 나서 말했다.

"근데 언니, 알아? 빅맥은 식어도 맛있어."

지수는 지원의 쓸데없는 소리를 무시했다. 지원도 딱히 대답을 바라고 한 소리는 아니었다. 침묵 속에 다 식은 빅맥을 먹던 지수가 입을 열었다.

"마음 정리는 좀 했어?"

언니의 물음에 지원이 눈살을 찌푸렸다. 며칠이나 지났다고 벌써 마음 정리가 되겠는가. 물론 지수도 별로 기대하지는 않았다는 표정이었다.

대답 대신 지원은 다 식어서 더욱 느끼하고 퍽퍽한 치즈 버거를 한 입 베어 물었다. 음료를 절로 부르는 맛이었다. 이걸 좋아하다니, 카센터도 은근히 어린애 입맛인가 보다. 지원은 콜라를 입 안 가득 마셨다.

"잘 모르겠다고 하면 화낼 거지?"

"당연하지."

언니가 장난스럽게 주먹을 들어 보였으나 이제는 별로 겁이 나지 않았다. 큰 산처럼 느껴지던 언니도 자신과 같은 평범한 여자라는 걸 깨닫게 된 뒤로 지원은 지수를 특별히 무서워하지 않왔다. 지수가 반쯤 먹은 빅맥을 내려놓고 계속 말했다.

"지금 당장 싫다고 판 다 엎지 말고, 조금 더 생각해 보고 고민해 봐."

의외로 언니가 한 걸음 물러나 주었다. 지원이 믿을 수 없다는 얼굴로 지수를 쳐다보았다.

"다시는 나 안 본다며."

"그땐 나도 짜증 나니까 그랬지."

하긴, 어렵게 얻은 아이를 잃을까 봐 정신없는 상황에서 남에게 여유롭게 좋은 소리를 해 줄 사람은 세상에 없었다. 언니의 마음이 이해가 가서 지원은 무척 부끄러워졌다.

"……미안해."

지원이 기어들어 가는 목소리로 사과했다. 동생의 시무룩한 태도에 지수가 한숨을 길게 내쉬었다.

"부모님 체면도 있고, 또 너한테도 정말 좋은 기회잖아."

틀린 소리는 아니었다. 만약 플로리다에서 카센터를 만나지 않았다면 맞선 상대가 아버지뻘이 아니라는 데 감사하며 행복하게 맞선 자리에 나갔을 것이다. 로또에 당첨된 기분으로 이 맞선을 인생의 기회라 여겼을 것이다.

하지만 윤지원은 이미 사랑하는 사람을 만나 버렸다. 온 마음을 다해 그를 사랑하고, 사랑을 받는 행복을 이미 알아 버렸다. 뜨거운 심장을 외면하고 머리로만 이해득실을 따져 가며 차가운 결혼을 할 자신이 없었다.

"그 집 아들 노리는 여자들이 그렇게 많다던데."

말없이 가만히 있는 동생이 무슨 생각을 하는지 알면서도 지수는 농담처럼 덧붙였다. 어느 시대, 어느 지역이든 간에 부유하고 능력 있는 남자는 여자들의 표적이었다.

"근데 왜 하필 나야?"

"조건이 다 맞았나 보지. 네가."

"나 같은 여자는 널렸겠구만."

지원이 얼굴을 구기고 투덜거렸다. 지수는 동생의 불만을 듣지 못한 척했다. 지원은 남은 햄버거를 끝까지 입에 밀어 넣었다. 차라리 먹는 것에 집중하고 싶은 심정이었다. 그때 지수가 희망찬 소리를 했다.

"몇 번만 만나 보고 나서 진짜 이 남자하고는 못 살겠다, 싶으면 그때 결혼 깨. 결혼이 확정된 것도 아니잖아."

'결혼을 깨라고?'

생각지도 못한 언니의 말에 꿀꺽, 음식을 삼키고 나서 지원이 바로 물었다.

"그, 그게 될까?"

"왜? 네 특기잖아. 튀는 거."

특기라니! 그래 봤자 제주도로 한 번, 플로리다로 한 번 가출했던 거였다. 딱 두 번뿐이었던 터라 지원이 코끝을 찌푸렸다. 지수가 동생을 비웃으며 말을 이었다.

"이달 말에 그 집 아들도 들어온다니까 다음 달 초에 자리 한

번 마련하라고 엄마한테 말할게."

귀가 얇은 지원은 지수의 말에 설득당하고 말았다.

"진짜?"

"그 남자도 네가 마음에 든다는 보장이 없잖아. 그럼 서로 합의해서 맞선 깨면 되지."

지원의 눈이 희망으로 반짝였으나 미안하지만 동생이 그리는 미래는 없을 것이다. 지수는 무표정하게 지원을 바라보았다.

지수는 일단 지원을 달래고 어떻게든 만남을 성사시키고자 노력했다. 어린애 같은 동생은 고집이 만만찮았으나 또 회유하는 소리에 쉽게 넘어갔다. 훨씬 더 근사한 남자를 만나 보면 동생의 마음도 바뀔지 모른다. 아니, 마음이 변하지 않더라도 몇 번의 만남을 지속하다 보면 어영부영 윤지원은 식장에 드레스를 입고 들어갈 것이 뻔했다.

9장
그 여자를 잊을 수가 없다고요

　새로 발급받은 여권을 들고 지원은 무기력하게 집에 돌아왔다.

　주말 내내 언니의 제안에 대해 생각해 봤지만 아무래도 언니한테 말려든 기분이다. 말일까지 며칠 남지도 않았는데 이대로 가만히 있어도 되는 걸까? 이러다 카센터와 영영 엇갈려 버리면 어떡하지?

　사실, 언니의 의견은 꽤 유혹적이었다. 결혼을 반드시 한다는 보장이 없으니 몇 번 만나는 척을 하며 부모의 체면과 맞선 상대의 자존심을 건드리지 않는 선에서 적당히 결혼 이야기를 없던 것으로 돌리자는 의견은 큰 마찰 없이 결혼을 무효화시키기 알맞은 방법이었다.

'하지만⋯⋯.'

지원이 걱정하는 것은 따로 있었다. 기껏 결혼을 하지 않아도 되는 상황을 만들었는데 정작 카센터를 만나지 못하면 말짱 꽝이었다. 일단 그와 연락할 수 있는 수단이 필요한데 윤지원은 그의 이름조차 몰랐다.

'서울에 있는 카센터를 다 돌아봐야 하나?'

문제는 카센터가 한두 개가 아니라는 데 있었다. 지원의 눈앞이 캄캄해졌다. 거기다 그의 이름도 모르니 그가 근무하고 있을 때를 맞춰서 찾아가야 했다.

'이럴 줄 알았으면 이름을 들을 걸⋯⋯.'

미련을 버리겠다고 그의 이름을 듣지 않았던 것이 후회스러웠다. 이러지도 저러지도 못하는 상황에 머리가 복잡해서 열이 오를 지경이었다. 지원은 에어컨을 켜고 침대에 드러누운 채 휴대폰 비밀 폴더에서 그의 사진을 불러 왔다.

아니면 이름 대신 몰래 찍은 사진을 보여 줘야 하는데 그러기도 싫었다. 지원은 잠들어 있는 카센터의 모습을 자신만의 것으로 만들어 두고 싶었다. 그녀는 한참 사진을 들여다보다가 한숨을 내쉬었다.

매일 밤마다 꿈에서 그의 얼굴을 볼 수 있기를 간절히 바랐으나 요 며칠 자신은 꿈도 꾸지 않고 쿨쿨 잘만 잤다. 너무 아프면 살기 위해서라도 감각이 둔화된다더니 자신의 마음이 딱 그 짝이었다.

그때, 문을 노크하는 소리가 들렸다. 지원은 후다닥 그의 사진을 끄고 침대에서 벌떡 일어나 문을 열어 주었다. 엄마였다.

"왜요?"

"지수가 그러는데, 지원이 너 요즘 마음이 복잡하다며?"

지원이 엄마를 의심스럽게 쳐다보며 고개를 끄덕였다. 언니가 도대체 무슨 이야기를 했기에 엄마가 이런 소리를 하는지 모르겠다.

"토요일에도 언니한테 갔다면서? 맞아?"

"네."

햄버거 두 개를 차마 먹을 수 없어서 언니한테 갔었다. 그러나 엄마는 사실을 조금 다르게 받아들인 모양이었다. 엄마가 대뜸 지원을 끌어안고 토닥였다.

"지수 병원에 간 거 네 탓 아니야. 너무 마음 쓰지 마."

'뭐지?'

윤지원은 지금 뜬금없이 엄마의 품에 안겨서 위로를 받고 있었다. 영문을 알 수 없어서 지원이 눈동자만 데굴데굴 굴릴 즈음이었다.

"그러니까 죄책감 갖지 마렴. 알았니?"

"네? 네……."

지원이 떨떠름하게 대답했다. 죄책감이 아예 없던 것은 아니었다. 자신이 플로리다로 도망쳐서 언니가 스트레스를 받긴 받았으니 말이다.

지수가 퇴원한 후로 민화는 지수를 집에 부르기보다는 직접 큰딸의 집을 방문했다. 별문제 없이 잘 지내나 걱정이 되어서 오늘도 들렀는데, 지수가 지원의 이야기를 꺼냈다. 토요일에 햄버거를 사 들고 왔다고.

타인의 일에 심드렁한 막내딸이 웬일인가 싶었는데 지원의 마음이 불편한 것 같으니 기분 전환을 시켜 주라고 지수가 은근슬쩍 말을 흘렸다. 민화는 그때 퍼뜩 지원에게 했던 말이 떠올랐다.

"하여간에 너도 언니한테 충격 주지 말고, 스트레스 안 받게 해."

큰딸에게 신경을 쓰느라 막내딸의 기분은 생각도 못 했다. 민화는 자신이 괜히 막내에게 죄책감을 만들어 준 것 같아 가슴이 철렁했다. 그렇게 민화는 오해를 하고 있었다.

"기분 전환 삼아서 잠깐 속초 별장에서 쉬고 올래?"

"속초?"

엄마의 품에서 겨우 빠져나온 지원이 고개를 갸웃거렸다. 해수욕장 근처에 있는 별장은 엄마가 몇 년 전에 유행을 따라 마련한 것이었다. 뼛속까지 공돌이 스타일인 아버지와 다르게 엄마는 부동산 등에 관심이 많았고, 아줌마들 사이에서 유행이었던 별장을 굳이 구입하기까지 했다. 다행히 바닷가에 인접해 있어서 가격이 배로 뛰었다나, 뭐라나.

"너 바다 좋아하잖니?"

"내가요?"

언제 엄마에게 바다를 좋아한다고 말한 적이 있었나? 그런 기억은 없어서 지원이 눈을 가늘게 떴다. 엄마가 계속 말했다.

"그러니까 집을 나가도 꼭 제주도나 플로리다 같은 델 가는 거 아니야?"

"그런가."

우연이었을 뿐이지만 아무렴 어떤가 싶어서 지원이 심드렁하게 대답했다. 엄마는 막내딸이 기특하다는 듯 어깨를 두드리며 기운을 북돋아 주었다.

"날씨도 더운데 속초는 시원하고 괜찮을 거야. 가서 좀 쉬고, 머릿속도 정리하고 그래."

"알았어요."

지원이 뒷머리를 긁적였다. 가서 놀다 오라는데 구태여 거절할 필요는 없었다. 엄마가 흐뭇한 미소를 지어 보이고 방에서 나갔다.

엄마가 나가고 얼마 지나지 않아 지원도 차고로 후다닥 내려갔다. 속초까지 가려면 오랜 시간 운전을 해야 해서 자동차 상태가 중요했다.

오랜만에 운전석에 오른 그녀는 조마조마한 마음으로 시동을 걸었다. 다행히 배터리는 아직 방전이 되지 않았지만 혹시 모르니까 점검을 받을 생각이었다. 지원은 그대로 차를 몰고 종종 들렀던 근처 카센터로 향했다.

"안녕하세요."

"아, 지원 씨! 어서 오세요. 오랜만이네?"

비슷한 나이 또래의 카센터 직원이 영업용 미소를 지으면서 지원을 맞아주었다.

"잘 지내셨죠? 많이 바쁘세요?"

"아뇨. 일이 없어서 죽겠습니다."

직원의 한탄 서린 대답에 지원이 킥킥거렸다. 웬일로 예약 없이 바로 점검이 가능해서 다행이었다.

"그럼 점검 좀 해 주세요. 차를 너무 안 써서요."

"날씨도 좋은데 밖에 좀 돌아다니시지."

직원이 농담을 건넸다. 지원은 대답 대신 히죽 웃어 보일 뿐이었다. 더운 날씨 탓에 카센터 직원은 반소매 작업복을 입고 있었다. 근육이 꽉 잡힌 팔을 그녀가 물끄러미 응시했다.

전에 카센터에게 물어본 적이 있었다. 자동차 정비사들은 전부 몸매가 좋으냐고 말이다. 그때 그의 당황한 표정이 아직도 또렷해서 지원은 웃음이 비집고 나왔다. 그에게 이 사람을 보여 주면 그녀가 왜 그런 질문을 했는지 이해할 것이다.

"사장님은 어디 가셨나 봐요?"

"아, 오늘 조합원 모임 있다고 나가셨어요. 왜요?"

"조합원 모임이요?"

순간, 지원의 눈동자에 불꽃이 튀었다. 지원의 차를 이모저모 살펴보느라 직원은 번뜩이는 그녀의 눈을 차마 보지 못했다. 리프트에 차를 올리고 나서 그가 고개를 끄덕였다.

"네. 그래서 이쪽 지역 사장님들은 지금 거기 다 계실걸요."

"그, 그러면 카센터 하시는 분들끼리 연락망이 있어요?"

"네? 네, 뭐 가입한 사업장이면 그렇겠죠."

그제야 번쩍번쩍 빛나는 지원의 부담스러운 눈동자를 본 카센터 직원이 우물쭈물 대답했다. 하늘이 무너져도 솟아날 구멍이 있다더니! 지원의 입꼬리가 스르륵 올라갔다.

"저기, 저 나중에 뭐 부탁 하나만 해도 돼요?"

"뭔데요?"

불안한 듯이 그가 그녀의 눈치를 살폈다. 순진하게 처진 눈동자가 초조하게 떨리고 있어서 지원이 안심하라는 투로 말했다.

"엄청난 건 아니고요, 나중에 말씀드릴게요. 꼭 들어주셨으면 해요."

"그, 그래도 그건 들어 보고 결정해야 할 것 같은데⋯⋯."

이런 막무가내 인간도 고객이라고 그는 그녀의 부탁을 딱 잘라 거절하지 못했다. 하지만 한줄기 희망의 빛을 본 지원은 타인의 불행을 외면해 버렸다. 그렇게까지 대단한 부탁도 아니었다. 그저 같은 업종에 있는 사람 하나 찾아 달라는 거니 말이다. 지원은 더 이상 말하지 않고 씨익 불길하게 웃었다.

지원은 정오가 지나서야 느릿느릿 일어났다. 태양은 오늘도

찬란하게 빛났다. 커튼을 열고 바깥을 내다본 지원이 한숨을 내
쉬었다.

이대로 속초에 가는 척 인천 공항으로 튀어 버릴까 고민하다
가 만에 하나라도 언니에게 무슨 일이 생길까 봐 포기했다. 1박,
또는 2박으로 짧게 다녀오겠다고 미리 말한다 해도 윤지원은 이
미 가족들에게 양치기 소년이나 다름없어서 아무도 믿어 주지
않을 것이다.

"어디 가니?"

"속초요."

"아, 벌써 가게?"

별장에 가서 기분 전환을 하라고 부추긴 엄마가 할 소리는 아
닌 것 같았다. 엄마를 떨떠름하게 보던 지원이 캐리어 손잡이를
길게 늘였다. 엄마가 또 참견을 했다.

"얘, 그거 너무 크지 않니? 무슨 짐이 그렇게 많아?"

오래 묵을 것도 아니면서 지원은 가출할 때 썼던 큼직한 캐리
어를 챙겼다. 캐리어에는 덥고 습한 날씨에 어울리는 여름옷을
집어넣었다. 일부러 원래 갖고 있던 옷보다 플로리다에서 샀던
옷을 챙겼다. 왠지 속초 별장에 가면 추억에 젖을 것 같은 예감
이 들어서였다.

"든 건 별로 없는데 이게 튼튼해서."

지원이 대충 둘러댔다. 다행히 엄마는 더 이상 캐묻지 않았다.

"엄마가 속초까지 데려다줄까?"

"됐어. 어제 차 정비했어요."

막내딸이 손을 내젓자 민화는 어쩔 수 없이 물러나야만 했다. 지원은 막내라 그런지 언니인 지수와 다르게 어딘가 미덥지 않은 구석이 있었다. 솔직히 막내딸은 보고만 있어도 불안할 때가 많았다. 지금도 속초까지 먼 길을 운전하다가 괜히 사고라도 낼까 불안했다.

"운전 조심하고."

"네."

"사고 나면 내리지 말고 창문도 열지 말고 엄마한테 전화해. 알았지?"

"알았어."

캐리어를 끌고 현관으로 가는 지원을 쪼르르 쫓아오며 엄마가 시시콜콜 잔소리를 했다. 듣기 싫은 잔소리는 아니라 지원은 고분고분 대답했다.

막내딸을 배웅해 주면서도 사실 민화는 지원에게 별장에 가라는 말을 괜히 한 것 같다는 생각이 들었다. 뭐랄까? 기분 전환을 하라고 말하자마자 막내가 당장 속초행을 결정하리라고는 예상하지 못해서였다.

"별장 도착하면 바로 전화하고."

"네네."

엄마는 정원을 지나 대문까지 쫓아 나왔다. 지원은 뒷좌석에 캐리어를 넣고 문을 쾅 닫았다. 막 운전석에 오르려는데 민화가 조심스럽게 한마디 했다.

"지원이 너, 정말 속초 가는 거 맞지?"

"그럼 어딜 가요?"

"아니…… 그냥."

확실히 윤지원은 제주행과 미국행으로 인해 양치기 소년이 되고 말았다. 지원이 한숨을 길게 뱉었다.

"가서 전화할게."

"기분 전환 잘하고, 훌훌 털어 버리고 와."

운전석에 오른 지원이 대답 대신 고개를 끄덕이고 차 문을 닫았다. 그때까지도 엄마는 안절부절못하며 초조한 기색을 내비쳤다. 그렇게 엄마가 웬일로 별장에 가라며 용기를 북돋아 준다 했다. 집 앞을 서성이는 엄마를 룸 미러로 흘깃 본 지원이 콧방귀를 뀌었다.

*　　　*　　　*

사람을 찾는 일이 생각보다 쉽지 않다. 서울에 위치한 도서관에서 사서로 근무하는 '윤지원'은 어디에도 없었다. 금방 찾을 수 있을 것처럼 말했던 업체도 이제 와서 '정확한 정보를 확인해 달라'고 부탁을 할 정도였다.

'어떻게 된 거지?'

아무리 생각해도 무엇이 잘못된 건지 모르겠다. 하경의 눈가가 일그러졌다. 오늘도 서울 외곽까지 도느라 저녁 늦게야 집에 돌아올 수 있었다. 자동차 키를 만지작거리면서 집 안으로 들어온 하경은 우뚝 서 있는 아버지를 보고 걸음을 멈추었다.

"왜 나와 계세요?"

"넌 뭘 하고 다니는 거야? 이 시간까지?"

"네?"

다 큰 아들이 저녁 늦게까지 돌아다니는 게 마음에 들지 않는지 아버지는 못마땅한 기색이 역력했다. 찔리는 구석이 있어서 하경이 쉽게 대답하지 못했다. 아버지에게 괜히 도서관에 대해 알려 봤자 좋을 일은 없었다.

"그냥…… 일이 좀 있어서요."

대강 둘러대는 아들을 흘겨보던 주환이 한숨을 내쉬었다. 오늘 저녁에 윤 사장 쪽에서 연락이 왔다. 월말에 하경이 돌아오면 인사 차 가족끼리 만나 보자고 말이다. 아들에게 맞선에 대해 상세하게 설명하지 않은 터라 주환은 윤 사장에게 아직 하경이 귀국했다는 사실을 알리지는 않았다.

"너 들어오면 자리 한 번 마련하자고 하더라."

"누가요?"

"윤 사장 말이야."

누군지 모르겠어서 하경은 아버지에게 의문 가득한 시선만 보냈다. 주환은 시시콜콜 설명하는 대신 한마디만 덧붙였다.

"그 집 딸하고."

그제야 '윤 사장'의 정체를 알아차린 하경이 얼굴을 굳혔다. 당사자의 의견은 상관없이 맞선은 잘 진행되고 있는 모양이다. 기막힌 헛웃음을 뱉고 나서 하경이 투덜거렸다.

"어차피 제 의견은 필요 없잖아요. 마음대로 하세요."

기분이 상한 듯하경이 삐죽거렸다. 다 큰 자식인데 이럴 때 보면 또 어렸을 적 삐친 모습이 그대로 나온다. 주환이 타이르는 투로 말했다.

"어린애도 아니고 무슨 말을 그렇게 해?"

"저 피곤해요. 올라가 볼게요."

더는 신경 쓰고 싶지 않은 하경이 고개만 살짝 숙이고는 주환을 지나쳤다. 주환은 답답한 눈빛으로 아들의 뒷모습을 바라보았다.

'뭔가 있어.'

마무리 단계에서 몇 번 미덥지 않은 실수를 하긴 했으나 메리엔 프로젝트에 관한 보고서를 받아 본 후, 주환은 아들을 열심히 키운 보람을 느꼈다. 주어진 기간보다 빠르게 업무를 처리하고 돌아온 것도 칭찬할 만한 일이었다.

하지만 계획에 없는 휴식을 아들이 충분히 누리고 다음 업무에 정력적으로 임해 주길 바라는 주환의 마음과 달리, 하경은 바깥으로 돌았다. 도대체 밖에서 무슨 일을 하고 다니는지 모르겠으나 주환의 질문을 불편하게 받아들이는 것을 보면 옳은 일은 아닐 것이다. 순간, 주환의 머릿속에 가정이 스쳐 지나갔다.

'이 녀석 설마!'

어쩌면 그 여자와의 관계 정리를 완전히 끝내지 못한 걸지도 모른다. 손하경은 거짓말을 할 줄 모르는 어린애가 아니었다. 아버지에게 거짓말을 하고 뒤에서 몰래 그 여자와 관계를 지속할 수도 있었다. 자신의 주변만 봐도 두 집 살림은 흔해 빠졌다. 두 집이 아니라 서너 집 살림을 하는 남자들도 부지기수였다.

그러나 손주환은 부정을 절대 용납할 수 없었다. 만약 아들이 그런 음흉한 생각을 하고 있다면 가만두지 않을 것이다. 자신의 상상에 노기가 치민 주환은 서재로 들어가자마자 망설일 것도 없이 직속 비서에게 연락했다.

"김 비서, 이틀 내로 하경이가 뭐 하고 다니는지 알아와."

─예, 알겠습니다.

유능한 비서는 제시한 기한 내에 보고서를 올릴 것이다. 비서와의 통화를 끝낸 다음, 주환은 바로 윤 사장에게 연락했다. 개인적인 일은 비서를 통해 전하는 것보다 직접 말하는 편이 친밀감 생성에 좋았다. 특히 가족이 될 사이라면 말이다.

─아니, 손 사장님! 이 시간에 웬일로…….

늦은 시간 따위는 아무래도 상관없었다. 혼담이 오고 가는 이 사이에서 칼자루를 쥔 쪽은 윤창섭이 아니라 손주환이었으니까.

"자리 마련하는 거 말입니다. 모레쯤 뵙는 게 어떨까요?"

아까까지 분명 여유로웠던 주환은 초조해서 혼담 진행 속도를 높이고 싶었다. 아들놈이 마음을 잡지 못하고 바깥으로 나돌

다가 애라도 만들어 오면 큰일이었다.

　—예에? 아드님이 아직 귀국 전이라 하지 않으셨어요?

　"일찍 돌아와서요."

　—아…… 어떡하죠? 저희 지원이가 지금 속초 별장에 쉬러 가서요. 이틀은…… 아얏!

　윤 사장의 비명 이후로 그런 걸 왜 말하고 있느냐며 타박하는 윤 사장 아내의 목소리가 어렴풋하게 이어졌다. 금슬 좋은 부부의 대화에 주환은 웃음이 비집고 나왔다.

　아내가 살아 있었다면 자신의 처지도 윤 사장과 다르지 않았을 것이다. 김숙자…… 아니, 메리엔 여사를 떠올리자 주환은 아내가 떠나고 나서 생긴 마음속 한구석이 저려 왔다. 이래서 남자들이 홀아비가 되면 처량해지나 보다.

　—예, 바쁘지 않으시면 모레도 뭐…….

　결국 윤 사장이 아내에게 지고 말았다. 시무룩한 목소리에 웃음을 겨우 참으며 주환이 대답했다.

　"아닙니다. 어차피 월말은 바쁘니 내달 초에 뵙지요. 쉬러 갔는데 다시 불러오기도 미안하고."

　하루 이틀 정도 늦어진다고 해서 큰일이 나겠는가, 주환은 기꺼이 윤지원의 휴식을 지켜 주었다. 전화를 끊고 나서 주환은 의자 등받이에 몸을 깊이 기댔다.

　그러고 보면 윤지원도 힘이 넘친다. 미국 여행을 마치고 돌아온 지 며칠이나 지났다고 그새 또 속초로 훌쩍 떠났나 싶었다.

젊어서 그런가? 죽은 아내처럼 역마살이 낀 여자라면 아들도 힘들지 모르는데…….

거기까지 생각하던 주환이 코웃음을 쳤다.

"녀석이 고생을 좀 해 봐야지."

손하경은 너무 곱게 자라서 문제였다. 아들에 대한 불만 탓에 주환은 갑자기 지원에게 호감이 솟았다. 이 결혼과 손하경이라는 남자에게 한 치의 관심도 없어 보이는 그녀의 태도가 무례하게 비칠 수도 있지만, 오히려 철모르는 아들에게 약이 될 것 같다는 예감이 들었다. 마치 젊었을 적 자신이 그랬던 것처럼.

그렇게 당사자들은 모르는 만남이 주선되었다.

*   *   *

오랜만에 장시간 운전을 했더니 피곤해서 지원은 저녁도 먹지 않은 채 기절하듯이 자고 아침을 맞았다. 잠에서 깬 지원은 멍하니 천장만 바라보았다. 앞으로 어떻게 해야 할지 감이 잡히지 않는다.

마음은 하루에도 열두 번씩 오락가락했다. 지금 당장 비행기 티켓을 끊어서 플로리다로 날아갈까 하다가도 언니 생각에 소심해지고, 또 이러다가 영영 카센터를 놓치는 것이 아닐까 걱정도 되었다.

근심 가득한 한숨을 푹 내쉰 지원이 꿍 앓는 소리를 내었다.

머리를 너무 많이 써서 그런지 열이 오르는 느낌이었다.

"허리 아파⋯⋯."

운전 좀 했다고 허리가 다 아프다. 허리께를 부여잡고 일어난 지원이 비척비척 일어나 침실을 나왔다.

별장은 이미 청소도 깨끗하게 되어 있었다. 오랫동안 비워진 별장이라 피곤한 가운데 청소를 해야 하는 줄 알았는데, 엄마는 전화로 근처 별장들을 관리해 주는 사람이 따로 있다고 알려 주었다.

'그럴 줄 알았으면 음식도 좀 부탁할걸.'

지원은 텅 빈 별장 냉장고를 허탈하게 바라보았다. 배가 고파서 나갈 힘도 없었다. 배달 음식을 시켜 먹기 위해 그녀는 식탁이나 찬장 등을 살폈다. 그러나 그 흔해 빠진 전단지 한 장이 없었다. 그녀는 고개를 절레절레 저었다.

'오는 길에 마트 있었으니까 거기나 가야겠다.'

게다가 배달 음식은 1인분을 살 수 없으니 직접 움직이는 것이 최선이었다. 음식물 쓰레기 처리를 가장 싫어하는 윤지원은 물만 마신 뒤, 귀찮음을 무릅쓰고 별장을 나섰다.

6월 말, 엄청나게 더울 줄 알았는데 의외로 심하게 덥지는 않았다. 살랑살랑 부는 바람은 시원하기까지 했다. 아무래도 바다 근처에 원체 시원한 동네인가 보다.

관광객을 대상으로 하는 슈퍼마켓은 붐비고 있었다. 대학생들이 방학을 맞아 MT를 온 모양이었다. 꼬질꼬질한 모습으로 지원은 학생들 틈새를 비집고 들어가 라면과 김치 등 인스턴트 음식을 챙겼다.

'참치도 사야지.'

먹을 것을 앞에 두자 지원의 기분이 한층 누그러졌다. 히죽히죽 웃으면서 그녀는 참치 캔도 바구니에 담았다. 조금 더 걸어가자 소포장된 피자와 햄버거 등도 있었다. 지원은 하나 남은 인스턴트 피자를 물끄러미 쳐다보았다.

미국에서 먹은 10달러짜리 피자는 참 맛이 없었다. 그런데도 지원의 손은 피자로 향했다. 하나 남은 피자를 집으려는 순간, 옆에서 대학생이 먼저 피자를 낚아채 갔다.

"야! 피자 하나 챙겼다!"

허공에 떠 있는 제 손을 지원이 허망하게 응시했다. 대학생들은 그저 좋다고 까르르 웃으면서 지원을 무시하고 지나쳤다. 지원이 중얼거렸다.

"피자……."

놓친 고기가 아깝기 마련인지라 그다지 먹고 싶지 않았던 피자가 갑자기 무척 당기기 시작했다. 혼이 나간 듯 서 있는 지원의 곁으로 슈퍼마켓 직원이 다가와 무심하게 말했다.

"피자 채워 드릴게요."

고개를 돌린 지원이 울상인 채로 끄덕였다. 다행히 재고가 있어서 인스턴트 피자도 하나 챙길 수 있었다.

과자, 아이스크림, 음료수에 인스턴트 음식까지 가득 사서 돌아온 지원이 낑낑거리며 비닐 봉투를 식탁 위에 올렸다.

"진짜 힘들다."

헉헉거리던 그녀는 식탁 의자에 앉아 음료수 캔을 하나 땄다. 탄산이 터지는 청량한 소리가 시원하니 듣기 좋았다. 음료수를 마시며 그녀는 멍하니 식탁 위에 놓인 큼직한 봉투를 쳐다보았다. 그 리조트에 있었을 때는 이렇게 힘들지 않았다. 짐을 가뿐하게 들어 주던 남자가 떠오르자 그녀의 표정이 한층 더 울적해졌다.

'괜히 속초에 왔나?'

관광지 바닷가 근처 별장. 볕은 뜨겁고 바다 냄새를 담은 공기는 눅눅했다. 서울처럼 공기가 나쁘지도 않아서 고이 묻어 둔 추억을 자꾸 자극했다. 지원은 인스턴트 피자를 전자레인지에 돌렸다. 맛있는 냄새가 났다.

휘청휘청 걸어서 돌아온 지원이 뜨겁게 데워진 피자를 한입 베어 물었다. 그곳에서 먹었던 10달러짜리 피자와는 맛이 사뭇 달랐다. 고급스러운 맛은 아니지만 그럭저럭 먹을 만한 피자가 괜스레 서운했다.

"맛있네."

맛이 없었으면 했는데.

그때처럼 소스와 기름이 따로 노는 맛이 아니라 지원은 더욱 우울해졌다. 우걱우걱 한 조각을 입에 구기다시피 넣은 그녀가 만사가 다 귀찮은 표정을 지을 즈음이었다. 식탁 위에 있는 휴대폰이 진동하기 시작했다. 엄마의 전화였다.

"여보세요?"

―지원이, 밥 먹었니?

"네⋯⋯."

지원은 떨떠름하게 피자 포장지를 쳐다보며 긍정했다. 인스턴트로 대충 끼니를 때우고 있는 걸 알게 되면 엄마는 화를 낼 것이다. 그러나 다행히 엄마는 무슨 음식을 먹었느냐 캐묻지는 않았다.

―이번 주 토요일에 손 사장님 아들하고 만나는 자리 만들었어.

"네?"

―그러니까 금요일 전에는 꼭 돌아와야 돼. 알겠니?

차마 지원은 대답을 하지 못했다. 급류에 휩쓸린 느낌이었다. 아직도 갈팡질팡하기 바쁜 자신의 생각과 다르게 이미 일은 착착 진행되고 있었다.

―지원아?

막내딸이 대답하지 않자 민화가 지원의 이름을 불렀다. 지원은 입술만 뻐끔거렸다. 언니의 말대로라면 그 남자와 언젠가 만나기는 해야 했다. 하지만 이렇게 빨리? 거기다 부모님과 동반하는 자리면 결혼을 재고해 보자는 말도 꺼내지 못할 게 뻔했다.

―엄마가 그랬잖아. 속초에 가서 마음도 정리하고, 쉬다 오라고.

"아······."

엄마는 아무것도 모르면서 마음 정리를 하라고 강요했다. 지원의 눈가가 일그러졌다. 일그러진 눈동자에 복잡한 감정이 눈물이 되어 올라왔다.

─금요일까지는 거기서 쉬어도 괜찮아. 하지만 금요일 점심 전에는 와야 엄마랑 언니랑 마사지도 받으러 갈 수 있어. 알았지?

엄마의 어르는 목소리에도 지원은 아무 말이 없었다. 지원은 눈을 감아 버렸다. 이 혼담을 안전하게 깨기 위해서는 그 자리에 나가야 한다는 것을 아는데, 나가고 싶지 않았다. 다른 남자를 굳이 만나고 싶지 않았다.

─지원아, 엄마 자꾸 불안하게 할래? 응?

결국 민화가 초조한 말투로 지원을 다그쳤다. 지원은 식탁 의자에 등을 기댄 채 한숨을 내쉬었다. 다른 생각은 하지 말고 혼담을 깨겠다는 목표 하나에만 집중하자. 겨우 마음을 다스리고 나서 지원이 대답했다.

"알았어."

─잘 쉬고, 운전하기 힘들면 전화해. 기사 보내 줄게.

"됐어요. 끊을게."

지금은 엄마의 목소리도 듣고 싶지 않았다. 지원은 자신을 부르는 엄마의 음성을 외면하고 전화를 끊어 버렸다.

지독하게 외로워진 지원이 의자에서 벌떡 일어났다. 해변이라도 걸으면 기분이 조금 나아질지도 모르겠다.

차로 마트에 갈 때와 다르게 세수도 하고 머리도 단정하게 묶은 지원은 쏟아지는 햇빛에 선글라스를 끼고 밖으로 나왔다. 별장은 펜션촌과 거리가 멀지 않아서 시끌벅적한 대학생 무리의 목소리가 다 들릴 지경이었다.

차라리 이게 나았다. 지원은 해변을 따라 쭉 걸으면서 소음을 즐겼다. 전에 제주도로 가출했을 때도 이랬다. 불행의 도가니에 빠져 있을 때라 행복해 보이는 관광객들을 보면 기분이 나빠졌지만, 그래도 그들의 대화 소리나 말소리가 덜 외롭게 만들어 주곤 했다.

"불꽃놀이 할 거니까 폭죽 좀 사 와!"

"운전할 수 있는 사람이 선배 밖에 없는데요?"

깔깔, 소리 높여 웃는 소리와 투덜거리는 볼멘소리 등이 지원의 귓가를 스쳤다. 그 와중에 단어 하나가 각인이 된 듯 그녀의 뇌리에 박혔다.

불꽃놀이.

해변의 밤은 불꽃놀이가 빠지지 않았다. 지원은 별장에 들어가기 전에 다시 슈퍼마켓을 들러서 스파클라를 사고 싶어졌다. 반짝반짝 빛나는 불꽃을 보면 왠지 조금 덜 불행한 기분이 들 것 같았다.

그때였다.

"저기요."

처음에, 지원은 뒤에서 들리는 앳된 남자 목소리를 무시했다. 혼자 온 자신에게 말을 걸 사람이 이곳에 있을 리 없었다. 다른 사람을 부른 것이리라 여기고 그녀는 묵묵히 걸음을 옮겼다.

"저기요, 잠깐만요."

한층 다급해진 목소리가 이어졌다. 그제야 지원은 혹시나 싶어서 뒤를 돌아보았다. 남자는 지원이 이번에도 무시할세라 그녀의 어깨 쪽으로 손을 뻗고 있었다. 깜짝 놀란 지원이 두어 걸음 뒤로 물러섰다.

"무슨…… 일이세요?"

선글라스 뒤에 감춰진 지원의 눈동자에는 경계의 빛이 감돌았다. 남자는 20대 초반이나 되었을까, 싶게 어려 보였다. 뒤통수를 긁적이면서 남자가 어색한 미소를 지었다.

"저희랑 조인하실래요? 친구분들 계시면 부르시고요."

남자가 음식점 야외 테이블 쪽을 가리켰다. 이 남자 말고도 일행이 두 사람 더 있었다. 지원은 무심하게 테이블 쪽을 응시하다가 도로 남자에게로 시선을 돌렸다. 남자는 지원이 대답하지 않자 말을 줄줄 뱉었다.

"저희 이상한 사람 아니구요, 서울에서 대학 다니는데 기말고사 끝나서 놀러왔거든요. 같이 놀면 더 재미있을 거예요."

히죽 웃는 남자의 눈동자는 순수하기 그지없었다. 여행지에서 낯선 이성과 추억을 만들고 싶어 하는 그 마음을 모르는 바는 아니지만, 윤지원은 현재 어린 남학생들과 놀 기분이 아니었다.

"됐어요. 재밌게 노세요."

그녀가 조금 퉁명스럽게 대꾸하고 돌아섰다. 그러나 어린 남학생은 끈질겼다.

"저희가 밥이랑 술이랑 다 쏠게요. 친구분들 어디 계……."

"죄송한데 저 유부녀예요."

"네?"

그의 말을 도중에 끊고 지원이 왼손을 내밀었다. 약지에 끼워진 반지를 남자가 얼빠진 표정으로 쳐다보았다.

지난번에 카페에서 만난 나라가 지원의 반지를 보자마자 결혼반지로 오해했었다. 그날의 기억을 떠올린 지원은 카센터가 준 반지를 방패 삼기로 했다. 이 방법이 통하지 않으면 글쎄, 그때는 경찰이라도 불러야 할까.

"조금 있으면 저희 남편 올 텐데……."

다행스럽게도 그녀의 기지는 순진한 남학생에게 제대로 통했다. 남학생이 주춤 뒷걸음질을 치더니 허리까지 푹 숙이고 사과했다.

"죄송합니다!"

그대로 도망치는 남자의 뒷모습을 지원이 빤히 바라보다가 걸음을 돌렸다. 지원은 우스우면서도 슬픈 감정이 들었다. 언젠가는 이 반지가 진짜 결혼반지가 될 수 있을까? 그녀는 오른손으로 왼손을 감쌌다. 손바닥에서 느껴지는 딱딱한 감촉이 그녀의 가슴을 쿡쿡 찌르는 듯했다.

'될 거야.'

서울에 돌아가면 혼담을 깨기 위해 맞선 자리에 나가면서 뒤로는 카센터를 찾아야겠다. 카센터만큼 괜찮은 남자라면 그 바닥에 소문이 나지 않을 리가 없었다. 이미 부탁 한 번 들어 달라고 카센터 직원에게 언질도 해 두었으니까 이제 찾는 일만 남았다.

* * *

윤지원이라는 이름은 절대 가명일 리가 없었다. 그녀의 아버지가 붙였다는 사람이 분명 그녀를 '윤지원 씨'라고 불렀으니까. 오늘도 허탕을 치고 돌아온 불쌍한 손하경은 결국 의뢰한 업체에 경기권까지 조사 범위를 넓혀 달라고 부탁했다. 돈이라면 얼마든지 더 낼 용의가 있었다. 그녀를 찾을 수만 있다면.

현관에서부터 로비를 쭉 걸어서 응접실을 지나쳐 가는 하경의 뒤로 아버지의 목소리가 날아들었다.

"너, 서울 시내 도서관을 뒤지고 다닌다며?"

가볍게 던진 아버지의 말은 하경의 다리를 옭아매기 충분했다. 우뚝 멈추어 선 그가 마른침을 삼키고 고개를 돌렸다.

"무슨 소리세요?"

일단은 발뺌. 하경은 철판이라도 쓴 양 무표정하게 아버지를 응시했다. 그러나 손 사장은 코웃음을 치면서 자리에서 일어나

아들에게로 훌쩍 다가왔다.

"애비를 속이려고 들어?"

"그런 적 없는데요."

뻔뻔하게 대꾸하는 아들의 엉덩이를 차 주고 싶었지만 손 사장은 충동을 가까스로 내리눌렀다. 힘으로 젊은 아들놈을 이길 자신도 없었고, 하나뿐인 귀한 아들이라 때리면서 키우지도 않았다.

"그래? 그럼 김 비서가 허튼 보고를 했구먼. 잘라 버려야겠어."

"네?"

뜬금없는 소리라 하경이 눈살을 찌푸렸다.

비서에게 이틀 내로 손하경이 무슨 짓을 하는지 알아내라고 지시한 주환은 바로 보고를 받을 수 있었다. 제한된 시간 안에 비서가 알아 온 것은 몇 가지 되지는 않았다.

하나는 손하경의 동선. 오늘만 해도 영악한 아들놈은 서울 외곽에 위치한 도서관 세 군데를 들렀다. 또 하나는 아들이 의뢰한 업체에서 알아낸 정보. 얼마나 비밀 엄수를 잘하는 업체인지, 능력 있는 김 비서도 겨우 도서관 사서를 찾고 있다는 정도로만 손하경의 의뢰 목적만 알아낼 수 있었다. 그 정도면 충분했다.

하경은 친구, 준서로부터 소개받은 업체를 썩 신용하고 있지는 않았지만 준서는 이만큼 비밀 유지를 잘해 주는 업체기 때문에 친구에게 추천해 준 것이었다. 물론 친구의 뜻을 하경이 알리는 없었다.

"못난 놈. 널 떠난 여자를 왜 찾고 다녀?"

어떻게 보면 다행이었다. 그 여자와의 관계를 끝내지 못해 몰래 만나면서 두 집 살림이라도 하면 어떡하나 걱정했으니 말이다. 한시름 놓은 손 사장이 쯧쯧, 혀를 찼다.

"뒷조사…… 하셨어요?"

하경이 기가 막힌 듯 아버지를 쏘아보았다. 아버지가 뒷조사를 하지 않으리라고 태평하게 생각하지는 않았지만 막상 현실이 되니 아버지가 실망스러웠다. 그럼에도 아버지가 어디까지 아는지 모르는 하경은 지원에게 혹여 아버지의 검은 손길이 뻗칠까 두려워서 화도 내지 못하는 입장이었다.

"그냥 저 개인적으로 찾고 있는 겁니다."

"조금 있으면 결혼할 놈이 왜 다른 여자를 찾아?"

하경의 입이 바로 다물어졌다. 어떻게 말할 수 있을까? 혼담을 깨뜨리고 다른 여자랑 결혼할 생각이라고 아버지에게 솔직하게 말했다가는 윤지원에게 무슨 일이 일어날지 모른다. 손하경이 가장 두려워하는 것은 자신보다 먼저 아버지가 지원을 찾아 해코지를 하는 일이었다. 마음과 감정을 다 접고 가족을 위해 희생하러 떠난 불쌍한 여자에게 손주환 사장은 재앙이나 다름없을 터였다.

"어디 한 번 계속 찾아봐. 누가 먼저 찾나 내기할까?"

그리고 아버지는 그런 하경의 심정을 꿰뚫고 있었다. 꿀 먹은 벙어리처럼 하경이 아무 말 없이 어금니만 꽉 깨물었다.

"널 떠난 여자는 잊고 건실하게 살아. 네 엄마 유언은 지켜야 할 거 아니야?"

잊으라는 말이 참 쉽다. 초조하고 불안한 감정이 분노가 되어 훅 치밀어 올랐다. 이렇게 영영 그녀를 찾지 못하면 어떡하나 자다가도 불안해서 벌떡벌떡 일어났다.

어두운 가운데 눈을 뜨면 끔찍하리만큼 고요한 정적 사이로 헤아릴 수 없는 고독이 밀려왔다. 그녀가 떠난 날부터 지금까지 매일 찾아오는 고독은 장소를 가리지 않았다. 리조트에서도, 본가 침실에서도 밀물처럼 밀려드는 고독에 숨이 막힐 것만 같다. 아이처럼 엉엉 울고 나서 털어 낼 수 있는 감정이면 수십, 수백 번도 울었을 것이다.

하경은 감정을 이성으로 겨우 억누르면서 잇새로 물었다.

"아버지는 왜 재혼 안 하세요?"

"그게 아들놈이 할 소리냐?"

황당하다는 투로 손 사장이 되물었다. 이놈은 애비가 귀찮아서 치워 버리고 싶은 건지, 저번에 미국에서도 재혼하느냐 묻더니 이번에도 참 쓸데없는 소리를 한다. 손하경이 무슨 생각인지 모르겠지만 손주환의 아내는 과거에도, 현재에도, 그리고 아마 미래에도 김숙자 하나뿐이다.

"아직도 어머니를 못 잊으시니까 그런 거잖아요."

손 사장의 마음을 읽은 듯 대꾸한 하경은 한층 붉어진 눈동자로 아버지를 바라보았다. 항상 든든한 울타리처럼 느껴지던 아버지가 지금은 길을 막은 큰 산처럼 버겁게만 보였다. 하경은 울분을 가라앉히고 겨우 입술을 떼었다.

"저도 그래요."

진심이 물씬 느껴지는 목소리에 손 사장이 저도 모르게 미간을 찌푸렸다. 그러거나 말거나 하경이 말을 이었다.

"저도 그 여자를 잊을 수가 없다고요."

밝은 태양 아래서 환하게 웃던 그녀의 모습이 잊히지 않는다. 하경은 손으로 눈가를 덮고 한숨을 내쉬었다. 이대로 그녀를 찾지 못하면 어떡하나 싶어서 늘 두렵고 불안했다. 어쩌면 그녀는 지금 늙은 남자의 아내가 되어 있을지도 모르는데……

밝은 미소만 보여 주던 그녀가 웃음을 잃고 있을지도 모른다는 생각에 하루에도 몇 번씩 심장이 멎을 것만 같았다. 빨리 그녀를 찾아 자신의 곁에 두고 싶었다.

하경은 매일 후회를 했다. 윤지원을 그렇게 보내지 말 걸, 자신의 정체를 제대로 밝힐 걸, 모든 것을 다 버려서라도 자신을 선택해 달라고 조를 걸. 윤지원을 쉽게 찾을 수 있으리라는 희망찬 상상으로 그녀를 놓아 버린 것이 이토록 후회스러울 수가 없었다.

아들의 절박한 목소리에 손 사장은 할 말을 잃었다. 주환이 아무 대꾸도 하지 않자 겨우 마음을 진정한 하경이 손을 내리고 딱딱하게 말했다.

"압니다. 조건에 맞춰서 결혼하는 게 저한테는 당연하다는 거. 그런데 그 여자도 알고 있대요? 평생 다른 여자 잊지 못하는 허수아비 같은 남자랑 살아야 한다는 거요."

하경의 말이 점점 날카로워질수록 주환의 표정이 어두워졌다. 빈정거리는 목소리가 역설적으로 아들의 진심을 잘 드러내고 있었다.

이 결혼을 하더라도, 아들은 그 여자를 계속 찾아다닐 것이다. 주환은 아들에게 별로 관심을 갖지 않던 지원의 모습을 떠올렸다. 윤 사장이 늦게 본 막내딸. 윤 사장 내외는 담담해 보였지만 분명 애지중지 키웠을 것이다. 부모의 뜻대로 결혼을 하고나면 두 사람은 어떻게 될까?

그나마 주환이 살아 있을 적에는 하경도 지원을 홀대하지는 않겠지만, 그 이후에는…… 억지로 위자료를 안기고 이혼을 한 손하경은 '잊을 수 없다는' 그 여자를 집안에 들어앉힐 것이 뻔했다. 그건 아들뿐만이 아니라 멀쩡한 아가씨에게도 못 할 짓이었다. 머리가 아파졌으나 그래도 주환은 사업적인 욕심을 버릴 수 없었다.

"허튼 생각 하지 마라."

"허튼 생각이요?"

하경이 코웃음을 치며 되물었다. 주환은 듣지 못한 척 말을 이었다.

"토요일 점심에 윤 사장 쪽하고 만나기로 했어."

"예, 그렇게 하세요."

지친 목소리로 대답한 하경이 고개를 끄덕였다. 아버지는 마음을 바꿀 생각이 없어 보였다. 아직 아버지와 대적할 힘이 자신에게는 없었다. 얌전히 아버지 말을 따라야만 했다. 아버지가 윤지원에게 무슨 짓을 저지를지 모르니까.

예상과 다르게 아들이 고분고분하게 나와서 손 사장은 내심 당황했다. 무슨 일을 꾸미고 있는 걸까? 부자는 서로를 의심했다. 하나뿐인 아들과 대립하는 게 피곤해진 주환이 먼저 걸음을 돌려 멀어졌다.

아버지의 등을 한참 지켜보고 있던 하경은 아버지의 모습이 보이지 않자 시선을 떨구었다. 자신이 이토록 무능하다는 사실이 진저리가 나도록 싫었다. 이를 꽉 깨물고 그가 위층으로 걸음을 옮겼다. 계단을 오르는 그의 귓가에 환청이 들렸다.

"오빠, 울지 마."

기억 속에 묻혀 있던 장난기 가득한 목소리가 너무 그리워서 서러웠다.

*　　　*　　　*

"으아아……."
불발 스파클라를 모래사장에 집어던진 지원이 인상을 썼다.

미국에서 샀던 스파클라는 그래도 불발탄은 없었는데, 지금 30개들이 스파클라에서 세 개째 불량이 발견되었다.

'사람이 좀 추억에 젖으려고 하는데 말이야.'

되는 일이 없다. 지원은 스파클라 더미를 의심스럽게 쳐다보다가 불꽃놀이를 포기하고 해변을 떠났다. 이런 데에서 윤지원은 포기가 빨랐다.

밤이 되니 이 해변이 꼭 그 해변 같다는 착각이 든다. 드문드문 켜진 가로등만 제외하면 여기는 플로리다 해변하고 꼭 닮아 있었다. 물론 옆에 카센터는 없었다.

'말일에 들어온다고 했는데……'

그의 귀국일을 떠올리던 그녀는 내일이 벌써 말일임을 깨달았다. 플로리다는 시차 때문에 하루 느리니까 그는 아마 모레 돌아올 것이다.

별장에 돌아온 지원은 문단속을 하고 바로 2층으로 향했다. 날이 저물었으니 잠에 들어야 하는데 하도 자서 그런지 잠도 오지 않았다.

"오, 역시!"

낮에 별장을 한번 쭉 둘러보았었다. 그중에 가장 마음에 드는 공간은 2층 테라스였다. 안락한 흔들의자가 놓여 있는 2층 테라스는 바깥으로 튀어나와 있어서 정취를 느끼기 좋았다. 지원은 바깥바람을 느끼며 나무로 된 튼튼한 난간에 기대어 다시 스파클라를 태울 생각이었다.

어디나 밤바다는 새까맣기만 했다. 처음, 그의 스위트룸에 발을 들였던 때처럼 지원은 하염없이 바다를 바라보다가 스파클라를 들었다. 다행히 이번에는 불이 제대로 붙었다.

지원은 말없이 스파클라 불꽃만 쳐다보았다. 어둠 사이를 환하게 비춰 주는 스파클라 불꽃이 아련했다. 강렬하게 타오르던 불꽃이 점점 희미해지더니 이내 사그라졌다. 플로리다에서의 보름도 꼭 이 불꽃같았다. 그들은 뜨겁게 서로를 사랑했고 너무나도 짧게 모든 것이 끝나 버렸다.

불꽃을 억지로 이어 가기 위해 지원은 바로바로 남은 스파클라에 불을 붙였다. 반짝반짝 예쁘게 타는 스파클라는 또 금세 꺼졌고, 그 불꽃을 유지하고 싶은 마음에 그녀는 또 스파클라에 불을 붙였다. 그녀의 행동에는 스파클라 불꽃을 닮은 카센터와의 사랑이 계속 이어지기를 바라는 간절한 마음이 담겨 있었다.

"아야!"

똑같은 동작을 수차례 반복하던 지원이 인상을 찌푸리며 짧은 비명을 질렀다. 라이터를 계속 켜느라 엄지가 쓰라리기 시작했다. 엄지손가락 첫 마디가 붉게 부어올라 있었다. 그녀는 오른손 엄지를 물끄러미 쳐다보다가 부질없는 행동을 그만두었다.

아직도 한참 남은 스파클라를 테라스 바닥에 내려놓고 지원은 흔들의자에 앉았다. 요람처럼 흔들리는 의자는 보던 대로 역시 편안했다.

아직 본격적인 여름이 아니어서 그런지 해가 쨍쨍한 한낮처럼 덥지는 않았다. 흔들의자에 몸을 맡기고 있던 지원이 눈을 번쩍 떴다.

"모기……."

더위 대신 모기가 기승이었다. 지원은 허벅지를 벅벅 긁으면서 안으로 들어가 야외용 모기향을 가지고 나왔다. 오른손 엄지가 쓰라려서 왼손으로 겨우 모기향에 불을 붙인 지원이 콧방귀를 뀌었다. 이제 모기와의 사투는 없을 것이다.

도로 흔들의자에 앉은 그녀가 익숙한 모기향 냄새를 맡으면서 눈을 감았다. 바다로부터 선선한 바람이 불어왔다. 흔들흔들, 움직임을 즐기던 지원의 몸이 점점 이완되었다. 하도 자서 잠이 오지 않는다고 생각했는데 오랜 백수 생활로 게을러진 윤지원은 또 잠들고 말았다.

그리고 얼마나 지났을까.

"언제까지 잘 거야?"

그리운 목소리가 들려서 눈을 감은 지원이 빙그레 미소를 지었다. 그러게, 눈을 뜨고 싶긴 한데 이상하게 눈꺼풀이 너무 무거운 터라 눈이 쉬이 뜨이지 않았다.

"……조금만 더 잘래."

쿡쿡 웃는 나직한 웃음소리는 전혀 낯설지 않았다. 그녀의 어리광에 어쩔 수 없다는 듯 머리를 쓰다듬어 주는 부드러운 손길도, 덥고 눅눅한 공기도 익숙했다. 비릿한 바다 냄새가 이곳이 바다 근처임을 알려 주고 있었다.

"얼마나?"

"5분만."

"알았어. 10분 줄게. 사랑하니까."

예전에 사랑한다면 5분만 양보하라고 했던 그에게 너그러운 척 10분을 주겠다고 했었다. 자신이 했던 소리를 그대로 돌려주는 말에 그녀가 키득거렸다.

바람이 살랑살랑 불었다. 머리카락이 바람을 이기지 못하고 간질간질 흩날렸다. 머리를 쓰다듬어 주던 손길이 사라지자 지원이 입을 열었다.

"오빠."

그러나 아무 대답도 들려오지 않았다. 지원의 목이 꽉 메어 오기 시작했다. 꿈이 현실과 뒤섞이더니 결국 깨져 버렸다.

가슴에서부터 올라오는 뜨거운 기운이 목을 지나 눈까지 올라와 눈물이 되었다. 그렇게 떠지지 않던 눈이 눈물에 섞여 떠졌다. 사실은 눈을 뜨고 싶지 않았던 것이다.

수평선으로부터 새벽 동이 터 오고 있었다. 눈물로 얼룩진 시야에 오렌지빛 태양은 흐릿하기만 했다. 그리고 자신은 혼자였다.

"진짜 너무해. 얼굴…… 보고 싶었는데."

지원이 아무도 듣지 못할 투정을 했다. 그토록 원했으나 카센터는 단 한 번도 꿈에 나타나질 않았다. 그가 꿈에 나타나면 절대 깨지 않으려고 했다. 죽을 때까지 꿈속에 살아도 좋으니까 제발 한 번만 그가 꿈에 나와 주기를 얼마나 간절히 바랐는지 모른다. 그런데 이렇게 꿈에서 깨 버리다니!

"비싼 남자야, 진짜."

그녀가 입술을 삐죽거리며 눈가를 닦았다. 꿈에서 만나지 못하면, 현실에서 만나면 되는 거다. 그녀는 스스로를 다독이면서 흔들의자에서 일어났다. 그녀를 지켜 주던 모기향은 밤사이에 다 타서 재만 되었다.

'오늘이 말일이니까…… 오빠는 내일 올까?'

이역만리 먼 곳에 있는 사람이 드디어 가까이 온다. 같은 하늘 아래 있을 수 있다는 사실만으로도 가슴이 설레서 지원이 배시시 웃다가 멈칫하고 혼잣말을 중얼거렸다.

"30일에 떠나는 거야? 아니면 30일에 들어오는 거야?"

휴대폰 화면에 달력을 띄운 지원이 미간을 좁혔다. 30이라는 숫자에 동그라미가 쳐진 화면을 한참 바라보던 그녀는 문득 머리를 쓰다듬던 부드러운 손길을 떠올렸다. 그녀는 그 손길을 흉내 내어 제 머리를 쓸었다. 꿈속에서 들었던 그의 다정한 목소리가 갑자기 무척 듣고 싶어졌다.

"가…… 가 봐야겠다."

무언가에 홀린 사람처럼 지원이 침실로 뛰어 들어갔다. 다급하게 자동차 키와 지갑이 들어 있는 가방을 집어 든 그녀는 뒤도 돌아보지 않고 별장을 나섰다. 쾅! 세게 닫힌 별장 현관문이 큰 소리를 냈다.

그럼에도 아랑곳 않고 지원은 제 차에 올랐다. 시동을 거는 그녀의 손이 급한 나머지 헛손질을 몇 번 했다. 시동이 걸리자 그녀는 제 가방을 조수석에 던지고 안전벨트를 맸다. 조수석에 던져진 가방에서 초록색 여권이 삐죽 모서리를 드러냈다.

지원의 눈빛이 형형하게 빛난다 싶더니, 이내 그녀의 차가 속도를 높였다. 출발지는 속초. 목적지는 인천 공항이었다.

화려한 인천 공항은 이른 시간부터 여행객들로 붐볐다. 애틀랜타에서 오는 비행기는 오후에나 도착할 테니 시간이 많지만, 카센터가 무슨 비행기를 타고 돌아올지 모르니 지원은 입국장을 떠날 수가 없었다.

'그래도 꼼 같은 데서 오지는 않겠지.'

착륙하는 비행기가 어디서 오는지 살펴본 지원은 그가 탈 만한 비행기가 없음을 확인한 다음 가까운 음식점으로 향했다.

무슨 맛인지 통 모르겠지만 지원은 우동 한 그릇을 싹 비우고 다시 입국장 게이트 쪽으로 돌아왔다. 미국에서 직항으로 오는 비행기가 도착할 때마다 그녀는 날카로운 시선으로 입국하는 승객들을 살폈다. 몇 번이나 입국장 게이트가 열렸는데, 아는 얼굴은 없었다.

'오늘이 아닌가?'

오늘이 아니어도 상관없었다. 내일도 있었으니까. 그렇게 윤지원은 인천 공항 노숙자가 되었다.

끼니도 해결했고, 화장실도 해결했다. 요 며칠 하도 푹 쉬어서 윤지원은 피곤하지도 않았다. 애틀랜타에서 오는 비행기가 조금 늦어졌지만 드디어 도착했다. 지원은 긴장하고 마른침을 삼켰다. 카센터의 재력이면 커다란 국적기를 타고 올 확률이 가장 높았다.

'제발제발제발제발!'

지원이 속으로 되뇌면서 승객들을 하나하나 지켜보았으나 안타깝게도 카센터의 모습은 보이지 않았다. 윤지원은 또 시무룩해졌다.

'내일 올 거야.'

그의 말은 말일에 출국한다는 뜻이었으리라. 그럼에도 지원의 어깨는 축 처졌다.

그냥 얼굴만 보고 싶었을 뿐이다. 꿈에서 못 봤으니까 멀리서 얼굴만 살짝 보고…… 아니, 얼굴만 살짝 보고 돌아설 수는 없을 것 같다. 그에게 달려가서 안기고 솔직하게 말할 것이다. 자신은 팔려 갈 필요가 없다고 말이다.

지원은 초조하게 루비 목걸이를 매만졌다. 그는 먼 훗날에도 자신을 사랑한다면 나중에 이 목걸이를 걸고 오라고 했었다. 그녀는 그가 목걸이를 걸어 준 이후로 단 한 번도 뺀 적이 없었다. 그를 사랑하는 마음이 변함없듯이 루비 목걸이는 그녀의 목에 항상 걸려 있었다.

입국장을 떠나지 못하던 지원은 저녁으로 햄버거를 먹고 공항에 마련된 의자에서 노숙하기로 결정했다. 나무 의자는 딱딱했지만 하루 정도 노숙하기에 나쁘지는 않았다. 가방을 끌어안고 꾸벅꾸벅 졸던 그녀가 눈을 반짝 떴다.

'너무 밝다.'

빛이 있으면 잠에 잘 들지 못하는 지원은 평소보다 어두워진 불빛에도 괴로워했다. 또한 24시간 운영하는 공항이라 계속해서 비행기가 들어오는 모양이었다. 잠깐 자다 깨고, 또 잠깐 자다 깨기를 몇 번 반복하다보니 벌써 아침이 되어 버렸다.

꼬질꼬질한 모습으로 카센터를 만날 수는 없어서 지원은 편의점에서 산 세면도구를 들고 화장실에 들어갔다. 양치를 하며 그녀는 제 얼굴을 살폈다. 하긴, 맨얼굴을 보여 주는 건 그다지 창피하지는 않았다. 그는 까맣게 탄 그녀의 모습을 쭉 보아 왔다. 심지어 땀에 절어 있는 모습까지.

'뭐, 괜찮아. 더럽지만 않으면 되지.'

태평한 생각을 하며 윤지원은 양치를 마치고 나왔다. 몸은 피곤한데 기분은 묘하게 들떴다. 왠지 오늘, 그를 만날 수 있을 것 같다는 근거 없는 생각이 들었다. 기대가 마음속에서 무럭무럭 부풀어 올랐다.

'진작 공항에 올 계획이나 세울 걸!'

왜 이 생각을 못 했을까? 그가 귀국하는 날에 맞춰서 입국장에 나와 있으면 만날 수 있는 것이었다. 지원은 자신의 똑똑한 생각에 내심 흐뭇했다. 밤중에도 끊임없이 비행기가 뜨고 내리더니, 역시 아침에도 공항은 바빴다.

카센터를 만나면 무슨 말부터 할까? 일단은 그의 이름을 물어볼 것이다. 그리고 사랑한다고 꼭 다시 말해 줘야지. 무척 그리웠다는 말도 빼먹지 말아야겠다. 그와 대화를 나눌 생각만으로도 그녀의 얼굴에 화색이 돌았다.

'그러니까 제발.'

제발 여기서 만나기를, 지원은 간절히 기도했다.

게이트가 열릴 때마다 사람들은 반가운 기색을 잔뜩 드러냈다. 재회한 몇몇은 서로를 포옹하고 몇몇은 다정하게 대화를 나눈다. 누군가는 여행에 대해 묻고, 누군가는 생활에 관해 떠들었다.

지원은 도시락을 사 들고 와서 까먹을지언정 오늘은 입국장 앞을 떠날 생각이 없었다. 그가 절대 오지 않을 루트, 그러니까 중국이나 러시아에서 들어오는 비행기, 혹은 유럽이나 호주발 비행기 등이 올 즈음에 그녀는 편의점에서 인스턴트 음식을 사 들고 왔다.

정오가 지난 뒤부터 지원은 우르르 쏟아지는 인파에서 카센터를 발견할 수 있으리라는 자신이 있었는데 시간이 지날수록 그 자신감은 조금씩 사그라졌다.

'혹시 내가 못 보고 지나친 건 아닐까?'

불안한 마음으로 지원이 주변을 휙휙 둘러보았다. 물론 아직 애틀랜타에서 오는 비행기는 도착하지 않았지만, 시간이 다가 올수록 초조해졌다. 카센터의 이름이라도 알고 있으면 염치 불고하고 방송 부탁이라도 해볼 텐데 이름도 모르고 그가 어느 비행기를 타고 오는지도 몰랐다. 문득 지원은 자신이 참 뜬구름을 잡고 있구나, 싶어서 불안해졌다. 이러다 그를 놓치면 어떡하지?

목에 걸린 목걸이와 왼손 약지에 끼워진 반지에 의지하며 지원은 시간을 흘려보냈다. 애틀랜타에서 오는 비행기가 도착했다고 전광판이 바뀌었다. 조금 지나면 그 비행기에서 내린 승객들이 나올 것이다. 그녀는 마른 입술을 축였다. 그를 만나면 하고 싶은 말을 되뇌면서 그녀는 게이트가 열리기를 기다렸다.

문이 열리고 장시간 비행에 지친 사람들이 하나둘 나오기 시작했다. 윤지원은 지금, 29년 평생 살아오면서 가장 집중력을 발휘하고 있었다. 수능 시험 때도 이만큼 집중하지 않았었다.

승객들이 우르르 빠져나오고 나서, 드문드문 뒤늦게 나오는 사람 몇몇이 지원을 지나쳤다. 그녀는 바윗덩어리처럼 우뚝 서서 멍하니 닫힌 문만 응시했다. 저 문이 열리고 그리운 사람의 모습이 보이기를 간절하게 빌었으나 그런 일은 일어나지 않았다.

'이 비행기가 아닌가 봐.'

그럼 대체 무슨 비행기지? 겨우 마음을 다잡으려던 지원의 눈동자가 세차게 흔들렸다. 애틀랜타발 비행기 승객을 샅샅이 뒤졌다. 어찌어찌 항공권을 싸게 사면 여러 군데 경유해서 돌아오는 비행기도 있지만, 그가 귀찮게 굳이 경유를 여러 번 더 할 것 같지는 않았다. 그런데 그가 없었다.

'놓친 거야? 진짜?'

지원의 눈앞이 암담해졌다. 30일 귀국이었으면 어제 이미 놓친 것이고, 1일 귀국이면 지금 놓친 것이리라. 허탈한 기분에 그녀의 무릎이 꺾였다. 나무 의자에 털썩 주저앉은 지원이 믿을 수 없다는 표정으로 시간을 살폈다. 벌써 저녁이었다.

오늘이 아니더라도 다시 만날 수는 있겠지만…… 아니, 다시 만날 수 있는 걸까? 지원의 등 뒤로 식은땀이 흘렀다. 너무나도 당연하게 그를 다시 만날 거라 여기고 있었는데 어쩌면, 정말 21년 뒤에나 플로리다 그 리조트 앞에서 재회하게 될지도 모르겠다. 지원은 기가 막혀서 헛웃음을 터뜨렸다.

'일단 다른 루트로 올지 모르니까……'

아직 희망을 버리고 싶지 않은 지원은 가방에 처박아 두었던 휴대폰을 꺼냈다. 플로리다에서 올 수 있는 온갖 루트를 검색해서 저녁에 들어올 비행기를 기다릴 생각이었다.

"어?"

그러나 휴대폰은 이미 방전되어 있었다. 되는 일이 하나도 없다. 휴대폰 충전기도 별장에 그대로 놓고 와 버려서 결국 지원은 편의점에서 휴대폰을 충전해야만 했다.

급속 충전이라고 해도 오랫동안 기다릴 수 없는 지원은 완전 충전이 되기 전에 휴대폰을 들고 편의점을 나왔다. 전원이 켜지기를 기다리며 다시 입국장 게이트 쪽으로 걷던 그녀는 휴대폰이 켜지자마자 쏟아지는 메시지와 부재중 통화 숫자에 깜짝 놀랐다. 대부분이 언니, 간간히 엄마의 전화였다. 의아한 표정으로 지원이 엄마에게 전화를 걸었다. 몇 번 신호음이 가기도 전에 엄마가 전화를 받았다.

"왜 전······."

─윤지원! 너 어디야!

엄마의 호통에 깜짝 놀란 지원이 눈을 동그랗게 뜨고 사실대로 대답했다.

"공, 공항인데?"

─뭐야? 너, 너 설마 또······.

엄마는 꼭 졸도 직전이었다. 지원이 재빨리 수습에 나섰다.

"아니야! 출국하는 게 아니고 누굴 좀 만나려고 공항에 왔어요."

─그걸 어떻게 믿어!

전적이 있는 윤지원은 양치기 소년이었다. 억울한 표정으로 지원이 투덜거렸다.

"진짜라니까요?"

─너 지금 인천이지? 거기 얌전히 있어!

"네?"

─전화 끊지 말고 지금 엄마랑 언니랑 인천 갈 테니까 어디 가지 말고 얌전히 있으라고!

도대체 엄마가 왜 이렇게 호들갑을 떠는지 모르겠다. 지원이 미간을 찡그린 채 물었다.

"왜? 나 차 있으니까 그냥 알아서 갈게요."

—너, 엄마가 금요일 점심까지 집에 오라고 했어, 안 했어?

"아⋯⋯."

오늘이 금요일이라는 것조차 깜빡 잊고 있었다. 낭패를 본 사람처럼 지원이 신음을 흘렸다. 카센터를 만나야겠다는 생각만으로 머리가 꽉 차서 다른 생각은 아무것도 하지 못했다. 막내딸이 대답하지 않자 엄마는 정말 화가 난 듯했다.

—근데 지금 이게 뭐하는 짓이야? 지금이 몇 시야? 응? 그리고 속초에서 마음 정리도 하고 쉬다 오라니까 인천이라고? 너 미쳤니? 응?

지원은 입이 열 개라도 할 말이 없었다. 가출한 전적이 있는 윤지원과 연락이 두절되었으니 가족들이 난리가 났을 것이다. 지원은 시선을 떨구고 무겁게 말했다.

"나 지금 입국장에 있어. 정말 출국하려는 거 아니에요. 누구 만날⋯⋯ 사람이 있어서 입국장에 있어요."

—네가 누굴 만나?

사랑하는 남자를 다시 만나고 싶었다.

하지만 지원은 아무 말도 하지 못했다. 사랑하는 남자와 만나지 못했으니까. 기대감 때문에 한껏 고조되었던 기분이 바닥으로 가라앉아 버리자 피로가 몰려왔다. 지원은 비틀비틀 걸어 의자에 앉았다.

─어쨌든 알았다. 엄마, 한 번만 더 너 믿을 테니까 제발 얌전히 있어. 알았니? 어디 가지 말고!

"네……."

지원이 힘없이 대답하고 전화를 끊었다. 결국 이렇게 그를 만나지 못하는구나. 세상에 쉬운 일은 없다더니, 재회는 참 어려웠다. 미련을 끊어 내려고 노력하면서도 지원의 눈동자는 계속 입국장 게이트를 향했다.

'지금이라도 좋아. 오빠, 제발 나와 줘.'

마음속으로 그에게 말을 열심히 걸어 보았지만 대답은 없었다. 지원의 안색은 점점 더 어두워졌다.

"윤지원, 너 진짜!"

날아오다시피 한 엄마는 막내딸의 머리끄덩이를 잡을 기세로 달려왔다. 엄마의 등짝 스매싱을 이리저리 피하며 지원이 불평했다.

"정말 도망가려는 거 아니었다니까!"

도망도 잠깐, 지원은 곧 민화의 손아귀에 붙잡혀서 철썩철썩 등짝을 맞고 말았다. 울상이 된 지원이 입술을 삐죽였다. 이내 옆에 있던 지수가 한숨을 내쉬며 거들었다.

"맞아, 엄마. 지원이 여권 내가 가지고 있어요."

"뭐? 어쩐지 없다 했어. 언니가 숨겼던 거야?"

지원의 눈빛이 이글거렸으나 지수는 코웃음만 쳤다. 지원이 돌아온 이튿날, 지수가 동생의 여권을 들고 갔던 것이었다.

엄마에게 질질 끌려 공항을 나선 지원은 아버지가 보낸 차 뒷좌석에 짐짝처럼 넣어졌다. 저번에도 기다리고 있던 젊은 비서가 오늘도 운전사 역할을 하는 모양이었다. 그래도 안면이 있다고 지원이 비서에게 눈인사를 건네고 엄마를 쳐다보았다.

"내 차는요?"

"열쇠 이리 내. 아버지한테 부탁하면 되니까."

지원이 꾸물꾸물 가방을 뒤적이자 보다 못한 민화가 막내의 가방을 홱 빼앗았다. 가방에 들어 있는 것은 작은 파우치, 지갑, 자동차 키와 여권이었다. 여권을 본 민화가 오만상을 찌푸렸다.

"어머머, 너 왜 여기 여권이 있어?"

"잃어버린 줄 알고 재발급받았어."

지원이 솔직하게 답하자 조수석에 앉아 있던 지수가 뒤를 돌아보며 혀를 찼다.

"너 정말 오늘 도망가려는 거였어?"

"아니라니까!"

억울한 지원이 꽥 소리를 질렀다. 재발급을 받았다고 하니 동생의 여권을 가지고 있을 필요가 없어졌다. 지수가 제 가방에서 지원의 여권을 꺼내 동생에게 던졌다.

"쓸데없이 행동력은 좋아 가지고."

잃어버린 줄 알았던 여권을 찾은 지원이 기가 막힌 눈빛을 언니에게 보냈다. 철저하기로는 윤지수가 대한민국 제일일 것이다. 동생 여권까지 숨겨 놓을 줄이야!

"다들 진짜 너무해!"

"네가 제일 너무해. 철 좀 들어라, 좀!"

언니의 호통에 할 말이 없어진 지원은 입술만 삐죽 내밀었다. 참다못한 엄마가 지원의 머리를 쥐어박았다. 머리를 감싼 지원은 엄마에게서 떨어지려 애를 썼다.

"바로 피부 관리실로 가는 거 맞죠?"

"예."

언제 험악했냐는 듯 지수가 담담하게 행선지를 확인했다. 긍정의 대답을 한 비서는 세 모녀의 대화를 머릿속에서 지우려고 노력하면서 차를 몰았다. 회사 대표의 집안은 다 좋은데, 아무래도 저 막내딸이 구멍이었다. 입사한 지 얼마 지나지도 않았으나 비서는 이미 상사의 집안을 확실하게 파악할 수 있었다.

10장
오빠 이름이 '손하경'이야?

흘러가는 대로 가만히 있기. 윤지원의 현재 상태였다.

공항에서 제대로 잠을 못 잤던 터라 피부 관리를 받고 돌아온 지원은 초저녁부터 잠에 들었다. 덕분에 아침 일찍 일어날 수 있었던 지원은 다행이라고 생각했다.

눈을 뜨자마자 엄마는 막내딸에게 깔끔하게 씻고 나오라고 종용을 했다. 언니의 단골 미용실 첫 타임 예약을 잡아 놓은 탓이었다.

"우씨……."

지원은 머리를 벅벅 긁으면서 욕실로 들어갔다.

어제 카센터와 결국 엇갈린 그녀는 낙심한 채 집에 돌아왔다. 두 개가 된 여권을 내려다보며 그녀는 자신의 우울함을 내비치기 위해 혹시 엄마가 저녁을 먹으라고 말하면 입맛이 없다고 둘러대야지, 하고 단단히 벼르고 있었다. 그러나 엄마는 저녁을 주지 않았다. 이유는 간단했다.

"내일 좀 타이트한 원피스 입을 거니까 배 나오면 안 돼."
"배 안 나왔어!"

……라고 지원이 꽥 소리 지르며 부정했으나 엄마는 들은 척도 하지 않았다. 결국 슬프게도 지원은 저녁을 굶어야만 했다.

'이 와중에 배도 고프고 우울하고…….'

샤워를 마치고 나온 지원은 젖은 머리카락을 수건으로 두드리다가 방문이 벌컥 열리는 소리에 깜짝 놀라 뒤를 돌아보았다. 허리에 손을 얹은 엄마가 초조한 기색을 내보이며 서 있었다.

"얘, 열 시에 예약인데 아직도 그러고 있으면 어떡하니? 머리 대충 말려. 어차피 미용실 가서 머리할 거니까."

맞선 상대에게 예뻐 보일 필요가 없는 지원과 달리, 엄마는 굳센 의지를 담아 눈을 빛냈다. 직업도 없고 집안도 기우는 지원은 외모라도 좋아 보여야 했다. 첫인상이라는 게 중요함을 잘 알기에, 민화는 막내딸의 외모 치장에 최선을 다할 생각이었다.

한편, 이 혼담을 꼭 성사시키겠다는 엄마의 눈빛에 지원은 괜스레 미안해졌다. 며칠만 지나면 엄마의 핑크빛 꿈은 산산이 깨어지고 말 것이다. 윤지원은 이 결혼을 할 생각이 없었으니까.

"저 왔어요."

어느새 언니도 도착했다. 어깨에 캐주얼한 가방 하나를 메고 편한 차림으로 들어온 지수가 엄마에게 빳빳한 쇼핑백을 건넸다.

"보세요. 지원이 입을 옷."

가방 속 내용물을 확인한 후 엄마가 만족스럽게 고개를 끄덕였다. 지원은 최선을 다해 맞선을 준비하는 엄마와 언니를 황당한 시선으로 쳐다보았다. 정작 당사자는 자신인데, 자신의 의지는 전혀 반영되지 않은 맞선이라 기가 막힐 따름이었다.

민화는 쇼핑백을 내려놓고 양손으로 막내딸의 얼굴을 매만졌다.

"그래도 지원이가 얼굴은 예쁜 편이니까…… 잘 되겠지?"

"너무 걱정하지 마세요."

지수가 눈을 가늘게 뜨고 민화를 안심시켰다. 지원은 한숨을 푹 내쉬었다. 마음을 제대로 숨기라는 듯, 언니의 시선이 날카롭게 닿았다.

머리도 다 말리지 못하고 대강 티셔츠와 반바지 차림으로 지원은 언니의 단골 미용실에 질질 끌려갔다. 저번에 집까지 출장 나왔던 직원들이 그녀에게 아는 척을 했다. 지원도 적당히 인사를 하고 거울 앞에 앉았다.

"정말 중요한 자리니까 예쁘게 해 주셔야 해요."

"네, 그럼요."

엄마가 거듭 당부했다. 지원이 불만 가득한 표정으로 거울을 통해 엄마와 언니를 살펴보았다. 자리에 참석하지 않는 언니만 빼고 엄마도 곧 지원의 옆에 앉았다.

"청순하고, 뭐지? 남자들이 좋아할 만하게."

민화는 메이크업을 받는 도중에도 지원을 담당한 미용사에게 참견을 했다. 말이 많은 손님을 한두 번 겪어 본 것이 아닌지라, 베테랑 직원들은 민화에게 공손한 응대를 하고 제 일에 충실했다.

"참, 엄마. 그제 모임 나갔다면서요."

대기용 소파에 편히 앉아 잡지책을 뒤적이던 지수가 민화에게 말을 붙였다. 민화가 거울 너머로 뒤에 앉아 있는 큰딸을 응시했다.

"으응, 나갔지. 난 아무 말도 안 했는데 벌써 소문나서 큰일이야."

"소문이요?"

웬 소문인가 해서 지원도 엄마를 슬쩍 곁눈질했다.

"그래. 지원이 맞선 상대가 누군지도 다 소문나서, 이거 엎어지면 어떡하나 정말 눈앞이 다 깜깜하다니까."

"뭐?"

결국 지원이 경악한 표정으로 고개를 돌렸다. 물론 그녀의 얼굴은 직원들의 손길에 곧 제자리로 돌아오고 말았다.

"네 아빠가 흘린 건지, 아니면 은찬 쪽에서 말이 새어 나간 건지 모르겠어."

"어머, 어떡해? 윤지원 결혼 꼭 해야겠네?"

지수가 조소를 담아 말하자 지원의 눈가가 일그러졌다. 이 혼담을 깨기 위해 맞선 자리에 나가는 걸 언니가 모를 리 없었다. 성격 나쁜 윤지수가 동생의 속을 일부러 긁는 게 분명했다.

"혼담 엎어지면 엄만 이제 거기 못 나가. 창피해서."

우스워 죽겠다는 양 지수가 키득거렸다. 지원은 똥 씹은 얼굴로 거울만 보았다. 그건 엄마 사정이고, 윤지원은 이 결혼을 할 생각이 하나도 없었다. 지수는 시시각각 변하는 동생의 얼굴을 코미디처럼 즐기다가 물었다.

"그럼, 그쪽 아들이 어떤 사람인지 좀 들었어요?"

"아……."

대답하기 위해 입술을 달싹이던 민화가 흘깃 지원의 눈치를 보았다. 그러나 끓어 넘치는 분노를 삭이느라 지원은 엄마의 눈빛을 알아채지 못했다. 이글이글 타오르는 눈동자로 그녀는 그저 거울만 노려볼 뿐이었다.

"그게, 그…… 지수, 너도 알 텐데. GG호텔 쪽 막내아들 있지?"

"GG면…… 혹시 임준서요?"

"그래, 걔."

그 순간 지수가 처음으로 인상을 찌푸렸다. 개망나니로 유명했던 임준서와 공과대학 동기였던 지수는 대학 때부터 이런저런 소문을 많이 들어왔다. 대학 졸업 이후로 제주도에 유배를 당한 임준서에게서 더 이상 지저분한 뒷소문이 나오지 않는 다는 것쯤이 다행이랄까?

"그 망나니가 왜요?"

그러거나 말거나 지원은 메이크업 아티스트의 지시대로 눈을 감은 채 엄마와 언니의 대화를 흘려들었다.

"친분이 좀 두터운가 봐."

"누가요? 은찬, 손하경이?"

"그래. 그저께도 소하물산 안주인이 나한테 슬그머니 그 얘기를 하는 거야. 은찬차 아들이 GG 막내아들이랑 절친한 친구라는데 큰 사고 같은 거 치지 않았는지 확인은 해 봤냐고."

지원이 반짝 눈을 떴다. 손하경이라고 이름은 계집애 같은 게 심지어 사고까지 치고 다녔다니, 그런 남자는 이쪽에서 사절이었다. 엄마와 언니의 대화를 들으니 지원은 혼담을 깰 의지만이 불타올랐다.

"어머, 그래서요?"

"그냥 대충은 손 사장님한테 들었다고 둘러댔지. 거기서 뭐라고 하니, 내가. 모른다고 할 수도 없잖아."

"엄마, 확인을 좀 해야 하지 않아요? 혹시 알아? 숨겨 놓은 애라도 있을지. 그럼 지원이만 독박 쓰는 거예요."

큰딸의 일리 있는 지적에 민화의 안색이 어두워졌다. 물어보고 싶은 마음이야 굴뚝같지만, 아쉬운 쪽이 굽혀야 하는 법이라 민화는 대놓고 손하경에 대해 물어볼 자신이 없었다.

한편, 자신의 일인데도 지원은 별로 관심이 없었다. 어차피 결혼을 깨 버리면 그만 아닌가. 지원은 곱게 단장되고 있는 제 얼굴을 낯설게 바라보았다. 하긴, 소문이 자자한 남자라면 치장도 다 필요 없는 셈이다. 예쁘다 싶은 여자를 수도 없이 만났을 테니까.

"그래도 내가 어떻게 확인을 해?"

"아무것도 모르는데 지원이 보고 선을 보라고 하는 건 너무하잖아요. 참나, 손 사장님도 너무하시네. 자기 아들 자랑만 그렇게 하더니……."

언니가 진심으로 화를 내자 지원이 거울에 비친 지수를 의아한 눈빛으로 쳐다보았다. 언니가 편들어 주리라고는 상상도 못 했는데, 정말 도와주려는 걸지도 모르겠다. 이 상황에 윤지수만큼 든든한 아군도 없었다. 지원의 눈동자가 기대로 반짝거렸다.

"얘, 근데 또 손 사장님은 그런 분이 아니시잖아. 아무리 그래도 아들이 자기 아버지를 닮겠지."

"그걸 어떻게 알아요? 임준서 진짜 소문 더러운데. 걔랑 친구면 어우……."

지수가 진저리를 쳤다. GG호텔 체인 막내아들 임준서는 이미 미성년자 때부터 여러 여자와 잠자리를 같이한다느니, 술과 담배는 물론 약에 손댄다는 소문까지 파다했다.

학교 내에서도 몇 안 되는 공대 여학생들에게 손을 뻗치고 이

중, 삼중으로 연애질을 하다가 여학생들끼리 싸움이 한 학기에 두어 번은 꼭 생기곤 했다. 같은 단과대학 동기라서 친구 중에 피해자도 있을 지경이었다.

손하경이 그런 놈과 친구라니, 근묵자흑이라 하지 않은가. 지수가 눈살을 찌푸렸다. 아무리 조건이 좋다지만, 순진해 빠진 동생에게 닳고 닳은 놈을 붙여 주고 싶지는 않았다. 마음고생을 할 것이 뻔하니 말이다.

"오늘은 무를 수 없으니까 일단은 조용히 계세요. 제가 따로 알아볼게요."

지수가 한숨을 길게 내쉬었다. 이 와중에도 동생은 태평하게 제 손톱이나 보고 있었다. 얌전한 베이지색 매니큐어가 지원의 손을 더욱 단아하게 만들었다.

미용실 직원들은 최선을 다해 윤지원을 청순한 여자로 꾸며 주었다. 정작 당사자인 윤지원은 심드렁한 표정으로 탈의실에서 옷을 갈아입고 있었지만.

"야, 이거 먹어."

탈의실에 따라 들어온 지수가 지원에게 초코바를 건넸다. 어제 저녁부터 쫄쫄 굶고 있던 지원이 신이 나서 초코바 비닐을 뜯었다.

"어디서 났어?"

"당 떨어질까 봐 들고 다녔어. 모자라면 하나 더 줄게."

초코바를 입에 문 채로 지원이 지수에게 손을 내밀었다. 가방 안에서 간식을 꺼내 지원의 손에 쥐여 주며 지수가 말했다.

"아무리 혼담을 깰 생각이라도 알지? 무식하게 깨지 말고 서로 기분 상하지 않게 오늘은 일단 넘어가. 엄마, 아버지 체면도 있잖아."

"알았어."

고작 초코바 두 개에 지원은 순순히 언니의 말을 따라 주었다. 어떻게 보면 세 모녀 중에 가장 생각이 없는 쪽이 맞선 당사자인 윤지원일 것이다.

"언니, 근데 GG 막내아들은 어떻게 알아?"

"동기야. 대학 동기."

대한민국이 좁긴 좁은가 보다. 그렇게 인연이 다 이어지고. 지원이 고개를 끄덕이자 지수가 얼굴을 구긴 채 말을 이었다.

"임준서는 진짜 별로거든. 소문도 소문이고 내가 본 일도 몇 개 있고. 하여튼 일단 내가 알아보긴 할 건데, 손하경이 임준서 같은 구제 불능 쓰레기면 나도 도와줄게."

"뭘?"

"혼담 깨는 거."

지원의 얼굴에 화색이 돌았다. 윤지수의 아군 선언이 이토록 달콤하게 들리다니! 귀국한 뒤로 우울하기 그지없던 윤지원은 오늘 처음으로 언니의 앞에서 환하게 웃었다.

"그래도 알지? 오늘은 엄마 말대로 조심해."

"당연하지!"

신이 난 지원은 천군만마를 얻은 기분에 벌써 들뜨고 말았다. 제발 윤지원이 오늘 사고를 치지 않았으면 좋겠다. 지수는 동생을 불안하게 지켜보다가 탈의실을 먼저 나갔다.

지수의 공식적인 오늘 일정은 여기까지였다. 지원은 이제 엄마와 함께 미리 예약한 장소로 갈 것이고, 지수는 바로 집으로 향하면서 손하경이 어떤 인간인지 인맥을 총동원해서 알아볼 생각이었다.

엄마 몰래 초코바 두 개를 먹어 치운 윤지원은 입맛을 다시면서 탈의실을 나왔다. 지수는 택시를 타고 떠났고, 지원은 민화와 함께 차에 올랐다.

"엄마, 우리 점심 뭐 먹어요?"

초코바를 좀 먹었다고 입맛이 돈다. 지원이 철없는 질문을 하자 민화가 답답한 숨만 내뱉었다. 첫인상이 중요한데, 첫인상부터 아귀처럼 밥을 먹는 모습을 보일까 봐 걱정이 이만저만이 아니었다.

"밥이 넘어가니? 조신하게 좀 있어."

타박에 지원이 입술을 삐죽이기 무섭게 민화가 호통을 쳤다.

"그런 표정도 짓지 말고!"

코끝만 찌푸린 채 지원은 차창 밖으로 시선을 돌렸다. 손하경인지 손바닥인지 간에 그 인간 때문에 피곤하기 그지없었다. 오늘은 부모님 체면을 위해 얌전한 척을 하겠지만 다음부터는 이쪽도 성질이 있음을 보여 줘야겠다. 지원은 혼자 마음을 다잡았다.

이동 거리가 얼마 되지 않아, 다행히 열두 시 전에 호텔에 도착할 수 있었다. 상견례 자리로 많이 이용한다는 호텔 안쪽 고급 한정식집은 품격 있는 인테리어만큼 우아한 음악으로 손님을 맞이했다.

모녀는 직원의 안내에 따라 예약실로 들어갔다. 벌써 도착한 아버지와 손 사장이 담소를 나누고 있었다. 주환을 보고 지원이 고개를 숙였다.

"안녕하세요."

오늘은 왠지 이 아저씨도 별로 어렵지 않았다. 아무래도 혼담을 깨 버릴 생각을 해서 용기가 난 모양이었다.

"맞다. 지원이 너도 볼래? 손 사장 아들이 얼마나 훤칠한지, 꼭 영화배우 같더라."

윤 사장은 진심으로 칭찬하고 있었다. 입에 발린 소리가 아님을 지원도 느꼈지만 손 사장의 기를 더 이상 세워 주고 싶지 않다는 마음에 지원이 고개를 저었다.

"괜찮아요. 어차피 곧 만나 볼 텐데."

깍듯한 미소를 지어 보이면서 지원은 더 이상의 권유를 원천 봉쇄했다. 구태여 맞선 상대의 사진까지 볼 필요도 없었다.

얌전히 앉아 있는 지원을 주환이 날카로운 눈빛으로 살폈다. 종잡을 수 없는 아가씨 같다는 생각이 먼저 들었다. 전에는 맞선 따위에 관심 없다는 듯 멍한 모습만 보이더니, 오늘은 또 그때와는 달랐다. 저번처럼 영혼이 다른 세상에 가 있는 얼굴이 아니라 특별한 목적이 있는 듯 지원은 눈을 반짝반짝 빛내고 있었다.

그뿐만이 아니었다. 예의 바른 것처럼 보이면서도 윤지원은 타인에게 일정한 선을 긋고 있었다. 일생일대의 기회나 다름없는 혼담에 다른 가족들처럼 그리 목을 매지 않는 지원의 여유로운 태도가 주환은 신기하기까지 했다.

"열두 신데, 아드님이 늦네요."

민화가 초조한 기색을 애써 숨기면서 말했다. 주환은 지원에게서 시선을 떼고 만면에 미소를 띠며 대답했다.

"오늘도 회사 일 때문에 바빠서요. 7월 1일자로 업무 복귀해서 바쁠 땝니다."

"아, 그렇군요……."

엄마가 떨떠름하게 답했다.

역시 백수인 윤지원이나 시간이 넘쳐흐르는 것이다. 그때, 지원은 갑자기 등이 가려워졌다. 이곳이 집이면 벅벅 긁겠는데 빌어먹게도 여기서 등을 긁을 수는 없었다. 지원은 최대한 간지러움을 참으려 애를 썼으나 신경이 쏠리니 더 간지러운 느낌이었다. 불편한 정적 속에서 지원이 태연한 척 입을 열었다.

"저 잠깐 화장실 좀 다녀와도 될까요?"

"그럼."

엄마도, 아버지도 아닌 손 사장이 허락의 말을 뱉었다. 썩 기분이 좋지는 않았지만 간지러움이 먼저라 지원은 억지로 웃고 가방을 든 채 후다닥 숨 막히는 자리를 벗어났다. 고급 카펫이 깔린 복도는 구두 소리도 나지 않았다.

'어우, 가려워.'

화장실에 들어간 지원은 간지러운 이유를 뒤늦게 알아챘다. 요망하게도 머리카락 한 가닥 때문이었다. 그녀는 기분 나쁜 표정으로 머리카락을 변기에 버리고 나와 손을 씻으며 거울을 보았다.

오늘, 그리고 앞으로 며칠.

며칠 동안만 이 혼담에 놀아나 주자. 보아하니 언니도 맞선 상대를 썩 기꺼워하지 않는 눈치였다. 엄마도 떨떠름해 보이는 게, 핑크빛 미래를 그리고 있을 아버지에겐 죄송하지만 혼담을 깨기 더욱 쉬울 듯했다.

그리고 카센터를 찾아야겠다. 어쩌다 엇갈렸는지 모르겠지만, 그는 이미 귀국했을 것이다. 단골 정비소 직원에게 부탁해서 알음알음 찾아보면 어떻게든 인연이 닿을 것이다. 아니, 그래야만 했다.

가방에서 휴대폰을 꺼낸 지원이 비밀 폴더에 담긴 사진을 열어 보았다. 손하경인지 손바닥인지 하는 그 남자가 아무리 영화배우인 양 잘생겼다고 해도 카센터를 이기지는 못할 터였다. 사진만 봐도 입꼬리가 절로 올라갔다. 절망적이던 며칠 전과 달리, 윤지원은 희망에 가득 찼다.

'앞으로 잘될 것 같아.'

어쩔 수 없이 반지는 파우치 안에 넣었지만 루비 목걸이만큼은 목에 걸려 있었다. 카센터를 사랑하는 마음이 바래기 전까지는 이 목걸이를 절대 빼지 않을 생각이었다. 흐뭇하게 목걸이를 거울에 비추어 보던 지원이 휴대폰을 가방 안에 넣고 화장실을 나섰다.

맞선 자리로 돌아가는 길이 달갑지는 않다. 구두 굽 소리도 나지 않는 카펫을 내려다보며 그녀가 느릿느릿 걸을 때였다. 갑자기 덥석, 지원의 오른 팔이 붙들렸다. 동시에 그녀의 시야에 까만 남자 구두가 보였다.

"어?"

깜짝 놀란 그녀가 고개를 반짝 들더니 얼음처럼 굳어 버렸다. 그녀의 눈동자는 제 팔을 잡은 남자에게 올곧게 향했다.

너무 놀라면 시간이 멈춘 듯한 착각이 드나 보다. 머릿속을 가득 메운 생각도 멎고 귓가에 은은하게 울리던 음악 소리도 사라졌다. 호흡마저 끊어진 상황에 지원은 입술도 달싹이지 못했다.

눈앞에 카센터가 굳은 얼굴로 서 있었다. 아니다, 그 역시 무척 놀란 것 같다. 아니, 믿기지 않는다는 표정인가? 그의 얼굴은 핏기 없이 하얗게 질려 있었다. 그녀의 머릿속이 뒤죽박죽 섞였다.

이건 꿈일까? 윤지원이 드디어 미쳐서 백일몽을 꾸고 있는 걸까?

한 번만이라도 좋으니 그가 꿈에 나와 주기를 그토록 바랐었다. 속초에서 깜빡 잠들었을 때, 그의 목소리만 듣고 깨어난 게 얼마나 한스러웠는지 모른다. 그동안 숨겨 왔던 애끓는 마음이 눈물이 되어 그녀의 눈동자에 스며들기 시작했다.

"너 어떻게 여기……."

그리운 목소리가 음악 대신 지원의 귓가에 닿았다. 다른 것은 아무것도 보이지 않고 오로지 한 사람만이 그녀의 시야를 가득 메웠다. 그의 말이 끝나기도 전에 그녀는 저도 모르게 팔을 들어 눈앞의 남자를 끌어안았다. 맞닿은 피부로부터 온기가 느껴지자 그제야 말문이 터진 아이처럼 그녀가 그를 불렀다.

"오빠!"

꿈에서라도 보고 싶었던 남자가 눈앞에 나타났다. 지나가던 사람들이 힐끔, 그들을 곁눈질하면서 멀어졌다.

어떻게 이렇게 만날 수가 있지?

이건 우연이 아니라 하늘이 내려 준 기회였다. 그의 목에 매달리다시피 안긴 지원은 이 상황이 현실임에 온 마음을 다해 하늘에 감사하면서 팔에 힘을 주었다. 흐려진 시야를 잊어버리기 위해 그녀가 눈을 꼭 감았다.

메리엔 프로젝트 총책임자에서 빠진 하경은 새 업무에 적응하기 위해 토요일도 출근을 해야만 했다. 오전에만 잠깐 출근하는 것이지만, 오늘은 맞선 자리까지 나가야 해서 정장을 차려입었다.

'맞선……'

얼굴도, 이름도 모르는 낯선 여자를 앞에 두고 억지로 웃어야 하는 상황을 생각하자 하경은 기분이 나빠졌다. 아들이 보이는 적대적인 태도에 아버지는 굳이 아들에게 맞선 상대에 대한 정보를 알려 주지 않았다. 어차피 관심도 없었다.

으레 있을 일이라고 오래전부터 생각해 오긴 했다. 뭐랄까? 정략혼이 당연시되는 환경이라 애정 어린 결혼에 미련을 갖지도 않았다. 오는 여자 막지 않고 가는 여자 붙잡지 않던 것도 결혼이라는 큰일이 자신에게는 그저 비즈니스임을 아는 탓이었다.

제멋대로 살던 20대 때와 다르게 서른에 접어들면서 하경은 어머니의 유언에 따라 마음을 다잡고 건실한 삶을 살고자 노력했다. 그러다가 도서관을 만났다.

여자에게 속절없이 빠져든 경험은 이번이 처음이었다. 모든 것을 다 내버리고 포기할 수도 있을 만큼 하경은 그녀에게 푹 빠졌다. 갖지 못한 것에 대한 욕심 때문인지 윤지원 말고는 아무것도 눈에 들어오지 않았다. 아마, 오늘 만날 맞선 상대도 자신에게 여자로 보이지 않을 것이다.

열한 시 반까지 업무를 마치고 하경은 약속 장소로 향했다. 막 시동을 걸자 휴대폰이 울렸다. 웬 전화인가 봤더니 아니나 다를까, 아버지의 연락이었다.

―어디냐?

"지금 가고 있어요."

―멀쩡하게 차려입고 나왔지?

아버지는 서른이 넘은 아들의 옷차림까지 간섭하고 있었다. 기분이 그다지 좋지는 않았지만 하경은 내색하지 않았다.

"네."

하경은 룸 미러를 흘긋 바라보고 대답했다. 차가 밀리지 않는다면, 열두 시 전에 충분히 도착할 수 있었다. 아버지는 용건이 끝나기 무섭게 전화를 끊었다.

서울에 비해 경기도는 땅덩어리가 넓어서 업체에서 보고가 올라오는 데 시간이 걸렸다. 업체에서는 팀을 두 개로 나누어서 움직이고 있었다. 혹시 사서 윤지원이 회사를 그만두었을지도 모른다는 가정을 내리고 하경은 한 팀은 서울 시내 도서관 재조사를, 다른 한 팀은 경기권 도서관 조사를 부탁했다.

물론 쓸 만한 결과 보고는 아직 올라오지 않았다. 그래도 일을 잘한다는 업체니까, 믿어 보려고 하는데 어째 점점 신뢰도가 바닥으로 고꾸라진다.

'도대체 윤지원은 어디에 있는 걸까?'

사람 찾는 일을 너무 우습게 보았다. 하경은 지난날 갖고 있던 근거 없는 자신감을 뼈저리게 후회했다. 윤지원을 다시 만날 수만 있다면 이번에는 절대 놓아주지 않으리라. 운전대를 쥔 손에 그가 힘을 주었다.

주차까지 끝내고 나서 하경은 시간을 살폈다. 조금 있으면 열두 시지만, 시간에 딱 맞추어 약속 장소에 들어가고 싶지 않았다. 당사자의 의견을 하나도 듣지 않는 아버지에게 부리는 심술이었다.

자동차 키를 꼭 쥐자 왠지 손이 끈적거리는, 기분 나쁜 감촉이 느껴졌다. 아버지의 눈에 거슬리지 않도록 빼 둔 반지는 자동차 키와 함께 키 링에 걸려 있었다. 이 반지를 나누어 가진 여자가 분명 같은 하늘 아래 있을 텐데, 만나기가 이토록 어렵다는 사실이 한없이 절망적이었다.

일부러 느긋하게 걷고 있던 하경은 손이나 씻을 생각으로 걸음을 돌렸다. 바지 주머니에 키 링을 넣고 화장실 쪽 코너를 돈 그가 벼락을 맞은 사람처럼 우뚝 멈추어 섰다.

바닥을 보며 걷고 있는 여자를 발견하자마자 손하경은 제 눈을 의심했다. 그렇게 찾아 헤매던 여자가 갑자기 눈앞에 뚝 떨어졌다. 특별한 관리 없이도 좋은 시력이 그새 맛이 갔나 싶었다. 눈이 아니라 머리가 맛이 간 걸지도 모르겠다. 너무나도 보고 싶어서 미쳐 버린 머리가 결국 환상을 만들어 낸다거나…….

거기까지 생각하던 하경은 더 이상 망설이지 않았다. 다시 윤지원을 만나게 되면 절대 놓치지 않겠다고 결심했었다. 오늘도 그 결심을 곱씹지 않았던가.

5미터도 되지 않을 짧은 거리가 이토록 멀게 느껴지는 건, 그녀를 향한 그리움이 그만큼 길기 때문일 것이다. 그는 손을 뻗어 그녀의 팔을 덥석 붙잡았다. 바닥만 바라보고 있던 그녀가 화들짝 고개를 들었다.

두 사람의 눈이 허공에서 마주쳤다. 자신만큼이나 놀란 듯, 그녀의 얼굴이 하얗게 굳어졌다. 열흘이 넘어서야 그들은 다시 눈을 맞출 수 있었다. 하경은 지원의 팔을 꽉 잡고 믿기지 않는 이 상황을 받아들이려 애를 쓰며 말했다.

"너 어떻게 여기……."

갑자기 목에 뜨거운 기운이 치밀어 올라 하경은 끝까지 말을 잇지 못했다. 그녀는 그의 마음을 읽은 양, 그를 끌어안았다. 기다렸다는 듯 그 역시 그녀의 허리를 감싸 안았다. 말은 필요하지 않았다. 아니, 말이 나오지 않았다.

"오빠!"

이 목소리가 얼마나 듣고 싶었는지 모른다. 눈을 감으면, 배시시 웃으면서 '오빠' 하고 불러 주던 그녀의 모습이 선명하게 떠오르곤 했다. 하경은 지원의 등에 손을 얹고 더욱 강하게 그녀를 안아 주었다. 그녀의 울먹이는 목소리가 이어졌다.

"오빠, 오빠 맞지? 이거 꿈이야? 나 아직도 침대에서 자고 있는 거야?"

그녀의 어깨가 가늘게 떨렸다. 목소리에 묻어나는 그녀의 감정은 그와 별반 다르지 않았다. 그들은 지금 이 순간이 오기만을 기다리면서 서로를 그리워했고, 또다시 이별이 예정되어 있을까 봐 불안해했다. 그녀가 그를 보챘다.

"오빠, 뭐라고 말 좀 해 줘. 지금 꿈꾸는 거 아니라고. 응?"

눈물 때문에 앞이 흐려져서 지원은 눈을 뜨지 않았다. 여기서 다시 눈을 뜨면, 홀로 서 있는 현실로 돌아오게 될까 봐 무서웠다. 그녀의 물기 어린 목소리가 그의 심장을 아프게 찔러왔다. 그녀는 그를 안은 팔에 힘을 주었다. 꿈이 아니기를 간절히 바라면서.

"……꿈 아니야."

차분하게 이어진 그의 음성이 끝에 가서 흔들렸다. 이별은 고작 며칠뿐이었지만, 수십 수백 년이 지난 것처럼 깊은 상흔을 남겼다. 그제야 그녀의 팔에서 힘이 사르르 빠졌다.

하경은 지원의 팔을 잡아 풀고 그녀를 똑바로 바라보았다. 그녀는 아직까지도 고집스럽게 눈을 감고 있었다. 감긴 눈 틈새로 눈물이 비집고 나와 얼룩을 만들었다. 그가 그녀의 눈가를 부드럽게 쓸어 주었다.

"눈 뜨고, 날 봐 봐."

그러나 지원은 고개를 세차게 흔들었다.

"눈 뜨면 사라질 것 같아."

"안 사라져."

하경이 힘주어 말했다. 사라지지도 않고, 그녀를 놓치지도 않을 테니까. 그의 단호한 음성에 그녀의 어깨가 움찔 떨리더니 곧 눈이 서서히 뜨였다. 불안한 듯 흔들리던 그녀의 눈동자가 그에게 곧게 향했다.

"진짜네……."

이 상황이 결코 꿈이 아님을 깨닫자 그녀의 눈에 눈물이 고이기 시작했다. 예상치 못한 곳에서 그를 다시 만나 기쁘면서도 서러움이 파도가 되어 밀려왔다. 그녀는 그의 허리를 안고 가슴에 얼굴을 묻었다. 그제야 익숙한 체향이 코끝을 찔러 왔다. 그를 다시 만나다니! 믿을 수 없는 일이 일어나고 말았다. 그녀가 고개를 들고 그를 올려다보며 다급하게 입을 열었다.

"오빠! 어떻게든 오빠를 다시 만나려고 했어. 하고 싶은 말이 너무 많단 말이야."

"그래, 나도……."

그가 희미하게 웃으며 그녀의 눈물을 닦아 주었다. 곁에 있어 달라고 애원하지 않은 것이 이토록 후회스러울 줄 알았더라면, 그녀를 억지로라도 붙잡았을 텐데 말이다.

"오빠, 나 결혼 꼭 안 해도 돼. 아빠 회사가 힘든 게 아니었어."

지원이 그동안 있었던 일을 털어놓으며 조잘거렸다. 그의 오해를 풀어 주고 싶었다. 윤지원은 나이 많은 남자에게 팔려 가는 것도 아니고, 그 결혼을 굳이 할 필요도 없다는 사실을 알려서 그를 붙잡고 싶었다.

"아, 그리고 내 결혼 상대는 오해가 있었……."

그러나 지원의 말은 끝까지 이어지지 않았다. 그녀의 뺨을 부드럽게 감싸 쥔 그가 그녀에게 입을 맞추었다. 그녀는 자연스럽게 눈을 감았다. 입술에 닿는 보드라운 감촉이 무척 익숙했다.

서울에 돌아와서 카센터와 다시 키스를 나누게 될 줄은 상상하지도 못했다.

손하경은 이곳이 호텔 복도라는 사실을 인지하고 있었고 다행스럽게도 가벼운 입맞춤은 달콤하게 혀가 얽히는 진한 키스로 이어지지는 않았다.

"이야기할 시간은 많아."

입술을 떼자마자 그가 빙그레 웃으면서 말했다. 그녀는 아직도 꿈에서 깨지 못한 것처럼 멍한 표정으로 그를 빤히 응시했다. 그녀의 머리를 정돈해 준 그는 입술에 번진 립스틱 자국을 닦아 주었다. 그는 여전히 세심하고 다정한 남자였다.

"핸드폰 좀 줘."

"응?"

갑자기 휴대폰 타령을 하는 남자를 지원이 의아하게 보다가 우물쭈물 가방에서 휴대폰을 꺼냈다. 그가 휴대폰 액정을 몇 번 두드리고는 그녀에게 돌려주었다.

"내 번호야."

낯선 숫자 배열을 가만히 들여다보던 그녀가 그제야 환하게 웃으면서 통화 버튼을 눌렀다. 재킷 주머니에 넣어 두었던 그의 휴대폰이 이내 진동하기 시작했다. 그가 휴대폰을 꺼내 그녀에게 화면을 보여 주며 물었다.

"이건 네 번호고?"

"응!"

그 순간, 하경은 천장에 달린 조명들이 오로지 윤지원에게 향하는 듯한 착각이 일었다. 무대 위에서 스포트라이트를 받는 배우처럼, 그녀에게만 시선이 쏠린다. 윤지원은 플로리다의 강렬한 태양 아래에서 밝게 웃을 때와 똑같았다.

"여기에 온 목적이 있잖아."

그의 말에 맞선 자리를 떠올린 그녀가 눈가를 찡그렸다. 그 역시 내키지 않는 자리에 온 양 어두운 안색이었다.

"각자 해결하고 로비에서 봐."

"……해결?"

지원의 의아한 대구에 하경이 고개를 끄덕였다. 초롱초롱 빛나는 눈동자를 보면서 그가 피식 웃었다. 그녀의 얼굴에 홍조가 올라왔다. 사랑하는 사람이 웃어 주는 것만으로도 가슴이 설레서 그녀는 어쩔 줄 몰랐다.

"로비에서 기다릴게. 남은 이야기는 그때 하자."

그가 그녀의 뺨을 다시금 감쌌다. 윤지원이 눈앞에 서 있다는 것을 체감하고 싶었다. 그녀가 그의 손 위에 제 손을 포개고 속삭였다.

"오빠, 우리 이제 헤어지지 않는 거지?"

이별을 우습게 본 대가로 열흘이 넘는 시간을 괴로워했다. 만일 두 번째 이별이 이어진다면 숨도 쉬지 못할 것이다. 지원은 카센터가 없었던 시간을 곱씹고 싶지 않았다. 우울한 기억은 희미하고 슬펐다.

"그래. 로비에서 기다리고 있을게. 내가 보이지 않으면 전화해."

두 사람 사이에 존재하지 않았던 전화 연락. 이제야 그들은 서로의 연락처를 알게 되었다. 단지 전화번호만 알았을 뿐인데도 지원은 기분이 날아갈 듯 좋았다.

"근데 만약 엄마가 나 못 나가게 하면 어떡해?"

심지어 전적도 있었다. 손 사장이 집에 초대받은 날, 여권을 만들러 잠깐 나가는 것조차 엄마는 허락하지 않았다. 맞선 자리를 뒤엎고 사랑하는 남자를 따라 도망가는 막내딸을 엄마가 가만히 두고 볼까 싶었다.

"그때도 나한테 전화해."

"오빠한테?"

예상치 못한 소리에 지원의 눈이 휘둥그레 뜨였다. 전화를 하면, 그가 멋지게 날아와서 자신을 구해 주려는 걸까? 그녀는 그가 마치 백마 탄 왕자님처럼 느껴졌다. 그러나 카센터는 쓸데없이 현실적이었다.

"대신 경찰 불러 줄게."

그녀의 얼빠진 시선에 그가 어깨를 으쓱했다. 하여튼 그에게 전화를 하라는 것이다. 그녀는 휴대폰을 꼭 쥐었다.

가슴이 벅차오른 만큼 발걸음이 가볍다. 씩씩하게 걷던 지원은 자꾸 뒤쪽을 돌아보면서 웃음을 흘렸다. 대화하기에 가장 좋은 장소는 둘만의 공간인지라, 하경은 약속 장소에 가기 전 객실을 빌리기 위해 프런트 데스크로 향했다.

카센터가 보이지 않는 곳까지 걷고 나서 지원이 마른침을 삼켰다.

'돌아가서 결혼 못 한다고 말해야지.'

더는 사랑하는 사람의 존재를 숨기지 않을 것이다. 지원이 눈을 결연하게 빛냈다. 윤지원의 머릿속에, 언니가 했던 조언 따위는 이미 사라진 지 오래였다.

느지막하게 지원이 돌아오자 초조하게 기다리고 있던 엄마가 화색을 띠며 손짓했다. 막내딸이 혹시 또 달아났을까 얼마나 속을 끓였는지 모른다.

"어서 와서 앉아."

"네……."

지원의 자리는 테이블 가장 안쪽 자리라 뒤로 빙 둘러 들어가야 했다. 자리로 가면서 지원은 마음을 굳게 다잡았다. 용기를 내야 했다. 열두 시가 넘은 지 한참 지났는데도 아직 맞선 상대는 도착하지 않았다. 지금이 기회라면 기회였다. 맞선 상대를 앞에 두고 사랑하는 남자가 있다는 고백을 하는 건 너무 잔인한 일이었다.

"하경이가 늦는데, 먼저 식사부터 할까요?"

손 사장은 겉으로 여유로웠으나 속은 까맣게 타고 있었다. 제 아들은 약속 시간에 늦는 편이 아닌데, 벌써 열두 시에서 15분이나 지나 있었다. 아무래도 아들놈이 제 감정을 무시한다고 아버지를 웃음거리로 만들려는 모양이다.

"그, 그럴까요?"

민화가 남편을 대신해서 어중간한 대꾸를 했다. 모두가 눈치를 보는 상황, 기묘한 긴장감이 테이블 위를 가득 메웠다. 가방에 넣지 않은 휴대폰을 꽉 쥐자 지원의 손바닥에 식은땀이 솟아났다. 투명한 유리잔에 든 물만 쳐다보고 있던 지원이 소리 없이 침을 삼키고 입술을 떼었다.

"저, 죄송합니다만…… 이 혼담 없던 걸로 해 주셨으면 합니다."

폭탄 같은 지원의 말에 어른들이 모두 그녀를 쳐다보았다. 가장 가까이 있는 엄마의 경악 어린 눈빛이 따가웠다. 감정을 잘 내비치지 않던 아버지도 놀라서 입을 쩍 벌렸다. 그나마 표정 변화가 적은 쪽은 손 사장이었다. 차마 부모님을 볼 면목이 없어서 지원은 차라리 손 사장을 보고 말을 하기로 마음먹었다.

"애, 애, 얘가 지금 뭐라는 거니?"

엄마의 목소리가 날카롭게 튀어나왔다. 지원은 손 사장에게 시선을 고정한 채로 말을 이었다.

"정말 죄송합니다."

지원은 고개를 푹 숙이며 또박또박 사과했다. 죄송한 일이기는 했다. 진작 의사를 밝혔으면 여기까지 혼담이 진행되지도 않았을 테고, 손 사장이 바쁜 시간을 내어 나올 필요도 없었을 테니 말이다.

주환은 지원을 신기하다는 투로 바라보았다. 내내 얌전히 있던 윤지원이 갑자기 폭탄을 터뜨리는 이유가 뭔지 무척 궁금해졌다.

"이유는?"

"······사랑하는 사람이 있습니다."

그제야 주환은 그동안 지원이 보여 온 태도가 이해갔다. 이미 윤지원은 마음에 둔 남자가 있으니, 맞선 상대인 손하경이 아무리 잘났다 한들 관심이 갈 리가 없었을 것이다. 의뭉스러운 태도나, 당사자임에도 이 혼담에 건성이었던 이유 역시 그녀의 마음이 다른 곳에 가 있기 때문이었다.

'아이고, 여기도······.'

그나저나 손하경뿐만 아니라 윤지원까지 다른 사람을 마음에 담고 있을 줄은 꿈에도 상상하지 못했다. 아무래도 둘은 인연이 아닌가 보다. 주환이 깊은 한숨을 길게 내쉬었다. 이 상황을 아들놈이 본다면 기뻐 날뛸 게 뻔해서 그는 배알이 꼴렸다.

그때, 얼굴이 새하얗게 질린 민화가 지원의 등짝을 후려갈기며 소리쳤다.

"윤지원! 지금 무슨 소릴 하는 거니? 네가 남자가 어디 있어?"

민화는 듣도 보도 못한 막내딸의 말이 그저 이 혼담을 깨기 위한 변명이라고 생각했다. 그러지 않고서야 말이 안 된다. 그도 그럴 것이, 막내딸은 2년 동안 집 안에나 처박혀 있었다. 최소한의 외출 정도만 하면서 굳이 누군가를 만나려고 들지 않았다.

"있어!"

엄마의 타박에 지원이 고개를 돌리고 소리 높여 대답했다. 사랑을 가슴속 깊은 곳에 묻어 두려고 노력했다. 절대 이루어질 수 없는 마음이라고 생각해서 꼭꼭 숨기고 혼자 끙끙 앓아 왔다. 그러나 마음속 사랑의 크기는 어찌할 수 없을 만큼 크고 무거워서 숨겨지지 않았다.

"얘! 결혼하기 싫다고 꾸며 낸 말인 거 엄마가 모를 줄 알아? 당장 사과 드려!"

"있어. 정말 있다고요."

"어디서 남자를 만나, 네가? 말도 안 되는 소리하지 말고……."

제발 얌전히 있어 주길 바랐는데 막내딸이 결국 사고를 치는구나, 눈앞이 캄캄해진 민화가 지원의 어깨를 잡고 간절하게 말했다. 하지만 지원은 엄마의 말을 도중에 잘랐다.

"미국에 갔을 때 만났어. 엄마, 나 그 사람 정말 사랑해."

청천벽력 같은 막내딸의 고백에 민화의 말문이 턱 막혔다. 막내딸이 그냥 가출한 것이 아니라 남자를 만나고 있었다니, 충격적이었다. 민화는 아무 말도 못 하고 입술만 뻐끔거렸다. 지원은 엄마의 아연실색한 모습에 여러 가지 복잡한 감정이 들었다. 그중 하나는, 부모의 기대를 저버린 데서 온 죄송한 감정이었다. 붉어진 지원의 눈에 눈물이 차올랐다.

"헤어지려고 했어. 아니, 헤어졌었어. 나, 한국 돌아오면 결혼

해야 하니까 그 사람하고는 헤어지고 돌아왔어요. 비행기 안에
서 얼마나 울었는지 몰라. 다신 그 사람 못 만난다는 게 너무 서
럽고 무서웠어. 그래도…… 그래도 결혼해야 하니까 마음 접으
려고 노력했어요."

힘들었던 지난날을 떠올리자 지원의 눈에서 눈물이 뚝 떨어
졌다. 뺨을 타고 흐르는 눈물을 닦지도 못하고 지원은 애처롭게
사정했다.

"근데 엄마, 나 그 사람 다시 만났어. 다시 만나니까 알겠더라.
난 그 사람 평생 못 잊을 거야. 정말 죄송해요. 죄송한데…… 제
발 한 번만 눈감아 주세요."

말을 마친 지원이 고개를 푹 숙이고 눈을 감았다. 실내에는 정
적만 흘렀다. 황당하기 그지없는 이 상황에 누가 먼저 말을 꺼낼
수 있을까? 민화조차 기가 막혀서 입을 열지 못했다. 파랗게 얼
어붙은 창섭은 아내와 막내딸의 눈치를 보느라 정신이 없었고,
이 상황에서 제일 피해를 본 주환은 이젠 모든 것이 다 한 편의
연극 같다는 생각마저 들었다.

'어이가 없다.'

확실히, 이 자리에 손하경이 와 있었다면 좋다고 춤이라도 추
었을 것이다.

정적을 깨뜨린 것은 의외로 가게 직원이었다. 똑똑, 문을 두드
리는 소리 이후에 들어온 직원은 우중충한 공기에도 아랑곳 않
고 일행이 왔다고 상냥하게 알려 주었다. 그러니까 윤지원의 맞

선 상대가 드디어 온 셈인데, 문제는 이 자리가 거의 파투가 났다는 데 있었다.

어째 혼담이 오고 갈 자리가 아니라 초상집 같은 분위기라 하경은 내심 당황했다. 들어와서 바로 결혼을 못 하겠다고 패기 좋게 외치려고 했는데 타이밍이 영 글러먹었다. 건성으로 윤 사장 가족을 곁눈질한 그는 아버지 쪽을 쳐다보았다. 아버지는 왠지 세상을 다 산 사람인 양 해탈한 모습이었다.

"하경이…… 네가 좀 많이 늦었구나."

주환이 겨우 입을 떼고 말했다. 하경은 의문이 가득한 시선을 내비치다가 말했다.

"저 이 결혼 못 합니다."

실내 분위기가 어떻든 간에 자신이 할 말은 그것뿐이었다. 그동안 담아 두었던 말을 뱉자 하경은 속이 시원해졌다. 이제 아버지를 무서워할 필요도 없었다. 먼저 윤지원을 찾아낸 쪽은 자신이었으니까.

"어?"

아버지의 호통이 매섭게 쏟아질 거라고 예상했는데 의외로 제일 먼저 튀어나온 목소리는 낯익은 목소리였다. 하경이 미간을 좁힌 채로 고개를 돌렸다. 그러자 테이블 구석에서 고개를 푹 수그리고 있던 맞선 상대가 벌떡 일어나더니 이렇게 묻는 것이었다.

"오빠?"

……라고.

믿을 수 없는 일이 일어났다.

맞선 상대, 아니…… 손하경이 매일매일 그리워하며 찾아 헤매던 윤지원이 거기 있었다. 이성이 마비되어 버린 하경은 이 상황을 제대로 인지하지 못했다. 그가 덜떨어진 소리를 뱉었다.

"네가 왜 여기 있어?"

"마…… 맞선 보니까?"

언제 울고 있었냐는 듯 지원이 눈을 깜빡거리며 어눌하게 대답했다. 두 사람의 기묘한 대화에 테이블 위의 공기가 달라지기 시작했다. 난처하게 앉아 있던 민화와 창섭도 상황을 파악하려 애를 썼다. 일단 확실한 것은 윤지원과 손하경이 이미 아는 사이라는 점이었다.

현실성이 없는 마당에 아무도 말이 없자, 지원은 제 손에 들린 휴대폰을 눌러 보았다. 그가 전화를 하라고 해서 그의 번호가 찍힌 화면을 계속 띄워 두었었다. 통화 버튼을 누르고 얼마 지나지 않아 그가 눈가를 찡그린 채로 제 휴대폰을 들었다. 두 사람의 시선이 허공에서 부딪쳤다.

그렇다는 것은, 맞선 상대가…….

상황 파악에 앞서 하경은 먼저 움직였다. 그는 아까 지원이 빙 둘러 들어갔던 대로 걸어가더니 그녀의 의자 뒤에서 팔을 잡아 끌어당겼다.

"나랑 이야기 좀 해."

"응?"

하경은 지원의 맹한 눈빛을 외면하고 그녀의 휴대폰 화면을 터치해서 통화를 끊어 버렸다. 자신을 향한 어른들의 황당하다는 시선에 그가 억지로 미소를 지으며 말했다.

"……맛있게 드세요."

"네?"

하경의 헛소리에 반응한 사람은 민화뿐이었다. 지원을 일으킨 하경이 그녀의 팔을 꼭 잡고 바깥으로 향했다.

"잠깐만! 오빠, 어디 가?"

당황한 지원이 황급히 묻는 소리와 함께 출입문이 쾅 닫혔다. 도대체 지금 무슨 일이 일어난 건지 쉬이 이해가 되지 않아, 민화는 기가 막힌 눈으로 닫힌 문을 한참 동안 응시했다.

다시금 침묵이 흘렀지만 다행히 주환이 먼저 입을 열었다.

"지원 양 말입니다……."

"예?"

정신이 반쯤 나간 민화를 대신해서 창섭이 대꾸했다. 주환 쪽에 신경을 쓰면서도 창섭은 민화에게 냉수를 건네주기 바빴다.

눈치가 빠른 주환은 하경과 지원 사이에 흐르는 묘한 감정을 읽어 냈다. 아들이 그렇게 놀란 모습을 보인 건 또 처음이었다. 만약 자신의 추측이 맞는다면 아들놈은 온갖 삽질을 다 하고 다닌 셈이었다. 그래도 추측이 맞았으면 좋겠다는 생각을 하며, 주환이 물었다.

"혹시 전에 근무하던 곳이 도서관 아니에요?"

"아, 예. 사서로 일했었죠. 2년 전까지요."

창섭이 솔직하게 대답하고 의아한 기색을 비춘 순간, 주환이 참지 못한 웃음을 터뜨렸다. 이유도 설명하지 않고 혼자 큭큭 웃는 주환에게 창섭과 민화가 어리둥절한 눈빛을 보냈다.

'손하경, 이 등신 같은 놈을 봤나!'

손 사장은 속으로 아들을 비웃으면서 한참을 소리 죽여 웃었다. 퍼즐이 대충 맞아 떨어진다. 아까 윤지원이 미국에서 남자를 만났다고 했는데, 그 남자가 아무래도 미련한 아들놈인 것 같다.

아들에게 평생의 놀림거리가 생기자 주환은 갑자기 신이 나기 시작했다. 혼자 상황 파악과 수습을 다 끝낸 주환은 태연하게 화제를 돌렸다.

"먼저 식사부터 하시죠."

"네? 하지만, 지원이가……."

막내딸이 나가버리는 바람에 이러지도 저러지도 못하게 된 민화는 울상만 지었다. 반면, 여유를 되찾은 주환은 얼이 빠진 부부에게 미소를 보이며 말했다.

"별일 없을 겁니다."

……라고 혼자만 얄밉게 말이다.

한편, 지원의 팔을 잡고 밖으로 나온 하경은 머릿속을 정리하면서 복도를 따라 걸었다. 맞선 상대가 윤지원이라는 사실이 기가 막히고 황당했다. 도대체 일이 왜 이렇게 되어 버린 건지 모르겠다. 아직도 현실감이 들지 않아 멍한 그녀가 그를 뒤따르며 물었다.

"어디 가?"

"룸 빌렸어."

그가 카드 키를 꺼내 들었다. 호텔 룸이라니! 그녀의 머릿속에 무럭무럭 상상의 나래가 펼쳐졌다. 얼굴에 홍조가 올라온 그녀가 전면 유리창 바깥을 힐끔 보았다. 날이 참 밝았다. 심지어 엄마랑 아버지도 호텔 건물에 있는데…….

"지, 지금?"

돌연 하경이 멈추자 아무 생각 없이 걷던 지원이 그의 등에 이마를 콩 박고 정신을 차렸다. 그가 그녀를 의아하게 돌아보았다.

"왜? 이야기하긴 조용한 곳이 좋으니까."

"아, 이야기."

"무슨 생각을 한 거야?"

"아니, 뭐…….""

혼자 헛물을 켜고 있던 그녀의 시선이 옆으로 스르륵 빠졌다. 고맙게도 그는 더 이상 캐묻지 않았다.

도망갈 길이 없는 엘리베이터에 오르고 나서야 하경은 지원의 손을 놓아주었다. 지원은 심각해 보이는 그를 슬쩍슬쩍 곁눈질하다가 손에 들린 휴대폰을 내려다보았다. 최근 통화 목록에는 아직 저장이 되지 않은 번호가 있었다.

"오빠."

"응?"

"오빠 이름이 '손하경'이야?"

전화번호 저장을 위해 휴대폰 화면을 바라보던 지원이 고개를 들었다. 하경이 멋쩍은 표정으로 그녀를 응시하고 있었다. 공항에서 이별하기 전, 그토록 이름을 가르쳐 주려고 노력했는데도 듣지 않던 윤지원이 스스로 손하경의 이름을 입에 담았다. 그가 혼잣말처럼 중얼거렸다.

"아, 기막혀서 정말……."

그가 한숨을 길게 내쉬기 무섭게 그녀가 눈을 동그랗게 뜨고 말했다.

"오빠, 화났어?"

"……아니."

그의 목소리가 단번에 꺾였다. 화가 났다기보다는 황당할 따름이었다.

하경의 번호를 저장한 지원은 뿌듯한 기분이 들었다. 기분 좋은 표정으로 한참 휴대폰을 바라보고 있자 엘리베이터가 멈추었다.

"내리자."

그가 그녀에게 손을 내밀었다. 그의 손을 꼭 잡으면서 엘리베이터에서 내린 그녀가 수줍은 미소를 지었다.

그와 재회했을 때까지만 해도 이런 미래가 다가오리라곤 상상하지 못했다. 맞선 자리를 엉망으로 만들고 부모님에게 큰 실망을 안긴 다음, 눈에 차지도 않을 사윗감을 데려와서 엄청난 반대에 부딪치는 것. 그게 지원이 상상하던 미래였는데 어떻게 이럴 수가.

지원은 객실 문을 여는 남자를 물끄러미 올려다보았다. 정말 어떻게 이럴 수가…….

"꿈을 꾸는 건가?"

"내가 하고 싶은 말이야."

하경이 지원의 혼잣말에 대꾸해 주었다. 나직한 목소리가 웃음을 절로 불러왔다. 헤헤, 웃던 그녀는 순간 깨달음을 얻었다.

"아, 그래서 익숙했구나."

"뭐가?"

"손 사장님 목소리. 어디서 들어 본 것 같았는데 오빠랑 닮았어."

뜬금없이 끌려 나오는 아버지의 존재에 하경이 눈가를 찌푸렸다. 돌아가면 얼마나 비웃음거리가 될지 끔찍했다. 아무것도 모르는 지원은 문을 닫고 비치되어 있는 슬리퍼로 갈아 신었다. 구두에 발이 꼭꼭 눌려 있어서 불편했는데 이제 좀 살 것 같다.

"물 마실래?"

속이 까맣게 탄 손하경은 객실에 들어오자마자 냉장고부터 열어서 생수를 꺼냈다. 지원은 500밀리리터 생수병을 든 그를 멍하니 쳐다보았다. 리조트에서의 달콤한 기억이 현실과 겹쳐졌다. 다른 것은 그의 옷차림과 장소뿐이었다.

그녀가 대답하지 않자 그는 말없이 생수병 뚜껑을 열어서 그녀에게 내밀었다. 얼떨결에 물을 받아 든 그녀가 테이블 앞에 앉았다. 그는 속이 답답한 듯 넥타이를 풀어 내던지고 새로 꺼낸 생수병을 반이나 비웠다.

"오빠, 되게 목말랐구나?"

하경이 입가를 닦으면서 지원을 복잡한 눈빛으로 바라보았다. 이 어이없는 상황에 손하경은 미칠 것 같은데, 윤지원은 전혀 아무렇지도 않은 모양이다.

재킷을 벗어서 의자 등받이에 건 그가 한 손으로 눈가를 덮고 마음을 다스리려 노력했다. 일단은 대화가 필요했다. 상황을 정리하며 그가 한참 동안 얼굴을 가리고 있다가 고개를 들었다. 제일 먼저 알아야 할 것은 이거였다.

"결혼 상대가 아저씨라며."

"아, 그거! 엄마가 잘못 말했던 거였어. 처음에는 은찬 자동차 사장이라고 했는데, 알고 보니 그 자리를 물려받을 사람이라는 거 있지?"

윤지원은 마치 제3자의 이야기를 전해 주는 양 경쾌하게 대답했다. 하경은 눈을 지그시 감았다. 아, 어쩜 이렇게 세상이 가혹할 수가 있을까? 지원의 말을 들은 손하경은 지금 30년 정도 폭

삭 늙어 버린 기분이 들었다.

"난 그것도 모르고 엄마가 아저씨한테 시집보내려는 건 줄 알았지. 검색해 보니까 오빠 아버지가 사장이었다고."

"……그래?"

그가 힘없이 대꾸했다. 그러니까 자신은 그동안 무고한 아버지를 질투하고 저주해 왔던 것이다. 불효자식도 이런 불효자식이 없었다.

"그래서 오빠 차도 싫었는데."

지원이 덧붙인 말에 하경은 플로리다에서 그녀가 자신의 차를 처음 보고 했던 말을 기억해 냈다. 겸연쩍어서 어쩔 줄 몰랐던 그 상황이 떠오르자 그는 온몸에 힘이 다 빠졌다.

"나도 네가 우리 차 싫다고 해서 난감했어."

"헤헤, 미안해. 사실 별로 안 싫어해."

귀엽게 웃으면서 그녀가 곧장 사과했다. 솔직한 태도가 참 예쁜데, 기운이 다 빠져서 그는 아무 대답도 하지 못했다. 핼쑥해진 그의 얼굴을 물끄러미 보던 그녀가 조심스럽게 입을 열었다.

"오빠, 어디 아파?"

"아, 진짜……."

살면서 이만큼 멘탈을 파괴하는 경험을 한 적이 없었다. 정신력이 바닥난 그는 대답하지 않고 앓는 소리를 내며 테이블 위에 엎드려 버렸다. 결과적으로 손하경은 6월 내내 삽질을 한 셈이었다. 얌전히 있었어도 윤지원과 별일 없이 결혼을 할 운명이었는데, 쓸데없이 몸부림을 치며 도망 다녔다.

그를 걱정스럽게 바라보던 그녀는 깔끔하게 넘어가 있는 그의 머리를 쓸어 주었다. 그때, 서울 시내 온갖 도서관을 이 잡듯 뒤지고 다닌 것이 억울해서 그가 엎드린 채로 물었다.

"너 대체 어느 도서관 다녀?"

"아……."

지원은 곤란한 표정을 지으며 손을 거두고 시선을 떨구었다. 2년 전에 그만둔 도서관 이름을 말하기는 민망한지라 그녀가 솔직하게 답했다.

"사실 그만둔 지 좀 됐어."

날벼락처럼 내리꽂히는 소리에 하경이 상체를 홱 일으켰다. 화들짝 놀란 지원이 등받이에 몸을 바싹 기대었다. 그가 형용할 수 없는 표정을 지으며 허탈하게 중얼거렸다.

"난…… 그것도 모르고 널 찾는다고……."

이번에 하경은 팔꿈치를 테이블에 올리고 양손에 얼굴을 묻어 버렸다. 서울 시내 온갖 도서관을 다니며 아쉬운 소리를 녹음기처럼 반복해 왔다. 오로지 그녀를 찾아내겠다는 일념 하나로 자존심이고 체면이고 다 버린 채로 말이다.

새로운 도서관에 도착하면 그녀를 찾아낼 수 있을지도 모른다는 기대로 가슴이 부풀었고, 그 기대가 휴지 조각이 되면 세상 그 누구보다도 절망했던 그는 손 사이로 한숨만 내쉬었다.

"날…… 찾았어?"

지원이 눈을 동그랗게 뜨고 떨리는 소리를 냈다. 하경이 얼굴에서 손을 떼고 고개를 끄덕였다.

"그랬구나."

그녀의 입가에 희미한 미소가 걸렸다. 그가 자신을 찾아다녔다는 말만으로도 가슴 한구석이 설레고 따스해졌다. 역시 그도 자신과 같은 마음이었다. 그녀 자신도 그를 수소문하려고 단골 카센터 직원에게 언질을 주었으니까. 문제는 손하경이 카센터 사장의 아들이 아니라는 데 있었지만.

"근데 오빠도 카센터 안 하잖아."

정곡을 찔린 하경의 어깨가 움찔했다. 지원이 미간을 좁히고 자세를 고쳐 앉았다. 두 사람의 거리가 한층 가까워졌다. 그가 시선을 슬쩍 돌리자 그녀의 눈이 가늘어졌다. 그녀가 테이블에 손을 짚고 벌떡 일어났다.

"가만있어 봐. 손 사장님이, 아들은 지금 미국에서 리조트 사업을 해 보고 있댔어. 그럼, 오빠 그 리조트도 오빠 거였다는 거야?"

"……그렇지."

멍하니 있던 윤지원이라고는 생각할 수 없을 정도로 그녀는 눈을 반짝이고 있었다. 하경이 그랬듯, 지원도 현실과 어긋나 있던 상황을 되짚기 시작했다.

"어쩐지 이상하다 했어. 카센터 한다는 사람이…… 아니다! 자기 가게도 아니고 아버지 가게랬잖아. 그런 사람이 어떻게 그 비싼 스위트룸을 오랫동안 빌리고 있나 신기했다고."

우다다다 말을 쏟아 내던 그녀가 잠시 숨을 고르고 그를 똑바로 쳐다보았다. 궁지에 몰린 쥐처럼 그가 난처한 표정을 지어 보였다. 대강 둘러댔던 거짓말이 부메랑이 되어 돌아오자 양심이 콕콕 쑤셨다.

"그러면 뭐야? 맨날 일하던 것도 그 리조트 때문에 일했던 거야?"

차마 말로 긍정할 자신이 없어서 그가 대답 대신 고개만 무겁게 끄덕였다. 그녀가 이해할 수 없다는 듯 눈가를 찡그렸다.

"하지만 거기 아직 오픈 안 했다고 했는데?"

"안 했어."

"근데 왜…… 아, 뭐야! 그래서 시설을 하나도 못 쓴다고 했던 거야?"

지원이 꽥 소리를 질렀다. 뒤늦게야 모든 퍼즐이 다 맞아 떨어진다. 그것도 모르고 마리앙인지, 마리안느인지 하는 그 리조트가 이상하다고 고민에 빠져 있었다. 가끔은 귀곡 산장 같은 리조트라고 여기면서 겁을 먹기도 했던 그녀는 억울해졌다.

"어쩐지……."

의자에 털썩 주저앉은 지원이 허탈하게 중얼거렸다.

"그것도 모르고 전국에 있는 카센터를 다 뒤질 뻔했잖아."

"난 이미 도서관을 찾아다니고 있었어."

하경이 얄밉게 덧붙였다. 지원은 입술을 삐죽 내밀고 그를 흘거보았다. 그녀의 샐쭉한 얼굴에 그는 더 이상 생색을 내지 않기로 했다. 참, 사서 윤지원을 찾아 달라고 의뢰했던 그 업체에 이제 계약 종료를 말해야겠다. 윤지원을 찾았으니까.

"어쩜 이런 일이 있을 수가 있지?"

간단히 정리하면, 이미 두 사람은 정략결혼의 대상이었음에도 그 사실을 알지 못해서 결혼을 어떻게든 회피하려고 한 셈이었다. 결론이 내려지자 지원은 기가 막히고 황당해서 발을 쾅쾅 구르고 싶었다. 물론 윤지원은 사랑하는 남자 앞에서 그런 어린애 같은 행동은 하지 않았다.

"오빠랑 다시 만나면 눈물바다가 될 줄 알았는데 어이가 없어서 눈물도 안 나와."

"나도 그래."

그가 오른손으로 턱을 괴고 끊이지 않는 한숨을 흘렸다. 호텔 복도에서 만났을 때만 하더라도 생각지 못한 이 우연이 꼭 하늘의 선물인 것만 같았다. 더 이상은 아버지에게 휘둘리지 않고 사랑하는 여자를 품에 안을 수 있으리라고 기대했었다.

그런데 이건 하늘의 선물이 아니라, 하늘의 장난이었다. 그토록 피하려고 했던 정략혼 상대가 사랑하는 여자였다는 게 손하경은 황당할 따름이었다.

"근데 오빠."

그녀는 꼬박꼬박 그를 오빠라고 불렀다. 그 목소리가 무척 듣기 좋아서 황당한 기분이 들다가도 이내 마음이 누그러졌다. 하긴, 환청까지 들었던 목소리였다. 그녀를 앞에 두고 있는 현실만으로도 그는 만족스러웠다.

"그래도 오빠를 다시 만나서 좋아."

지원의 솔직한 말에 하경이 그녀를 물끄러미 응시했다. 샐쭉한 표정을 단숨에 지운 그녀가 말을 이었다.

"공항에서 내내 기다렸는데 오빠가 없어서 얼마나 암담했는지 몰라."

"⋯⋯기다렸어?"

"응. 사람들 나올 때마다 눈이 빠지도록 오빠를 찾았는데⋯⋯."

그녀가 잠시 말을 멈추고 한숨을 내쉬었다. 그때의 절망적인 감정이 떠오른 탓이었다. 발랄하던 목소리가 가라앉았다.

"거기 오빠 없었어. 도대체 언제 귀국한 거야? 말일 아니었어?"

"티켓 캔슬하고 조금 일찍 들어왔는데."

그가 낭패라는 투로 말했다. 윤지원을 찾기 위해 예정보다 이르게 귀국했는데 아이러니하게도 그 때문에 그녀와의 만남이 미뤄진 셈이었다.

"뭐야! 괜히 시간 낭비했잖아?"

지원이 투덜거렸다. 그가 이르게 귀국했을 줄은 몰랐다. 그래도 아무럼 어떤가? 그녀가 미소를 얼굴 가득 지었다.

"뭐, 지난 일은 됐어. 다시 만났으니까."

진심이 듬뿍 느껴지는 목소리가 감동적이었다. 생글생글 웃고 있는 그녀에게 홀린 듯, 그는 눈을 뗄 수가 없었다. 가슴속 깊이 담은 사람을 위해 부모의 말도 거스르고 서로를 찾으려고 애를 써 왔다. 두 사람 다 같은 마음이었던 것이다. 가슴이 뭉클해진 그가 천천히 물었다.

"……날 어떻게 찾으려고 했어? 내 이름, 몰랐잖아."

손하경은 윤지원의 이름을 알았지만, 윤지원은 손하경의 이름을 몰랐다. 하경은 그의 이름을 끝끝내 거부하던 지원의 마지막 모습을 똑똑히 기억하고 있었다. 의아한 그의 시선에 그녀가 눈동자를 이리저리 굴리다가 머뭇머뭇 말했다.

"그게…… 기분 나쁘게 들으면 안 돼."

하경이 고개를 끄덕였다. 기분 나쁠 만한 일은 없을 듯했다. 지원이 그의 눈치를 살피다가 기어들어 가는 목소리로 대답했다.

"오빠 사진을 몰래 찍었어."

"아, 그래?"

이미 알고 있었지만 그는 모르는 척 대꾸해 주었다. 그녀는 그가 별 내색을 하지 않자 그제야 안심을 했다.

"자주 가는 카센터에 물어보려고 했어. 카센터도 조합 같은 게 있더라고. 그리고 오빠 같은 사람이 유명하지 않을 리가 없다고 생각했어."

"내가? 왜?"

"잘생기고, 몸매도 좋고, 돈도 잘 쓰니까."

그녀의 적나라한 칭찬에 그의 얼굴이 괜스레 붉어졌다. 그래도 그는 지지 않고 대꾸했다.

"돈을 잘 쓰는 게 아니라 잘 번다고 해 줘."

"그런가? 그래도 그땐 몰랐지. 오빠가 잘 버는 건지 오빠 아버지가 잘 버는 건지. 쓰는 거야 시원하게 질러 줬지만."

고급 리조트의 스위트룸을 장기 대여하고, 다이아몬드가 박힌 반지와 루비 목걸이를 눈 하나 깜짝하지 않고 사는 남자. 심지어 그는 곧 헤어질 여자에게 고가의 선물을 태연하게 건넸었다. 받아도 되는 건가 고민했는데 지금 와서 생각해 보니 이 남자의 재력과 앞으로 물려받을 재산을 셈해 보면 고민할 필요도 없는 일이었다.

사랑에 눈이 멀면 나라도 팔아먹을 수 있는 생물이 남자 아닌가. 부정할 수 없는 말에 그가 얼굴을 붉히고 있자 그녀는 의기양양해졌다. 그를 놀리는 것이 즐거워진 그녀가 일부러 그를 자극했다.

"뭐, 그래도 오빠는 씀씀이보다 몸매가 너무 좋아서, 실은 헤어지고 집에 돌아와서도 손에 감촉이 안 잊히고 계속 느껴졌다니까. 막 탄탄하고……."

맞은편에 앉아 있는 지원이 느물느물 웃으며 양손을 조물조물 움직였다. 바로 귀 끝까지 붉어진 하경이 그녀의 양손을 콱 잡고는 가까스로 정신을 차렸다.

"매끄럽고 뜨거……."

그가 그녀의 말허리를 겨우 잘라 냈다.

"알았어! 그만해."

"흐흐흐⋯⋯."

그에게 손을 붙잡힌 채 싱글벙글 웃고 있던 지원이 고개를 쭉 내밀어서 그의 입술에 키스를 했다. 뱅뱅 돌아왔지만 어쨌거나 지금 이 순간에 두 사람은 같은 곳에서 함께 시간을 보내고 있었다. 다시 만날 수만 있다면 좋겠다고 바랐던 터라 함께한다는 사실만으로도 충분했다.

"오빠 정장 차림은 처음 본 건데 진짜 좋더라."

가벼운 키스를 하고나서 그녀가 혼잣말을 했다. 아니, 저 눈 빛은 보란 듯이 들으라고 말하는 거다. 윤지원은 아무것도 모르는 척 순진한 모습을 보이다가도 여우처럼 단번에 변하곤 했다.

"셔츠 차림도 좋고."

하얀 셔츠에 감싸인 어깨를 그녀가 빤히 응시하자 그가 흠칫했다. 이럴 때면, 손하경은 꼼짝도 할 수 없었다. 그저 그녀의 '좋다'는 소리에만 반응할 뿐.

"미치겠네."

이 여자는 어떻게 해야 손하경을 자극하는지 잘 알고 있는 게 틀림없었다. 그가 그녀의 손을 놓아주더니 큼직한 손으로 제 입가를 가리고 고개를 돌렸다. 투덜거리는 하경을 바라보면서 지원이 씨익 웃었다.

"진짜?"

"왜 자꾸 자극해?"

"왜 그럴 거 같아?"

머리를 살짝 기울인 지원이 당돌하게 받아쳤다. 기시감이 드는 대화가 이어지자 할 말을 잃은 하경이 주변을 재빨리 훑어보았다. 단둘뿐인 호텔 룸이라 그나마 다행이었다. 전처럼 해변 바위에 그녀를 눕힐 뻔한 일은 일어나지 않으니 말이다.

엘리베이터에 오르기 전부터 그녀는 그를 안고 싶은 욕망이 가슴속에서 일렁였다. 그에게 이끌려 걸어가는데 문득 팔을 붙든 그의 손이 단단하게 느껴지고, 검은 재킷이 딱 맞아 떨어지는 넓은 어깨가 눈앞에 보였다.

그때는 뭐랄까…… 기분이 묘했다. 그런 가운데 그가 카드 키를 내보이며 객실로 올라가겠다고 아무렇지 않게 말했다. 돌연 그의 허리를 덥석 안아 버리고 싶은 충동이 일었지만 사람들이 오가는 로비에서 이성을 잃을 수는 없는 노릇이었다.

"오빠, 아까 전에 말이야……."

지원이 말꼬리를 길게 늘이며 의자에서 일어났다. 하경은 자신에게 다가오는 그녀를 한층 흐려진 눈으로 쳐다보았다.

"내가 무슨 생각을 했는지 알아?"

'아까가 언젠데?'

……라고 손하경은 물론 묻지 못했다. 하경의 옆으로 바짝 가까이 온 지원이 그의 어깨에 손을 올렸다. 그의 어깨가 움찔 떨렸다. 그녀의 손에 힘이 들어갔다. 평범하던 분위기가 순식간에

농밀하게 변했다.

"아까 뒤에서 오빠를 보는데, 오빠 어깨가 너무 넓고 탄탄해 보이는 거 있지."

그녀의 손이 어깨를 지나 목덜미 쪽으로 스르륵 움직였다. 온 몸의 신경이 곤두서는 것을 느끼며 그가 마른침을 삼켰다. 그녀 가 배시시 웃었다. 에어컨 덕분에 서늘했던 객실 내부 공기가 달 아오르는 듯했다.

"완전 섹시하게."

지원이 말을 마치기 무섭게 하경이 그녀의 손을 낚아채 끌어 당겼다. 그에게 홱 이끌린 그녀가 그의 위로 넘어지고 말았다. 그의 가슴에 얼굴을 묻고 있던 그녀가 고개를 반짝 들자, 오만하 게 턱을 치켜든 그가 그녀를 내려다보며 경고했다.

"너 오늘, 조금 힘들 거야."

"맨날 힘들었는데, 뭐!"

지지 않고 받아친 지원을 하경이 물끄러미 쳐다보았다. 굶주 린 맹수의 눈처럼 빛나는 그의 눈동자가 오싹하다 싶을 때였다.

"아니, 정말. 왜냐면 내가 열흘 넘게 굶었거든."

"와, 완전 짐승 같은 소릴……."

"그런 거 좋아하잖아?"

하경의 말에 지원은 긍정도, 부정도 하지 못했다. 그녀가 뭐라 고 대꾸를 하기 전, 그가 먼저 키스로 그녀의 입을 막아 버린 탓 이었다. 가벼웠던 키스와 다르게 진한 입맞춤이 이어졌다. 싫을

리가 없었다. 그녀가 바라던 바였으니까.

윤지원은 뒷일 따위는 생각도 하지 않고 저지르기 선수였다. 만약 윤지원이 뒤에 생길 일을 고심하는 타입이었다면 미국행 비행기에 오르거나, 제주도로 가출을 하거나, 부모님이 멀쩡히 같은 호텔 건물에 있는데 손하경을 자극할 리가 없었다.

"오빠, 나 조금만 쉬면 안 돼?"

자신이 먼저 도발해 놓고 지원은 물기 어린 눈으로 하경을 올려다보았다. 울먹이는 목소리가 애처롭게 울렸다. 잠깐 움직임을 멈춘 그가 해사하게 미소를 지으며 거절했다.

"응, 안 돼."

그의 단호한 대답에 그녀는 정신이 혼미해졌다. 그는 더 이상 그녀가 칭얼거리지 않게끔 입술을 살포시 눌러 키스했다.

'이 남자, 체력이 좋은 건 알았지만……'

소리 없이 행복한 투정을 부리며 그녀가 눈을 질끈 감았다. 자신의 안에서 느껴지는 그의 분신이 버거울 지경이었다. 오늘 '조금' 힘들 거라던 그의 말은 완전히 틀렸다. 그는 조금 정도가 아니라 그녀가 딱 죽기 직전까지 몰아붙일 모양이었다.

"응? 조금만…… 아앗!"

그가 그녀의 안을 다시금 깊이 파고들었다. 애원하는 태도와 달리, 그녀의 안은 촉촉하고 매끄럽게 그를 죄어 왔다. 이성을 잃게 만드는 약물처럼 그녀는 그의 눈앞을 아찔하게 만들었다.

그가 잇새로 새어 나오려는 신음을 겨우 참고 그녀의 가슴에 얼굴을 묻었다. 흥분이 섞인 숨결이 예민하게 부푼 가슴 끝에서 부서지자 그녀의 몸이 움찔 떨렸다.

"흐윽!"

침대를 판판하게 덮었던 시트는 그들의 움직임에 어느새 잔뜩 주름이 졌고, 오늘만을 위해 마련한 옷가지는 바닥 이곳저곳에 떨어져 있었다.

"오빠아…… 잠깐만."

객실에 들어왔을 때부터 얼마의 시간이 흘렀는지 지원은 가늠할 수가 없었다. 오로지 기억 속에 남은 것은 하경이 선사해 준 감각뿐이었다.

벌써 절정의 파도를 두 번이나 겪은 지원은 힘없이 손을 들어 그의 어깨를 짚고 슬쩍 밀었다. 하지만 그는 그녀의 가슴에서 얼굴만 뗐을 뿐, 몸은 꼬떡도 하지 않았다. 아니, 오히려 그녀의 몸짓에 그의 것이 부푸는 듯했다. 그녀가 우는 소리를 냈다.

"흐응…… 오빠 거 너무 커서, 진짜 힘든데……."

윤지원은 꼭 말을 해도 단어 하나하나를 전부 자극적으로 선택한다. 어리광을 피우듯 투덜거리는 그녀와 다르게 말 한마디에 자극을 강하게 받은 그는 숨이 목에서 콱 막혔다. 하마터면 이대로 그녀의 안에 사정할 뻔했다. 하경은 숨을 고르고 나서 지원의 귓가에 속삭였다.

"그래서 싫어?"

"싫지는…… 않은데."

꼭 말로 해야 알겠냐는 양 지원이 눈을 가늘게 뜨고 하경을 흘겨보았다. 하지만 못마땅한 표정도 잠시, 이내 그의 훌륭한 몸매가 그녀의 시야에 들어왔다. 남자들이 몸매 좋은 여자를 보며 침을 흘리듯 그녀도 그의 탄탄한 몸에 혹하곤 했다.

'에라, 모르겠다.'

정신을 잃을 정도로 벅차긴 한데, 싫지도 않고 그가 만들어 주는 감각도 황홀했다. 지원은 생각을 포기하고 다리로 하경의 허리를 감았다. 그들의 몸이 더 가까이 밀착하더니 그가 깊숙하게 들어와 촉촉이 젖은 점막을 찔렀다. 그녀가 신음 소리도 내지 못하고 입만 벌렸다. 뜨거운 숨결이 공기 중에 흩어졌다.

흥분제가 혈관을 타고 흐르는 착각이 든다. 하경은 지원의 허리께를 받쳐 들었다. 자연스럽게 그녀의 다리가 그의 어깨 위에 놓이자 그를 받아들이는 그녀의 여성이 더욱 좁아졌다. 그를 꽉 물고 놓아주지 않는 느낌이 짜릿한 쾌감이 되었다.

"큭…… 살살 물어."

"모, 몰라! 그건 마음대로 되는 게…… 아, 아니잖아!"

지원이 힘겹게 소리쳤으나 하경은 그녀의 말을 흘려들었다. 정확히는 그녀의 말을 들을 정신이 없었다. 그가 허리를 강하게 쳐올렸다.

"흐으응…… 완전 변태라니까!"

그의 움직임이 빨라질수록 그녀의 흐느끼는 목소리가 높아졌다. 그녀가 시트를 세게 그러쥐었다. 세 번째 절정이 눈앞이었다. 숨이 차서 신음 소리조차 제대로 나오지 못했다. 눈앞이 아득해지는 것만 같았다. 그가 사납게 밀고 들어오자마자 그녀의 안이 파르르 떨리며 그를 끊어 낼 듯 수축했고, 동시에 그의 어깨가 빳빳하게 굳어졌다.

"너 진짜⋯⋯."

말을 끝까지 잇지 못하고 미간을 홱 좁힌 그가 그녀의 안에 참지 못한 흥분의 증거를 쏟아 냈다. 본능적으로 오므라들었던 그녀의 발끝이 뒤늦게 펴졌다. 제발 이번 세 번만으로 끝낼 수 있기를 바라며 그녀가 그를 물기 어린 눈으로 바라보았다.

힘이 다 빠져 버린 지원의 다리를 내려 주고 나서 하경이 그녀에게로 고개를 낮추었다. 머릿속을 가득 메웠던 안개가 걷히고, 지쳐 버린 그녀의 모습이 눈에 들어오자 자신이 조금 심했나 싶었다.

서로의 코끝이 닿을 가까운 거리에서 그가 짧게 입을 맞추어 준 후에야 걱정스레 물었다.

"많이 힘들어?"

"씨이⋯⋯."

어쩜 이렇게 얄미운 소리를 할 수 있을까! 잔뜩 지친 지원이 눈가를 찡그리면서 하경의 팔뚝을 툭 때렸으나, 막 식사를 끝낸 포식자처럼 그는 너그러운 표정을 지어 보였다. 한참을 축 늘어진 채로 숨을 고르던 그녀가 투덜투덜 불평했다.

"대체 뭘 먹어야 오빠처럼 체력이 좋은 거야?"

"글쎄?"

의뭉스럽게 말을 돌리며 하경이 묘한 미소를 지어 보였다. 그의 만족스러운 시선과 미소의 뜻을 어째 알 것 같아 지원은 얌전히 입을 다물었다. 맨몸에 닿는 그의 눈빛이 부끄러워서 그녀는 얼굴을 붉혔다.

그나저나 이따 집에 돌아가서 엄마한테 뭐라고 말해야 하지? 결혼을 못 하겠다고 판을 엎은 주제에 맞선 상대와 사라져 버렸으니 그 자리에 있던 어른들은 기가 막힐 것이다. 지원은 밀려드는 현실적인 고민을 걱정하면서도 피곤함을 이기지 못해 기절하듯 눈을 감아 버렸다. 자신을 부르는 그의 목소리가 점차 멀어졌다. 몸은 무척이나 나른하고 피곤했지만 한편으론 마음은 개운했다.

11장
결혼을 빨리했으면 좋겠어요

지원이 정신을 차렸을 때, 객실 내부는 어두웠다. 잠든 그녀를 위해 하경이 창문이란 창문에 전부 커튼과 블라인드를 쳐 준 덕분이었다. 멍하니 주변을 두리번거리던 그녀가 상체를 벌떡 일으키고 하경을 불렀다.

"오빠!"

그녀의 목소리가 간절하게 울렸다. 홀로 있어서일까? 그저 그와 다시 만난 꿈을 꾼 것만 같았다. 불안한 듯 그녀가 침대 아래로 다리를 내리고 일어날 즈음이었다. 욕실 문을 열고 하경이 나왔다.

"깼어?"

힘이 빠진 다리가 도로 꺾였다. 지원은 침대 위에 털썩 주저앉은 채 그를 가만히 올려다보았다. 다행히 이 상황은 행복한 꿈이 아니라 현실이었다. 그가 다가오기 무섭게 그녀가 그의 허리를 끌어안았다.

"자고 일어났는데 오빠가 옆에 있으니까 진짜 너무 좋다."

나직하게 터지는 그의 웃음소리도 듣기 좋았다. 그녀는 그의 몸에 얼굴을 묻고 한참 익숙한 체향을 즐겼다. 그와 함께 있으면 뜨거운 햇살과 파랗게 빛나는 바다가 절로 떠올랐다. 이내 그의 손이 그녀의 머리를 쓸어 주었다.

"집에 가야지?"

"아……."

집이라는 단어에 현실이 성큼 다가왔다. 지원은 눈가를 찡그렸다. 하긴, 여긴 한국이었다. 앞날이 깜깜해진 그녀가 그에게서 떨어져 나왔다. 부모님을 대면할 생각만으로도 속이 답답해졌다.

"엄마한테 혼나겠다. 지금 몇 시야?"

"여섯 시."

벌써 저녁이 가까워지고 있었다. 집에 돌아가서 가족들 얼굴을 어떻게 보나 싶던 지원은 그제야 허기를 느꼈다. 현실을 외면하고 싶은 그녀가 일단 말을 돌렸다.

"오빠, 나 배고픈데."

하경이 대답 대신 그녀를 가만히 내려다보자 그녀는 배를 매만지면서 투덜거렸다.

"엄마가 배 나오면 안 된다고 어제 저녁부터 굶겼어."

"뭐?"

거의 한나절 가까이 굶었다는 그녀의 말에 하경은 깜짝 놀랐다. 그가 당황스러운 내색을 보였다. 언니가 건네준 초코바가 아니었다면 윤지원은 아사했을지도 모르는 노릇이었다. 어제 저녁부터 서글프게 굶은 지원이 일부러 불쌍한 표정을 지었다.

"기다려 봐. 룸서비스…… 는 시간 걸릴 테니까 내가 사 올게."

하경은 테이블 위에 있는 내선 전화기를 집으려다가 몸을 돌려 차 키를 집었다. 여기서 가장 빠른 방법은 직접 발로 뛰는 것이었다.

"뭐 먹을래?"

"나는……."

지원이 눈동자를 굴렸다. 지금은 뭐라도 다 잘 먹을 수 있을 것 같았지만 왠지 그를 보자 이게 떠올랐다.

"빅맥!"

"……맥도날드?"

고작 햄버거만 바라는 연인에게 하경이 피식 웃어 주었다. 슬 그머니 그의 눈치를 보고 있던 그녀가 힘주어 덧붙였다.

"응. 배고프니까 라지 세트로!"

"일단 물 마셔. 맥도날드 가까우니까 잘됐네. 기다리고 있어."

그가 냉장고에서 작은 생수병을 꺼내 주자 그녀가 고개를 끄덕이며 그에게서 물병을 받아 들었다. 얌전히 물을 마시는 그녀를 지켜보던 그가 소리 없이 웃어 보이고는 홀쩍 객실을 나섰다.

하경이 나가고 나서 씻을 생각으로 욕실에 들어와 거울을 본 지원은 하마터면 소리를 지를 뻔했다. 오전에는 곱게 화장을 받았던 얼굴이 난리도 아니었다. 화장은 거의 지워지고 얼룩이 진 상태였다. 눈 밑으로 마스카라가 검은 흔적을 남겨서 꼭 판다 같았다. 입가에 번진 립스틱 자국을 들여다보며 그녀가 눈살을 찌푸렸다.

'못생겨졌잖아!'

빨리 지워야겠다. 배고픔도 잊은 지원은 클렌징 제품 없이 얼굴을 벅벅 닦았다. 화장이 번진 채로 있는 것보다는 차라리 맨얼굴이 나았다. 윤지원의 맨얼굴을 그가 한두 번 본 것도 아니고 말이다.

배도 고프고 힘도 없는 데다 오전에 정신적인 충격까지 겹쳐서 지원은 멍하니 씻는 데 집중했다. 특별히 무슨 생각이 나지는 않았다. 조금 걱정스러운 것은 이따 집에 돌아가서 엄마한테 어떻게 이 사실을 털어놔야 하나, 그것 정도?

'그것 정도가 아니라…… 큰일이잖아?'

그녀는 거울을 통해 제 모습을 살폈다. 화장은 깨끗하게 지워졌고, 단정하게 드라이한 머리는 물에 젖어 축 늘어졌다. 마지막으로 보았을 때와 다른 막내딸의 모습에 엄마가 어떤 반응을 보일지 상상만으로도 그녀는 두려워졌다.

지원이 샤워를 마치고 폭신한 타월로 물기를 닦을 즈음 똑똑,

노크 소리가 났다. 곧 하경의 목소리가 바깥에서 들렸다.

"씻고 있어?"

미래에 대한 두려움도 잠시, 하경이 돌아오자 부정적인 생각이 단숨에 날아가 버렸다. 그의 목소리만으로도 지원은 기분이 나아졌다.

"다 끝났어!"

"알았어."

문을 사이에 두고 나누는 대화가 왠지 설레었다. 전처럼 그와 함께 있을 수 있다는 것도, 마음껏 사랑할 수 있다는 사실도 기쁘고 감사했다. 그녀는 상기된 얼굴로 가운만 걸친 채 욕실을 나왔다.

테이블 위에 포장용 맥도날드 종이봉투가 놓여 있었다. 지원이 양손을 번쩍 들고 신이 나서 후다닥 달려왔다.

"빅맥!"

배가 고파 후각이 예민해진 그녀는 봉투를 열지 않아도 맛있는 냄새를 맡을 수 있었다. 바스락거리는 소리와 함께 그녀가 내용물을 꺼냈다. 안에는 빅맥 라지 세트와 다른 햄버거 세트도 함께 있었다. 의아한 시선으로 그녀가 포장지에 적혀 있는 다른 햄버거의 이름을 읽었다.

"쿼터파운더……."

그때와 다를 것이 하나도 없는 메뉴 구성이었다. 잠깐 복잡한 표정을 짓던 그녀가 느끼하고 퍽퍽한 식감을 떠올리더니 눈가를 찡그리고 물었다.

"오빠, 이거 맛있어?"

서츠 소매를 걷으면서 하경이 지원에게 의아한 눈빛을 내비쳤다. 맛이 없으면 아예 사 오지도 않았을 것이다. 그녀는 그의 몫을 손에 든 채 떨떠름한 시선을 보내고 있었다.

"응. 왜?"

"⋯⋯이거 완전 느끼하던데."

"그래?"

그가 피식 웃으며 그녀에게서 햄버거를 받아 들었다. 그의 맞은편에 앉은 그녀가 신기한 투로 중얼거렸다.

"같이 먹는 건 처음이다."

다른 것은 몰라도 햄버거는 처음 같이 먹는 셈이었다. 그것도 같은 메뉴로. 지원이 길쭉한 감자튀김을 집어 먹으며 투덜거렸다.

"그때 대체 무슨 일이 그렇게 바빠서 홀랑 버거만 들고 간 거야? 완전 기분 나빠서 그냥 자 버렸어."

그리고 지원은 이튿날 아침 식은 빅맥을 먹은 슬픈 경험을 했다.

"아, 그때⋯⋯."

그녀의 불평에 하경이 난감한 듯 미소를 지었다. 그 당시, 이상하게 그녀에게 끌려서 얼마나 당황스러웠는지 모른다. 옆자리에 앉은 그녀의 존재에 신경이 곤두서고, 시선이 고정되어 그

너에게 향했었다. 그녀의 손길이 닿았던 부분에 열이 올라 도망치듯 그 자리를 빠져나왔었다.

"아무 일도 없었어. 그냥 너 때문이야."

"뭐? 아니, 그게 왜 나 때문이야?"

"진짜야. 네가 자꾸 어른거려서 더 이상 시간을 같이 보내면 안 될 것 같았어."

진지한 대답이 이어졌다. 농담을 주고받는 줄 알았던 터라 지원이 할 말을 잃고 하경을 쳐다보았다. 그가 쓴웃음을 지었다.

"결국 이렇게 되었지만."

그 이튿날 주어진 운명을 거스를 수 없듯, 두 사람은 엮이고 말았다. 그를 가만히 지켜보고 있던 그녀가 거슬리는 단어 하나에 입술을 삐죽였다.

"이렇게 된 게 어때서? 흥!"

콧방귀를 뀌고 나서 지원은 빅맥 포장지를 열다가 멈칫, 하경을 응시했다. 그는 음료가 든 종이컵에 빨대를 꽂아 주고 있었다. 그때, 그는 그녀의 모습이 눈앞에 자꾸 어른거렸다고 했다. 그 말뜻은…….

"오빠, 그럼 그때 나한테 반한 거야?"

그녀가 눈을 반짝이며 묻자, 그는 한숨을 길게 내쉬었다. 그의 한숨을 긍정으로 받아들인 그녀가 키득거렸다. 귀밑까지 닿을 정도로 그녀의 입이 벌어졌다. 그녀 자신 그에게 끌렸듯이, 그 역시 그녀에게 마음이 있었다는 사실이 무척 기분 좋았다.

"그러면서 아닌 척했다 이거지?"

"배고플 텐데 얼른 먹어."

웃음기가 섞인 그녀의 지적에 그는 쑥스러운 투로 말을 돌렸다. 물론 윤지원은 순순히 넘어가 주지 않았다. 한 손에 햄버거를 든 채 그녀는 턱을 괴고 싱글벙글 웃었다.

"흐흐, 나 갑자기 막 배가 부른 것 같은 기분이야."

……라고 하면서도 지원은 허겁지겁 햄버거를 먹어 치우기 시작했다. 하경은 그녀를 망연히 보다가 이번에는 한숨을 잘 숨겼다.

집에 가는 길이 무서웠다. 휴대폰 배터리는 이미 방전. 애초에 점심만 먹고 집에 돌아오리라 예상했던 지원은 휴대폰 배터리를 충전하지 않았었다. 그 때문에 부재중 통화가 몇 통이나 들어왔을지 상상만으로도 끔찍했다.

"엄마한테 엄청 혼날 거 같아."

지원은 조수석에 앉아서 벌벌 떨고 있었다. 벌써 날은 어두워졌다. 전문가가 해 준 화장은 무자비하게 지워졌고, 곱게 차려입었던 옷은 뜨거운 시간을 보내느라 구겨진 지 오래였다. 급히 나오지만 않았어도 옷의 주름 정도는 펼 수 있었을 텐데 지원은 더 이상 시간을 지체할 수 없었다.

"나랑 같이 들어가. 혼나지는 않을 거야."

"으…… 안 돼. 오늘은 안 돼."

"왜?"

"그냥…… 왠지 부끄러워."

지원이 양손으로 뺨을 감쌌다. 창피할 만도 했다. 결혼하지 않겠다고 눈물까지 보였는데 맞선 상대랑 나가 버리더니 밤에 그 남자와 귀가! 그것도 맨얼굴에 구겨진 옷차림으로 말이다. 부모님을 볼 낯이 없었다.

"그러게 내 핸드폰으로 전화하라니까."

"으으, 그건 더 안 돼."

지원이 고개를 절레절레 저었다. 그녀가 방전된 휴대폰을 보고 경악하고 있자 하경이 선뜻 제 휴대폰을 건넸었다. 부모님이 걱정하실 테니 전화를 하라는 선의로 건넨 휴대폰이지만 딸내미 입장에서는 썩 내키지 않는다는 게 문제였다. 그녀는 지금 같은 상황에 심지어 맞선 상대의 번호가 틀림없는 낯선 휴대폰 번호로 전화를 걸 자신이 없었다.

"걱정하시게 놔두는 것보다는 전화하는 게 나아 보이는데."

"오빠는 남자니까 잘 모르겠지."

코끝을 찡그리며 그녀가 투덜거렸다. 그는 힐끗, 그녀를 곁눈질했다. 안절부절못하는 그녀의 모습이 안쓰러웠지만, 윤지원만큼 손하경도 집에 돌아가면 손가락질을 받을 것이 뻔했다. 아, 벌써부터 낄낄거리는 아버지의 목소리가 귓가에 선했다.

"저기 사거리에서 좌회전해야 돼."

안내를 맡은 지원이 손가락으로 좌측을 가리켰다. 익숙한 거리. 조금만 더 가면 집이었다.

그 시각, 점심 이후 막내딸과 연락이 끊긴 민화는 우울한 모습으로 침대 위에 누워 있었다. 혼담을 물러 달라는 윤지원이나, 결혼을 못 하겠다는 손하경이나 전부 민화를 괴롭게 만들었다.

"엄마, 죽 좀 드세요."

동생이 탈주했다는 소식에 화가 머리끝까지 나서 친정으로 달려온 지수가 호박죽을 그릇에 담아 왔다. 점심으로 먹은 한정식 때문에 민화는 탈이 나서 돌아오자마자 몇 시간을 끙끙 앓았다. 수십 번을 막내딸에게 전화를 했으나 돌아오는 것은 무응답, 그 이후에는 휴대폰 전원이 꺼져 있다는 말뿐이었다.

"됐어. 지수, 너 몸은 괜찮아? 아플지 모르니까 그만 너희 집에 가."

"괜찮아요."

침대 옆 협탁에 쟁반을 내려놓고 민화의 옆에 앉은 지수가 답답한 듯 한숨을 내쉬더니 단호하게 말했다.

"차라리 잘됐어요."

"뭐가 잘 돼!"

"엄마도 찝찝했잖아. 손하경이 어떤 놈인지 몰라서."

지수가 정곡을 찌르자 민화가 멈칫했다. 틀린 말은 아니었다. 모임에 다녀온 이후로 상상의 나래는 무럭무럭 펼쳐졌다. 처음에는 별 생각이 없었는데, 똑똑한 큰딸의 반응을 보면서 불안해진 것은 사실이었다. 금이야 옥이야 기른 외동아들의 며느릿감으로 한참 떨어지는 윤지원을 택한 손 사장의 의도마저 불순하게 보일 지경이었다. 정말 숨겨 놓은 아이라도 있는 것이 아닌가 걱정이 되면서도, 그러면 평생 먹고 살 만한 위자료를 뜯어 이혼을 시켜야겠다는 황당한 생각마저 다 들었다.

하지만 그것도 다 결혼 이후의 일일 뿐이었다.

"그래도 어떻게 그 자리에서 그렇게 나가 버리니? 아니, 아니지. 지원이가 스스로 나간 것도 아니야. 손 사장 아들한테 끌려 나간 거라고! 도대체 뭐 하는 놈이야, 그놈은!"

하경에 대한 불만으로 속이 타서 참다못한 민화가 소리를 꽥 질렀다. 부유한 집안에서 건실하게 자란 남자인 줄 알았는데, 딱 생 양아치 짝이었다. 막내딸을 질질 끌고 나가면서도 눈을 똑바로 뜨고 어른들에게 밥이나 맛있게 드시라 하던 하경의 모습이 떠오르자 민화는 성질이 뻗쳐 씨근덕거렸다.

"내가 못 살아!"

머리를 싸매고 안방에 드러누워 있던 엄마 대신 지수는 아버지에게 사정 설명을 들을 수 있었다. 둘이 꼭 아는 사이 같았다던 아버지의 말이 지수를 의아하게 만들었다. 윤지원이 어디서 손하경을 만날 수 있었는지, 지수는 통 감을 잡을 수 없었다.

"아이고, 아이고…… 이제 다 틀렸어. 손 사장 앞에서 다른 남자가 있다고 말했으니 이제 다 끝이라고. 글러 먹었어."

"엄마, 그것보다 지원이가 괜찮을 지부터 걱정해야 할 것 같은데요. 손하경이 어떤 놈인 줄 알고……."

손하경이 여자한테 손을 올리는 쓰레기는 아니기를 바라며 지수가 말했다. 그러나 막내딸에 대한 걱정을 애써 외면하고 있던 민화가 앓는 소리를 내며 손사래를 쳤다.

"그만해라, 그만해."

집안 꼴이 엉망진창이라 지수는 혀를 쯧쯧 찼다. 동생이 대체 어디서 무엇을 하고 있기에 연락도 되지 않는지 지수도 답답했다. 하여간에 역시 어린애보다도 인내심이 없는 윤지원답다. 오늘 한 번만 참으라고 했는데 그걸 못 참고 일을 저지르다니. 지수는 동생이 돌아오면 도와주겠다는 말을 철회하리라 마음먹었다.

"이제 너희 아빠는 어떡하니……."

창백해진 엄마의 얼굴을 지수가 답답하게 바라보았다. 자신이 그 자리에서 목격하지는 못했지만, 동생을 데리고 나간 쪽이 손하경이라고 했다. 무례를 저지른 쪽이 손 사장 쪽이니까 쪼잔하게 아버지 회사에 손을 쓰지는 못할 것이다.

"너무 걱정하지 마세요."

"흑흑흑흑……."

눈앞이 캄캄해진 민화는 흐느끼기만 했다. 지수가 코끝을 찡그렸다. 아무래도 호박죽은 도로 주방에 가져다 둬야 할 것 같다.

그때였다. 맑은 초인종 소리가 집 안을 관통했다. 양손으로 얼굴을 가리고 울던 민화가 흐느낌을 멈추고 손을 내렸다. 모녀가 눈을 동그랗게 뜨고 서로를 쳐다보았다.

"지원이 온 거 아니야?"

"제가 나가 볼게요."

미간을 찌푸린 채로 지수가 벌떡 일어나 안방 침실을 나갔다.

"누구예요? 지원이?"

나오자마자 지수가 다급하게 영숙에게 물었다. 인터폰을 확인하고 대문을 열어 준 영숙이 고개를 끄덕이며 답했다.

"지원이이긴 한데……."

거기까지 들은 지수가 야수 같은 얼굴로 후다닥 달려 나갔다. 홀몸도 아닌데 뛰지 말라고 영숙이 뒤에서 잔소리를 했다. 하지만 조심해야 한다는 말이 윤지수에게 들릴 리가 없었다.

"윤지원!"

동생 이름을 크게 부르며 대문가로 뛰어 나온 지수가 지원의 머리채를 잡으려는 듯 손을 들었다. 언니의 무자비한 손아귀에 지원이 경악했다.

"히익!"

지수의 손이 지원에게 닿을 찰나, 아슬아슬하게 자매 사이를 끼어드는 남자가 있었다. 지수가 단숨에 냉정을 되찾고 그를 올려다보았다. 낯선 얼굴이었다.

"누구세요?"

"오빠!"

언니한테 맞을 뻔한 지원이 하경의 뒤에 숨으면서 우는 소리를 냈다. 아, 이놈이 손하경인가 보다. 예상치 못한 만남에 지수의 얼굴이 일그러졌다. 얼굴은 번지르르하게 생겼지만 지수도 들은 풍월이 있어서 그가 곱게 보이지 않았다.

"처음 뵙겠습니다. 손하경입니다."

"……아, 네."

지수가 차갑게 대꾸했다. 문득 지수는 침실에서 앓고 있는 엄마가 떠오르자 화가 났다. 이놈은 뭘 잘했다고 이렇게 당당한지 모르겠다. 반면 하경은 지수가 내비치는 적의에 조금 당황스러웠지만 어색하게나마 웃어 보이면서 사과했다.

"늦어서 죄송합니다. 지원이 탓이 아니니까 너무 뭐라고 하지 마세요."

그러고 보니 이 남자, 계속 동생의 이름을 친근하게 부른다. 지수의 눈이 가늘어졌다. 그녀가 못마땅하게 물었다.

"지원이랑 원래 아는 사이였어요?"

"네, 뭐…… 그렇게 됐습니다."

'그렇게 되었다'는 모호한 대답이 이어졌다. 지수는 이 상황이 통 이해가 가지 않았다. 집 안에만 처박혀 있던 동생이 남자를 만날 기회가 어디 있단 말인가? 눈가를 찡그린 채 지수가 캐묻기 시작했다.

"어떻게요?"

"미국에서 만났어!"

하경이 뭐라 대답하기 전에 지원이 선수를 쳤다.

"미국?"

동생이 대답 대신 고개를 끄덕였으나 지수에게는 부족한 설명이었다. 동생은 툭하면 사람을 미국에서 만났다고 했다. 고작 보름 정도 다녀온 주제에 말이다. 얼굴을 굳힌 지수가 지원을 쏘아보았다.

"윤지원, 똑바로 설명해."

"자세한 건 제가 정식으로 찾아뵙고 말씀드리도록 하겠습니다."

지수가 지원에게 타박하는 것을 말리기 위해 하경이 정중하게 말했다. 그러나 손하경에게 그리 좋은 이미지를 갖지 못한 지수는 퉁명스러웠다.

"아뇨, 뭐 굳이 정식으로 찾아오실 건 없고요. 어차피 얘한테 다른 남자 있으니까요."

"아니야!"

하경의 뒤에서 고개만 쏙 내민 지원이 바로 부정했다. 언니의 오해를 풀기 위해 지원이 굳은 눈빛을 보였다. 물론 지수는 순순히 넘어가지 않았다.

"아니긴 뭐가 아니야?"

"거기에 오해가……."

"너 전에 나한테 그랬잖아. 좋아하는 남자 있다고. 나는 연애결혼을 했는데, 왜 너는 안 되냐고 병실에서 떼쓴 게 누군데?"

동생의 말을 툭 자르고 지수가 조목조목 따졌다. 며칠 전에 피웠던 난동을 떠올리자 지원은 괜스레 창피해졌다.

"어, 그게 사실은……."

지원이 우물쭈물 대답을 회피했다. 언니한테 어떻게 말해야 할지 모르겠다. 사실대로 말하는 게 가장 좋다는 것은 알지만, 펄펄 날뛴 전적이 있어서인지 부끄러웠다. 다행히 지원을 대신해서 하경이 나서 주었다. 이럴 때는 눈치 빠른 그가 고마웠다.

"그게 아마…… 제 얘기일 거예요."

"네에?"

터무니없는 소리에 지수가 미간을 더욱 좁혔다. 윤지원이 사랑하는 남자는 자동사 정비사라고 했다. 그리고 윤지수가 아는 한, 눈앞에 있는 이 남자는 자동차 정비사는 아니었다. 두 사람의 말이 달라 혼란스러운 지수는 황당한 표정을 지우지 않았다.

"……카센터 하세요?"

"그건 아니지만……."

하경이 멋쩍은 듯 지원을 슬쩍 돌아보았다. 오해에 오해가 겹친 이 상황은 당사자들에게도 기가 막힐 노릇이었으니, 아무것도 모르는 제3자가 들으면 얼마나 어이가 없을까? 하경을 따라 지수도 지원에게 시선을 돌렸다. 두 사람의 눈길에 얼굴이 빨개진 지원이 입술을 삐죽거리며 하경 탓을 했다.

"그러니까 오빠, 왜 카센터 한다고 그랬어?"

정말 뭐라고 대답해야 하나, 하경이 한숨을 삼켰다. 그제야 상황이 서서히 이해가 가기 시작한 지수가 웃긴다는 듯이 두 사람을 번갈아 보았다.

급작스러운 만남은 하경이 날 밝을 때 정식으로 인사를 드리겠다고 말한 뒤 일단락되었다. 지원을 쥐어박으면서 들어온 지수가 한심하다는 투로 물었다.

"도대체 뭐하는 짓이니?"

"뭐가……."

……라고 대답하며 지원은 슬그머니 시선을 돌렸다.

"일단 엄마한테 가 봐. 엄마 지금 울고불고 난리 났어."

다행히 언니는 지원을 얌전히 놓아주었다. 마른 입술을 축이면서 지원이 안방 침실로 향했다. 막내딸을 기다리며 침대 위에 덩그러니 앉아 있는 엄마와 눈이 마주치자 지원은 다리가 무거워졌다.

"어, 엄마…… 아빠는요?"

주말 저녁인데 아버지 얼굴은 통 보이질 않는다. 지원이 안방 안쪽을 기웃거릴 참이었다. 노기를 꾹꾹 눌러 담은 엄마의 목소리가 이어졌다.

"회사에 급한 일이 생겼다고 못 들어올 거래."

"그, 그렇구나."

어색하게 고개를 끄덕이는 막내딸을 보자, 민화는 부글부글 속이 끓었다. 저도 잘못한 줄은 아는지 슬금슬금 눈치를 보는 꼴이 얄밉기 그지없었다. 결국 참지 못하고 민화가 분노를 터뜨렸다.

"윤지원!"

"자, 잘못했어요!"

언제 아팠냐는 듯이 민화가 침대에서 벌떡 일어나 지원에게 한달음에 다가왔다. 엄마가 양손으로 어깨를 꽉 잡자 지원의 얼굴이 창백해졌다. 그나마 이번에는 등짝을 후려갈기는 일은 없었다.

"잘못? 자알못? 너 지금 제정신이니? 응? 이제 어떡해!"

등짝 스매싱 대신 엄마는 지원의 어깨를 잡고 흔들었다. 비틀비틀 흔들리면서 지원은 눈동자만 데굴데굴 굴렸다. 여기서 엄마를 진정시킬 만한 말은 하나뿐이었다.

"엄마, 나 이 결혼할 거야."

"누가 시켜 준대?"

물론 엄마의 분노는 쉽게 수그러들지 않았다. 예상과 달리 엄마가 소리를 버럭 지르자 지원의 표정이 보기 좋게 굳어 버렸다.

"네에?"

지원은 당연히 하경과 결혼할 수 있으리라고 여겼다. 어른들도 결혼을 원하고 있었고, 오해가 풀리고 나서 당사자들도 서로가 좋아 죽으니 말이다. 그런데 웬걸? 지원이 입술을 덜덜 떨면서 물었다.

"무, 무, 무슨 소리예요? 언제는 결혼하라면서!"

"얘 좀 봐라? 다른 남자 있다고 네 입으로 말해 놓고 결혼을 해? 응? 손 사장이 미쳤니?"

아하, 그제야 지원은 엄마의 불안을 이해할 수 있었다. 엄마는 지원이 말한 남자가 손하경임을 모르고 있었으니까. 엄마의 오해를 풀기 위해 지원이 뒷머리를 긁적이면서 입술을 떼었다.

"아니, 그게······."

"그놈도 그래. 이 결혼 못 하겠다고 당당하게 말하는 거 봐라. 그런데 무슨 결혼?"

지원의 말을 도중에 뚝 자른 민화는 느릿느릿 말하는 막내딸을 흘겨보았다. 지원이 판을 다 엎어 버린 상황에서 민화는 막내가 하는 소리 전부가 그저 변명으로만 들렸다. 그뿐만이 아니다. 손 사장 아들도 마음에 들지 않았다.

"아니, 그······ 그게 조금 사정이 있어."

어디서부터 어떻게 설명해야 하나 머릿속으로 고민하면서 지원이 조심스럽게 말했다. 하지만 엄마는 들으려고 하지 않았다. 엄청난 기회라고 여겼던 혼담의 환상이 깨지자 민화는 의욕이 푹 꺾여 버렸다.

"사정은 무슨 사정! 때려치워!"

"엄마!"

그럴 수는 없다! 지원이 민화의 팔을 붙잡고 매달렸다. 다급한 만큼 지원의 목소리가 높고 빨라졌다.

"이건 진짜 내가 생각해도 웃기고 황당한데, 진짜! 진짜로 다 오해야."

"됐다. 엄마 좀 내버려 둬. 이제 다 필요 없어."

반면, 민화는 지친 듯이 중얼거렸다. 걱정이 이만저만이 아니다. 남편 회사는 물론이거니와 막내딸 결혼 소문이 파다하게 돌았는데 그 소문 수습도 걱정이었다. 웃음거리가 될 것이 뻔해 상상만으로도 얼굴이 화끈거렸다. 집구석에서 누워만 있는 막내딸에게 더할 나위 없이 좋은 혼처라고 생각했기에 민화는 여러 가지로 불편했다.

엄마의 지친 기색을 보자 죄송스러워진 지원이 일단 가장 중요한 사실부터 털어놓았다.

"내가 좋아한다고 했던 사람이 하경 오빠야."

"그래…… 뭐어?"

인상을 찌푸리고 있던 민화가 눈을 동그랗게 떴다. 하나하나 자세하게 설명하려니 눈앞이 막막한 지원은 쩔쩔맸다. 엄마의 황당한 시선이 바늘처럼 따가웠다.

"우리가 서로 누군지 잘 몰랐어서……."

그러나 민화는 지원의 구구절절한 오해와 사정 따위에는 크게 관심이 없었다. 오히려 그녀가 주목하는 쪽은 막내딸과 손하경의 관계였다.

"잠깐만 있어 봐. 손 사장 아들하고 원래부터 아는 사이고, 연애라도 했단 말이야?"

"네……."

"어떻게?"

얼마나 놀랐는지 엄마의 목소리가 갈라져서 나왔다. 방금 전까지 내비치던 싸늘한 공기는 어디로 가고, 엄마는 반쯤 기대하는 얼굴이었다. 지원이 뒷목을 긁적이고 솔직하게 자백했다.

"플로리다 갔을 때 만났어."

순간, 민화의 머릿속에 막내딸이 했던 말이 재생되었다.

"미국에 갔을 때 만났어. 엄마, 나 그 사람 정말 사랑해."

진심 가득한 눈빛으로 애원하던 막내의 모습이 얼마나 미웠는지 모른다. 그런 일이 있었으면 진작 언질을 주든가 아니면 평생 묻어 두고 살 것이지, 왜 하필이면 그 자리에서 폭탄을 터뜨렸는지. 민화는 그 상황을 곱씹어 봐도 속이 바짝바짝 타들어갔다.

"……그럼 너, 미국에서 만났다는 그 남자가 손 사장 아들이라고?"

"응. 나도 놀랐어. 우연이 너무 심하잖아."

민화는 머리를 망치로 맞은 듯 멍하니 지원을 바라보았다. 어미 마음이 재가 된 것도 모르고 막내는 히죽 웃으면서 태평하게 고개까지 끄덕이며 말했다. 우연과 오해로 이루어진 일들이 기가 막혀 민화는 말까지 더듬었다.

"그, 그럼 혹시 손 사장 아들이 겨, 결혼 못 하겠다고 한 게 너 때문이야?"

"네."

지원은 망설일 것도 없이 바로 대답했다. 다시 생각해도 기분이 좋다. 하경은 윤지원을 찾기 위해 서울 시내 도서관을 찾아다니고 심지어 정략혼마저 거절할 정도로 지원에게 진심이었다. 그녀는 그의 얼굴을 떠올리기만 해도 실실 웃음이 새어 나왔다. 이래서 재채기와 사랑은 숨길 수 없다고 하나 보다.

　　그녀와 달리, 엄마는 할 말을 잃은 듯 망연한 표정만 지어 보였다.

　　"⋯⋯손 사장도 알아?"

　　"어, 아마 그럴걸? 몰라도 오빠가 돌아가서 말씀드릴 거랬어."

　　고개를 끄덕이는 막내딸을 보자 민화는 그제야 안심이 되었다. 아들이 직접 설명한다면 이쪽에서 벌벌 기면서 해명해야 할 일은 일어나지 않을 것이다.

　　"그런데 너희는 둘 다 왜 그렇게 결혼을 반대한 거니?"

　　"오빠인 줄은 몰랐지. 아저씨인지 알았다니까요?"

　　"에휴, 이 반푼아!"

　　속을 섞인 막내의 머리를 민화가 콱 쥐어박았다. 결국 윤지원이 사랑한다는 남자나, 손하경이 숨겨 놓은 여자는 따로 없는 셈이었다. 막내딸의 의사가 반영되지 않은 정략혼이라 미안한 마음도 없잖아 있었는데, 괜한 부채 의식 역시 가질 필요가 없게 되었다.

　　"히잉⋯⋯."

　　지원이 우는 소리를 내든 말든 안도의 한숨을 내쉰 민화는 어깨를 축 늘어뜨렸다. 정신적인 스트레스로 아팠던 몸이 점점 나아지는 느낌이었다. 뒤늦게 정신을 챙긴 민화는 막내딸의 몰골을 살필 여유가 생겼다. 옷가지가 다 구겨진 것을 보고 엄마로서 민화가 막 잔소리를 할 참이었다.

"윤지원, 대체 너 지금까지 뭐 하다 온……."

그제야 막내딸의 화장이 다 지워진 것을 발견하고 민화가 입을 다물어 버렸다. 엄마의 날카로운 눈빛에 지원이 딴청을 피웠다. 민화의 얼굴이 점점 붉어졌다.

'그러니까 막내가 남자랑 그렇고 그런…….'

스물아홉이나 먹은 성인이 해서는 안 되는 짓을 한 건 아니지만, 아직도 아이 같은 막내다 보니 민화는 충격적이긴 했다.

"애! 너는 진짜……!"

"잘, 잘못한 건 아니잖아."

막내의 뾰로통한 얼굴을 보자 이제 더 이상 잔소리를 할 기운도, 자신도 없어져서 민화가 헛기침을 하고 지원을 놓아주었다.

"그만 올라가라."

"네에……."

이때다 싶어 후다닥 밖으로 도망친 지원은 안방 침실에서 나오자마자 다음 타자인 윤지수를 맞닥뜨렸다. 동생이 나오기를 기다리고 있던 지수가 비아냥거렸다.

"그래서, 애인이 카센터 하신다고?"

"우씨!"

"카센터? 은찬이 언제부터 카센터도 했대?"

똑똑한 윤지수는 상황 파악이 빨랐다. 언니한테 힘은 물론, 말로도 이길 방도는 없었다. 그저 방귀 뀐 놈이 성낸다고 지원이 불만스럽게 발만 굴렀다. 오늘 한나절을 친정 식구들 때문에 시달린 지수가 피곤한 투로 한탄했다.

"내가 진짜 어이가 없다."

"나, 나도 황당하거든?"

고개를 절레절레 저으며 돌아서는 언니의 뒤에 대고 지원이 대꾸했다. 그러거나 말거나 지수는 가방을 챙겨서 훌쩍 나가 버렸다. 이제 좀 편하게 쉴 수 있을 것 같았다.

윤지원의 집안만 엉망진창인 것이 아니었다. 느지막하게 집에 돌아오자마자 하경은 능글맞은 표정의 아버지와 딱 마주쳤다. 모르는 척 위층으로 올라가려 했던 하경의 발을 탁 붙잡은 말은 이것이었다.

"저 이 결혼 못 합니다?"

아들이 했던 말을 토씨 하나 다르지 않게 뱉은 주환이 입가를 씩 끌어올렸다. 분해서 어쩔 줄 몰라 하는 아들을 보자 기분이 더욱 좋아졌다.

큰 회사 오너라는 사회적 지위를 갖고는 있는 주환은 아들이 어렸을 적부터 슬금슬금 약을 올리는 취미를 갖고 있었다. 어렸을 적의 손하경은 아버지의 장난에 곧잘 울음을 터뜨리곤 했는데 이젠 다 컸다고 우는 모습은 보이지 않았다.

"할 건데요."

아버지의 놀림에도 지지 않고 맞받아친 하경이 주환을 원망스럽게 흘겨보았다. 그러거나 말거나 주환은 혀를 차며 들으라는 듯이 큰 소리로 혼잣말을 했다.

"내가 미쳤지. 바보 천치를 아들로 키웠어."

"오해가 조금 있었어요."

"조금은 아닌 것 같은데?"

할 말이 없어서 하경이 입을 꼭 다물었다. 만일 옆에 김숙자 여사가 살아 있었더라면, 그녀가 주환의 등짝을 후려갈겼을 것이다. 아들 좀 그만 놀리라고 말이다. 그래도 어른이라고 주환이 져 주기로 했다.

"어떻게 된 거야?"

"플로리다에서 만났어요."

"아하! 복잡한 집안 도서관 사서하고?"

전화로 아버지에게 결혼 승낙을 받으려고 애를 썼던 기억이 떠올라 하경의 얼굴이 확 구겨졌다. 아버지는 이미 전말을 다 알고 있으면서 물어보는 것이 분명했다.

"그러니까 진작 허락을 해 주셨으면 이런 일도 없었잖아요!"

"바보 아들놈이 이제는 애비 탓까지 하네? 어디서 큰소리야?"

입이 열 개라도 할 말이 없는 하경은 어쩔 수 없이 또 입을 다물어 버렸다.

"아니, 어떻게 해야 이런 일이 일어나는 거야?"

눈살을 찌푸린 채로 아버지가 혀를 찼다. 그 소리가 꼭 자신을 타박하는 것 같아 하경은 괜스레 머쓱해졌다. 그래도 태연한 표정을 유지하며 하경이 본론을 꺼냈다.

"가능하면 결혼을 빨리했으면 좋겠어요."

"뭐?"

"모두가 원하는 결혼인데 질질 끌어서 뭐해요?"

언제는 결혼하지 않겠다고 날뛰던 놈이 빨리 시켜 달란다. 손 사장은 뻔뻔하게 말하는 아들을 기가 막힌다는 듯이 쳐다보더니 헛웃음을 터뜨렸다.

"하긴, 인연도 이런 인연이 없지."

그 말을 남기고 주환이 훌쩍 서재로 들어가 버렸다. 윤 사장에게 혼담을 예정대로, 아니 예정보다 빠르게 진행하자고 내일 오전 즈음 연락을 해야겠다.

*　　*　　*

이튿날, 예상대로 혼담은 깨지지 않았고 엄마는 정말 기뻐했다. 브런치를 먹는 동안 엄마는 초조한 기색을 잔뜩 내비쳤다. 혹시라도 손 사장 부자의 마음이 변할까 두려워서였다. 하지만 오전에 아버지에게서 매우 기쁜 연락이 왔다.

"아유, 다행이네!"

일이 어떻게 될지 밤새 걱정하느라 잠을 이루지 못했던 민화의 얼굴이 환해졌다. 마음이 편해지자 식욕도 돌아오고 컨디션도 좋아졌다. 어제 먹은 것이라고는 초코바 두 개와 햄버거 세트뿐인 지원도 접시를 깨끗하게 비웠다.

임신한 큰딸, 지수가 오기 전에 커피를 마시면서 민화가 지원에게 물었다.

"그럼 이제 엄마 마음 놓아도 되는 거지?"

"네."

온갖 방법으로 부모 속을 섞인 불효녀 윤지원이 고개를 끄덕였다. 커피를 다 마시고 나서 지원은 싱크대에 컵을 내려놓고 훌쩍 2층으로 올라가 버렸다. 영숙과 나란히 앉아 있는 민화가 흐뭇한 표정을 지어 보였다.

침실로 돌아온 지원은 허리 부근을 꾹꾹 누르며 인상을 썼다. 엄마 앞에서는 차마 보일 수 없는 얼굴이었다.

"아우, 아파……."

어제 누구 때문에 무리를 했던 터라 근육통이 밀려왔다. 아마 오늘도 자신 혼자만 근육통에 시달리는 것이리라. 괜스레 하경을 원망하며 그녀는 침대에 드러누워 휴대폰을 들었다. 최근 통화 목록에서 그의 이름을 터치하는 그녀의 손이 떨렸다. 몇 번 통화음이 가기도 전에 그가 전화를 받았다.

—무슨 일 있어?

뜻밖의 전화라 그가 의아한 기색을 비쳤다. 지원은 전화 통화만으로도 감격이라 잠시 아무 말도 할 수 없었다. 다시는 못 만날 줄 알았던 인연이라 며칠 전까지는 그의 전화번호를 알 수 있으리라고는 상상도 못 했다.

　―여보세요?

　지원이 대답을 않자 하경이 다시금 운을 뗐다. 찡해진 코끝을 매만지고 나서 그녀가 경쾌하게 물었다.

　"오빠, 바빠?"

　―아니?

　아, 그러고 보니 오늘은 일요일이었다. 그녀가 고개를 끄덕이고는 전화한 용건을 말했다.

　"말씀 드렸어? 아버지한테."

　―응, 어제 집에 들어가자마자.

　"많이 혼났어?"

　걱정스러운 지원의 목소리에 하경이 잠시 말을 멈추었다.

　어제, 말 그대로 하경은 앞뒤 잴 것 없이 결혼을 서둘러 달라 부탁했었다. 아들을 바라보는 아버지의 눈빛에 조금 부끄럽기는 했지만 괜찮았다. 아니, 한편으로는 좋았던 것도 같다. 윤지원과의 결혼을 어른들에게도 인정받을 수 있다는 사실이 다행이었으니까.

　―괜찮아. 바보 취급을 받아서 그렇지.

　바보 취급이라는 말에 지원이 키득거렸다. 어느 누가 손하경을 바보 취급할까 싶다가도 손 사장을 떠올리면 가능할 법했다.

언제 한 번, 지원은 두 사람이 나란히 있는 모습이 보고 싶었다. 지원이 웃음기 섞인 목소리로 말을 이었다.

"그럼 이제 우리 어떻게 되는 거야?"

―음…… 글쎄? 어른들이 알아서 하시겠지.

"오빠도 몰라?"

―당연하지. 결혼해 본 적이 없잖아.

맥이 풀리는 대꾸에 지원이 실없이 웃었다. 결혼. 그녀는 헤어지기 전, 그가 했던 말을 떠올렸다. 자신과 헤어진 뒤에 다른 여자랑 결혼 한 번쯤은 해 보라고 너그러운 척을 했을 때, 그는 왼손을 들어 보이며 말했었다.

"이미 했는걸."

어떻게 보면 이 반지가 그들의 결혼반지에 제격이었다. 이제는 숨길 필요가 없는 반지를 내려다보며 그녀가 입을 열었다.

"오빠, 우리 반지는 이걸로 하면 안 돼?"

하경은 눈으로 보지 않아도 그녀가 말하는 반지가 뭔지 눈에 선했다. 키 링을 떠나 이제는 그의 손에도 끼워져 있는 반지였다.

―그걸로 괜찮아? 예물 반지로는 모자라잖아.

그가 알기로는 큼직한 다이아몬드가 박힌 유명 고가 브랜드의 반지를 주고받는 것이 관례라면 관례였다. 웬만한 아파트 한 채 가격의 반지, 고급 수입 차 한 대 값의 시계 등이 예물로 오갔다. 그런 예물 사이에 그들이 나누어 낀 반지는 아이들 장난 같을 것이다. 하지만 윤지원은 별 생각이 없었다.

"예물 같은 건 모르겠고, 그냥 이 반지가 좋아."

반지를 보고 있자니 갑자기 그가 무척 보고 싶어졌다. 사랑하는 사람의 얼굴을 떠올리는 것만으로도 기분이 붕 뜬다. 지원이 미소를 지어 보였다. 왼손으로 목걸이를 만지작거리던 그녀가 혼잣말로 중얼거렸다.

"오빠 보고 싶다."

사랑에 빠진 연인들은 바라보고만 있어도 그립다지 않던가. 어제 보고, 심지어 전화 통화까지 하는 도중인데도 그가 그리웠다. 그녀는 그가 자신과 같은 마음이기를 바라며 물었다.

"오빠는?"

―지금 집이지?

"응."

하지만 그는 뜬금없이 다른 소리를 했다. 그 역시 보고 싶다는 말을 해 줄 줄 알았는데. 그녀의 설레는 기분이 살짝 가라앉을 무렵이었다.

―30분만 기다려.

"엥?"

윤지원이 입으로 말하는 편이라면, 손하경은 직접 행동하는 타입이었다. 그의 나지막한 웃음소리가 대답을 대신했다.

"진짜 오는 거야?"

……라고 물으면서도 그녀의 입가가 양옆으로 벌어졌다. 30분. 전화를 끊자마자 지원은 욕실로 달려갔다. 칫솔에 치약을 짜는데 허공으로 날아갈 것 같이 기분이 가벼워졌다.

'대박!'

예기치 않은 데이트가 그녀의 가슴을 뒤흔들었다. 양치를 하면서 지원은 거울을 통해 제 얼굴을 하염없이 쳐다보았다. 기뻐서 어쩔 줄 몰라 하는 여자가 거울 속에 있었다.

그리고 시계의 분침이 딱 반 바퀴를 돌았을 때, 그녀의 휴대폰이 진동했다. 정말 30분 만에 다시 연락이 왔다. 전화가 아니라 짧은 메시지였다.

[집 앞.]

그 두 글자가 이토록 반가울 수가 없었다. 지원은 괴성을 지르면서 휴대폰을 손에 꼭 쥐고 계단을 뛰어 내려갔다. 마침 영숙과 대화를 마치고 나온 민화가 막내딸을 발견했다.

"어디 가니?"

"잠깐만 나갔다 올게요!"

신이 나서 뛰어나가는 막내딸의 뒷모습을 민화는 의아하게 쳐다보았으나, 엄마의 시선을 무시한 채 지원은 현관을 나가 버렸다.

대문을 열어젖힌 지원은 손부채질을 하며 문 앞에 서 있는 자동차 조수석에 올랐다. 그렇게 크지 않은 정원이지만 뛰어오느라 벌써 이마에 땀이 맺혔다.

"으…… 날이 엄청 덥네."

"천천히 나오지 왜 뛰어왔어?"

"그래도 플로리다보다는 안 더워."

고난을 겪었던 플로리다. 밥을 먹기 위해 그 더위에 한참을 걷거나, 쫓겨 다니느라 전속력으로 뛰어 본 적도 있었다. 신발을 사기 위해 다운타운까지 먼 길을 걸었던 적도 있는 지원은 문득 억울해졌다. 어차피 이 남자와 결혼할 팔자였다면 그런 고생을 할 필요도 없는 거였다.

"그러고 보니까 완전 억울해. 나 거기서 왜 그렇게 고생했지?"

지원이 울상을 지으면서 대꾸했다. 하경이 웃음을 참으며 에어컨을 강하게 틀어 주었다. 에어컨이 나오는 곳에 열이 오른 손바닥을 대며 그녀가 물었다.

"오빠, 근데 어디 다녀왔어?"

집안에 처박혀 있던 윤지원과 다르게 손하경은 넥타이만 하지 않았을 뿐, 정장 차림이었다. 일요일에 정장을 입고 나갈 일이 뭘까? 하경의 옷차림과 비교하자 지원은 자신이 입고 있는 리넨 셔츠와 반바지가 초라하게 느껴졌다.

"아…… 회사에."

"일요일인데도 회사를 가?"

"요즘 좀 바빠."

그녀가 고개를 갸웃거렸다. 아까 분명 그는 바쁘지 않다고 했었다. 일요일이라 당연히 그럴 것이라고 여겼는데…….

"안 바쁘다며?"

지원이 눈을 동그랗게 뜨자 하경이 멋쩍은 투로 피식 웃었다. 그녀와의 전화 통화를 이어 가기 위해 했던 작은 거짓말이었다. 거기서 바쁘다고 솔직히 말했으면 그녀가 전화를 끊어 버릴까 봐. 그녀는 왜 거짓말을 했느냐며 꼬치꼬치 캐묻지는 않았다.

"오빠 계속 바쁘면 어떡해? 그럼 아예 주중에는 못 보는 거잖아?"

입술을 삐죽이는 그녀를 흘끔 본 그가 소리 없이 웃었다. 이내 그는 잠깐 올려 두었던 사이드브레이크를 내리고 운전을 시작했다. 그녀가 안전벨트를 끌어당기며 말했다.

"아니, 도대체 왜 일요일도 출근을 하는 거야?"

그녀는 그와 다시 만나면 으레 그 리조트에서처럼 오랜 시간을 같이 보낼 수 있으리라 생각했었다. 그런데 주말에도 출근했다는 그의 말에 현실이 훅 다가와서 우울해졌다.

"역시 이래서 빨리 결혼을 해야 해. 엄마한테 빨리 진행해 달라고 해야지. 괜찮지?"

그러면 적어도 그가 출근하지 않을 때에는 함께 있을 테니 말이다. 하경은 대답을 대신해서 투덜거리는 지원의 머리를 쓰다듬어 주었다.

목적지 없이 즐기는 드라이브도 사랑하는 사람과 함께하니 행복했다. 그새 땀이 다 식고 더운 기운도 사라지자 지원은 추워졌다.

"오빠, 에어컨 좀 낮추자. 추워."

"이거 입고 있어."

에어컨 세기를 낮춘 후에 하경은 여름용 정장 재킷을 그녀에게 건넸다. 그의 체향이 배어 있는 재킷을 걸치며 그녀가 히죽거렸다. 그녀는 재킷의 목깃을 잡고 킁킁거렸다. 진하지 않은 향수 냄새와 체취가 섞여 기분이 좋았다.

"오빠 냄새 너무 좋다."

"왜 여기서 그런 말이 나와? 미치겠네."

그가 미간을 찡그리고 그녀를 쳐다보자 그녀가 눈웃음을 지었다. 여우가 따로 없는 그녀의 모습에 그의 몸이 뜨거워질 무렵이었다. 그때, 다행인지 불행인지 전화가 걸려왔다. 정지 신호에 맞춰 차를 세우고 그가 휴대폰을 집었다. 웬일로 아버지의 전화였다.

"아버지 전화인데……."

지원이 저도 모르게 헉, 하고 숨을 들이마셨다. 아버지, 그러니까 손주환 사장의 전화라는 뜻이었다.

"빠, 빨리 받아 봐."

말을 마치자마자 그녀는 제 검지를 입술에 대고 침묵을 지켰다. 소리를 낮추어 쿡쿡 웃던 그는 그녀의 머리를 쓰다듬어 준 후에야 이어폰을 귀에 끼우고 전화를 받았다.

"무슨 일이세요?"

―너 어디야?

"밖이에요. 왜요?"

통화 내용을 알 리 없는 지원이 조마조마한 마음으로 하경을 응시했다. 그는 특별한 내색 없이 다시 운전대를 잡았다.

―회사 간다고 나갔잖아. 왜 없어? 같이 점심 먹을까 했는데.

순간 그의 눈가가 일그러졌다. 하필이면 오늘 아버지가 점심 타령을 했다. 평소에는 아들이 어디서 뭘 먹고 다니든 관심 한 자락 없던 양반이 웬일인가 싶었다.

"볼일 다 보고 나왔어요."

―그럼 집에 가고 있어?

"아뇨, 그건 아닌데……."

지원을 곁눈질한 하경의 말끝이 흐려졌다. 때를 놓치지 않고 아버지가 빈정거렸다.

―왜? 또 애비한테 말 못 할 짓 해?

"무슨 소릴 그렇게 하세요?"

하경이 투덜거리자 지원은 눈을 동그랗게 뜨고 그를 살폈다. 항상 든든한 오빠 같던 그가 어리광을 피우는 모습이 신기했다. 한편, 그는 한숨을 소리 없이 뱉었다. 아버지는 손하경이 윤지원을 찾아 헤맨 그 일을 콕 짚어 말하고 있었다.

―그런 것도 아니면 집에 얼른 와. 나도 지금 바로 집으로 갈 테니까. 휴일에 점심 정도는 같이 먹어야지. 혈육이라곤 둘뿐인데.

"아⋯⋯."

그가 난처한 듯 그녀를 쳐다보았다. 그녀는 소리 없이 입모양으로 '왜?' 하고 물었다. 고개를 살짝 저은 그가 다시 정면을 바라보았다. 주말이랍시고 서울 시내 자동차들이 다 바깥으로 나왔는지 길이 밀렸다. 불쑥 아버지에게 좋은 변명거리가 생각난 그가 빠르게 말했다.

"아버지, 저 운전 중이니까 조금 이따가 전⋯⋯."

―너 지금 혼자 있는 거 아니지?

물론 손 사장은 만만한 사람이 아니었다. 아들의 변명 따위는 들어줄 생각도 없는 듯, 아버지는 하경의 말을 도중에 끊어 버렸다. 한숨을 겨우 참으며 그가 긍정했다.

"네⋯⋯."

―운전 중에 누구랑 있는데?

"왜 그렇게 캐물으세요, 정말."

얼굴이 붉어진 하경이 불평했다. 보면 볼수록 신기한 장면이라 지원의 눈이 휘둥그레졌다. 그녀는 그 나잇대 아들치고 손하경이 애교 있는 타입이라는 것을 몰랐다.

―윤 사장 딸하고 있구먼?

아무래도 아버지가 차 안에 CCTV라도 달아 둔 모양이다. 하경은 차 안을 한 번 슥 둘러보고는 들으라는 투로 한숨을 내쉬었다. 뭐가 그리도 재미있는지 손 사장은 껄껄 웃었다.

―같이 와.

"네? 그건 좀……."

하경이 난처한 목소리로 거절할 찰나였다.

─못 올 곳도 아니고, 뭐 어때? 와서 점심이나 같이 먹게. 너희 나한테 점수 따야 하는 거 아니야?

물러서는 기색 없이 주환은 그 말을 끝으로 전화를 뚝 끊어 버렸다. 하경이 끙 앓는 소리를 뱉으며 이어폰을 홱 빼서 내던졌다. 독불장군 같은 아버지는 사람 말을 제대로 들어주질 않는다. 기껏해야 세상을 떠난 어머니의 말 정도만 듣던 아버지답게 자기 하고 싶은 말만 하고 전화를 끊었다.

"왜?"

옆에서 지원이 하경을 걱정스럽게 응시했다. 밀리는 길을 묵묵히 보고 있던 그가 기운이 다 빠진 목소리로 대답했다.

"아버지가 오라는데."

"지금?"

그가 대답 대신 고개를 끄덕였다.

"그럼 집에 가야겠네……."

그녀가 아쉬운 듯 중얼거렸다. 드라이브는 무척 짧았다. 언제 신이 났냐는 듯 고조되었던 기분이 바닥으로 떨어졌다. 그래도 어쩔 수는 없었다. 윤지원에게 있어서도 손 사장은 가장 어려운 사람이었다. 그러나 뜻밖의 말이 이어졌다.

"아니, 너도 오래."

"뭐?"

하경의 말을 듣자마자 지원이 입을 쩍 벌렸다. 당황한 그녀가 머뭇거리다 물었다.

"서, 설마 이 꼴로?"

리넨 셔츠에 반바지 차림인 지원은 얼굴은 수분 크림 하나만 잔뜩 발랐고, 입술에만 립글로스를 올렸다. 손하경에게는 괜찮았다. 그에게는 맨얼굴을 수도 없이 보여 주었고, 심지어 그는 윤지원이 땀에 전 모습까지 보았으니까. 하지만 손주환 사장이라면 달랐다.

"안 돼! 우리 엄마 알면 뒤로 넘어가!"

이른 아침부터 막내딸을 질질 끌고 미용실에 갔던 엄마 아닌가. 손 사장의 앞에서는 매번 전문가의 손길로 다시 태어났던 윤지원은 이토록 '내추럴한' 모습을 예비 시아버지에게 보여 줄 자신이 없었다.

"알았어."

아직 마음 준비가 되지 않은 지원에게 하경은 굳이 부담을 주고 싶지는 않았다. 그녀가 조마조마한 눈빛을 내비치고 있자 그가 시간을 살피고 말을 이었다.

"점심 지나고 내가 다시 연락할게. 네가 조금 이해해 줘. 아버지 의견에 반대하는 사람이 없다시피 하니까 그래."

지원이 고개를 끄덕였다. 그의 말을 들으니 손 사장의 뜬금없는 제안이 이해가 갔다. 위치가 사람을 만든다고, 손주환 사장에게 감히 누가 토를 달 수 있을까? 심지어 아들인 하경조차도 아버지에게 쩔쩔매고 있었다.

그녀를 집에 데려다주기 위해 그는 차를 돌렸다. 하여튼 아버지 간섭에 연애도 제대로 못 하겠다. 집에 가서 꼭 한마디 해야겠다 싶을 무렵이었다. 바깥을 바라보고 있던 지원이 물었다.

"돌아가서 점심 먹는 거야? 사장님이랑?"

"아들 된 도리도 좀 해야지. 가족이라고는 둘뿐인데."

어째서일까? 이상하게 그의 말이 외롭게 들렸다. 어머니를 여의고, 아버지와 단둘뿐인 가족. 문득 그가 외로워 보였다. 자신만 해도 언니가 결혼한 후 불쑥불쑥 쓸쓸함이 찾아왔다. 함께 2층을 쓰던 언니가 분가하자 그 빈자리가 유난히 크게 느껴졌었다.

언니의 빈자리에도 쓸쓸했는데 어머니의 빈자리는 오죽할까. 게다가 그는 형제도 없으니 아버지가 돌아가시면 혈육도 남지 않는다. 외로운 점심 자리겠지만, 그래도 다 큰 아들과 굳이 점심 식사 자리를 가지려는 손 사장의 마음도 알 것 같았다. 비어 있을 식탁 의자의 한 자리라도 더 채워 주고 싶은 마음에 지원이 조심스럽게 입을 열었다.

"그냥…… 나도 같이 갈까?"

"왜?"

감상에 젖은 윤지원의 속내를 알 리가 없는 손하경은 그녀의 변덕이 의아했다. 아버지와의 점심 식사 자리는 분명 놀림과 비웃음으로 가득 찰 것이다. 오늘 아침만 해도 그렇다. 아버지는 멍청한 아들이 보기만 해도 우스운지 하경을 보며 낄낄 웃기 바빴다.

"왜긴! 사장님이 오라고 하셨잖아."

"안 된다며?"

"뭐 어때."

물론 손하경의 사정을 알 리가 없는 윤지원은 걸치고 있는 그의 재킷 앞섶을 여미면서 태평한 소리만 했다. 언제 걱정했냐는 듯 그녀의 얼굴이 환하게 펴져 있었다. 그는 그녀를 이해할 수 없다는 듯 고개를 갸웃거렸다.

"굳이 그럴 건 없는데……."

그러나 마음을 정한 지원은 고개를 설레설레 저을 뿐이었다. 맨얼굴에 캐주얼한 차림이면 어떠랴, 함께 있다는 사실이 중요한 거지. 얄팍한 생각을 하며 그녀는 등받이에 깊게 기대었다.

으리으리한 집 대문 앞에 서자 윤지원은 자신의 생각이 잘못되었음을 뒤늦게 깨달았다. 하지만 후회는 항상 늦는 법이었다.

"오빠, 나 그냥 집에 갈까?"

"그러게 왜 온다고 그랬어?"

하경의 셔츠 소매를 꼭 쥔 지원이 울상을 지었다. 손 사장과의 점심 식사를 너무 가볍게 생각했다. 하늘 높은 줄 모르고 솟아 있는 담장을 보자, 그녀는 이 집에 이런 꼴로 와서는 안 되는 거였다고 늦게야 덜컥 겁을 집어먹었다.

"씨이…… 내가 미쳤나 봐."

지원의 안색이 변한 것은 얼마 되지 않았다. 점심만 먹고 돌아갈 예정이라 하경이 차를 차고에 세우지 않고 대문 옆에 댔을 때부터 그녀의 안색이 하얗게 질리기 시작했다. 윤지원도 내로라 하는 집에서 어렸을 적부터 살아왔지만 이 커다란 저택은 위압감부터 달랐다.

대문에서부터 정원을 지나 현관으로 이어지는 길은 지원의 집보다 훨씬 길었다. 연못에 분수, 정원 테이블까지 멀찍이 있는 것들을 보며 그녀는 겁을 먹었다. 서울 한복판에 있으리라고 믿어지지 않는 큼직한 나무도 신기했다. 집 안으로 들어가기도 전에 압도적인 위용에 그녀의 입술이 말랐다.

"오빠, 만약 사장님이 나랑 결혼 못 시키겠다고 해도 나 버리면 안 돼."

"무슨 소리야?"

하경이 기가 막힌다는 눈빛으로 지원을 쳐다보았다. 역시 첫 방문은 머리부터 발끝까지 쫙 빼입고 왔어야 했다.

"원피스라도 입을 걸……."

지원의 목소리가 허무하게 흩어졌다.

현관문은 자동식이었다. 손 하나 까딱할 것 없이 하경의 집에 걸음한 지원은 바짝 얼어붙은 채 그의 뒤만 따랐다. 집은 쓸데없이 크고 길어서 한참을 걸어야 했다. 으리으리하지만 한편으로는 헛헛한 복도를 걸어 응접실에 도착하자 그가 지루한 투로 말했다.

"저 왔어요."

"바보 왔냐?"

기다렸다는 듯 주환이 웃는 낯으로 다가왔다. 아버지와 정반대로 하경의 얼굴이 파삭 구겨졌다. 이러다 몇 년간은 아버지가 자신을 바보라고 부르게 생겼다.

"아, 안녕하세요."

지옥에 들어가는 기분으로 지원이 허리를 푹 굽혀 인사했다. 딱딱하게 굳은 어깨가 영 펴질 기미를 보이지 않는다. 슬그머니 고개를 든 지원은 자신을 똑바로 쳐다보는 주환과 마주하고는 깜짝 놀라 얼었다.

'혼나나? 예의 없는 차림이라고 혼나면 어떡하지…… 죽었다!'

지원의 머릿속이 정신없이 흔들리는 동안 주환은 예비 며느리의 '너무나도 편해 보이는' 차림을 쓱 훑었다.

"자다 왔나?"

역시 쉽게 넘어갈 일이 아니었다. 자신의 멍청한 선택을 저주하며 지원이 눈을 질끈 감을 때였다. 다행히 하경이 역성을 들어 주었다.

"아버지가 갑자기 오라고 하시니까 그렇죠. 편하게 만났다가 헤어질 생각이었는데."

"그래? 그렇다면 미안하게 됐어."

그럴싸한 아들의 변명에 고개를 끄덕인 주환은 쉽게 넘어가 주었다. 윤지원의 옷차림에 별로 관심이 가지도 않았다. 홀딱 벗고 오지만 않으면 괜찮았다.

생각보다 그다지 신경 쓰지 않는 손 사장의 태도에 지원은 그제야 조금 안도할 수 있었다. 주환이 지원을 힐끗 돌아보며 물었다.

"점심은?"

"아직 안 먹었어요."

"너한테 물은 거 아닌데 왜 자꾸 네가 대답해? 지원 양은 입이 없어?"

주환이 타박하자 하경이 불만스럽게 입을 다물었다. 어른 대하는 건 너무 어렵다. 지원은 일그러지려는 눈가를 겨우 펴고 겨우겨우 대답했다.

"네, 저도 아직 점심 전이에요."

"잘됐네. 식사부터 하지. 도서관 사서 아가씨."

"네?"

자신을 지칭하는 손 사장의 말이 이상하다 싶어서 그녀가 눈을 동그랗게 떴다. 그녀의 표정에 주환이 킥킥 웃었고, 하경의 안색은 어두워졌다. 식당으로 걸음하며 주환이 신이 나서 혼잣말을 중얼거렸다.

"저 멍청이가 갑자기 사서랑 결혼을 하겠다고 얼마나 날뛰던지."

하경은 아들 놀리는 맛에 사는 것 같은 손 사장을 원망스럽게 쳐다보았다. 반면, 지원은 이 상황이 이해가 가지 않아 고개만 갸웃거렸다.

아무리 대단한 집안이라고 해도 음식 메뉴는 다 거기서 거기인 모양이다. 하경이 안내해 준 자리에 앉은 지원은 별다를 것 없는 반찬을 재빨리 훑어보았다. 손 사장도 어른이라 한식을 좋아하는 듯했다. 음식에 대해 잘은 모르지만, 확실히 품질 하나는 좋아 보였다. 지원은 식탁 가운데 놓인 찜닭을 보며 군침을 삼켰다.

'맛있겠다.'

윤지원이 찜닭에 홀려 있는 줄도 모르고 주환이 말문을 열었다.

"도대체 두 사람, 어떻게 만난 거야?"

"어쩌다 보니까 만났어요."

윤기가 흐르는 찜닭에서 눈을 떼지 못하는 지원을 대신해 하경이 대답했다. 뭉뚱그리는 답에 주환이 인상을 썼다.

"어쩌다 보니까?"

아무리 캐물으려고 해도 아들놈은 쉽게 사정을 설명하지 않았다. 저 두 사람 사이에 무슨 일이 있었는지 무척 궁금해서 일도 손에 잡히지 않는 손 사장은 화살을 지원에게로 돌렸다.

"지원 양이 말 좀 해 봐. 어쩌다 메리엔까지 간 거야? 거긴 오픈 전인데?"

"네? 메리엔?"

그제야 고개를 번쩍 든 지원이 눈을 깜빡거렸다. 메리엔이 뭔가 했다. 그제야 리조트의 이름을 정확히 알게 된 지원이 저도 모르게 미소를 지었다.

"메리엔이었어요? 어쩐지……."

"응?"

주환은 물론 하경의 의아한 시선까지 그녀에게 꽂혔다. 자신에게 쏠린 부자의 관심에 당황한 지원이 우물쭈물 말을 이었다.

"그게…… 이름을 정확히 몰라서 프랑스식으로 생각했거든요. 마리앙이라거나 마리안느 같은……."

"아."

"고급 리조트였으니까요."

지원이 또박또박 말하자 이해했다는 듯 주환이 고개를 끄덕이고 리조트 이름에 얽힌 이야기를 해 주었다.

"아내 이름이었지. 메리엔."

"네? 외국분이셨어요?"

"아니? 한국 이름은 김숙자."

주환이 너무나도 평온하게 말하는 바람에 지원은 멍하니 예비 시아버지를 쳐다볼 수밖에 없었다. 지원의 넋 나간 표정을 본 하경은 웃음을 꾹 참고 냉수만 마셨다.

어른이 수저를 들기 전까지 움직일 수는 없는 법이라 지원은 얌전히 앉아 있었다. 어떻게든 참으려고 하는데 자꾸 시선이 찜닭한테로 흘러가서 조금 힘겹기는 했다. 그즈음 다행히 주환이 숟가락을 들었다.

"왜 하필 플로리다로 간 거야? 캘리포니아도 아니고? 태평양이 훨씬 가까운데."

지원이 정략혼을 반대하며 도망쳤으리라고는 꿈에도 생각 못하는 손 사장이 가질 만한 의문이기는 했다. 지원은 어떻게 대답해야 하나 고민하다가 미국으로 가출한 이유만 제외하고 솔직하게 말하기로 마음먹었다.

"한국 사람이 적으니까요."

그 순간, 웬일인지 주환의 얼굴에서 여유가 걷혔다. 무겁게 내려앉는 식탁 위의 공기에 지원이 당황할 때였다. 하경이 쓸쓸한 표정으로 시선을 떨구었다. 아버지가 왜 놀랐는지 하경은 충분히 알 수 있었다. 지원의 대답은 어머니가 드넓은 미국 땅에서 플로리다를 좋아하던 이유와 똑같았다.

"그렇군."

다행히 손 사장은 더 이상 이것저것 묻지는 않았다. 지원은 자신이 뭔가 실수했나 걱정하면서 하경을 불안하게 응시했다. 그런 지원에게 그는 괜찮다는 듯 빙그레 미소만 지어 보였다.

음식이 입으로 들어가는지 코로 들어가는지 모르겠지만 확실한 것은 찜닭이 끝내주게 맛있었다는 사실이었다. 감칠맛 정도로만 들척지근하고 짭조름한 양념은 윤지원을 사로잡았다.

점심 식사를 끝내고 손 사장이 급한 연락으로 서재에 들어간 사이에 그녀는 잠깐 마음을 편히 먹을 수 있었다.

"오빠."

"왜?"

"찜닭 너무 맛있더라."

감격에 겨운 목소리로 지원이 말하자 하경이 헛웃음을 터뜨렸다. 이 와중에 찜닭 맛에 반하는 윤지원이 대단했다. 하긴, 그녀는 미국에서도 훌쩍이면서 오리엔탈 드레싱을 부탁했었다.

"근데 리조트, 어머니 성함이었구나?"

"본명은 아니고 애칭 같은 거야."

하긴, 본명은 김숙자라고 했다. 지원이 고개를 무겁게 끄덕였다.

"오빠 방에 가 보고 싶었는데 눈치 보여서 못 가겠다."

주환이 나갔던 출입문을 힐끔힐끔 보면서 그녀가 투덜거렸다. 처음에 긴장을 하긴 했으나 찜닭을 먹다 보니 맛있는 음식에 홀려서 긴장이 풀렸다. 덕분에 체하지는 않은 것 같아 다행이었다. 그가 걱정 말라는 듯 그녀의 머리를 쓸어 주었다.

"이따 올라가지 뭐."

"정말?"

"별로 재미는 없겠지만."

하경이 씩 웃으며 덧붙였다. 그새 기분이 좋아진 지원이 그의 팔을 덥석 끌어안았다. 그의 어깨에 머리를 기대고 그녀가 조잘거렸다.

"샅샅이 뒤져 볼 거야. 침대도 가 보고, 서재도 보고, 드레스 룸이랑…… 아! 욕실도 구경해야지!"

신이 난 듯 그녀의 목소리가 높아질 무렵이었다. 닫혀 있던 출입문이 벌컥 열렸다. 깜짝 놀란 지원이 어깨를 움찔 흔들며 고개를 돌렸다. 마치 좋은 구경을 하는 사람처럼 손 사장이 팔짱을 낀 채 그들을 쳐다보고 있었다. 주환과 눈이 마주치자 지원이 후다닥 하경에게서 떨어져 나왔다. 마른침이 절로 꿀꺽 넘어갔다.

"뭐…… 괜찮아. 좋을 때지."

주환이 의미심장한 표정을 지으며 상석에 앉았다. 녹차는 마시기 좋게끔 식어 있었지만 주환은 손도 대지 않고 하경과 지원을 빤히 쳐다보았다. 주환은 얼굴이 붉어진 지원을 보자 어째 웃음이 났다.

"지원 양."

"네?"

"하경이는 결혼을 서둘렀으면 하는데, 어때? 같은 마음인가?"

"네!"

당연한 소리였다. 씩씩하게 대답한 지원은 입가가 절로 벌어졌다. 결혼이라는 달콤한 단어는 듣기만 해도 마음이 들떴다. 설레어서 어쩔 줄 모르는 지원을 가만히 보던 주환이 피식 웃었다.

"그래, 잘됐군. 좋은 일은 빨리하면 좋지."

지원은 왠지 지금 처음으로 손주환 사장이 편하게 느껴졌다.

손 사장과 뜻이 같아져서일까? 어렵기만 한 사람이 자신의 편이 되면 든든하다더니 딱 지금 같은 상황에 알맞은 말이었다.

"보다시피 이 집은 안주인이 없어."

웃음을 거두고 주환이 무겁게 말했다. 갑자기 어깨가 무거워지는 기분에 지원의 얼굴이 굳어졌다. 그녀의 마음을 아는 듯, 하경이 그녀의 손을 잡아 주었다. 슬쩍 아들의 행동을 지켜보던 주환이 복잡한 표정을 지었다. 조금 있으면 하나뿐인 아들이 가정을 꾸리게 된다. 아직 아들을 장가보내지도 않았는데 주환은 시원섭섭하다는 감정이 속에서 뭉클 올라왔다. 물론 불쌍한 손하경은 분가를 못 하겠지만 말이다.

"많이 배워야 할 거야."

"네."

지원이 꼿꼿한 자세를 유지하며 강단 있게 대답했다. 말은 부담스럽게 해도 주환은 사실 지원에게 크게 기대하지는 않았다. 김숙자도 막 시집왔을 적에는 실수 연발이었으니까. 세상을 떠난 아내의 얼굴을 떠올리자 주환의 마음이 허전했다.

"이런 날 네 엄마가 옆에 있었으면 좋았을 텐데……."

말을 하다 말고 주환이 한숨을 푹 내쉬었다. 아직 어머니의 빈자리가 메워지지 않아 하경도 쓸쓸한 눈빛만 내비쳤다. 주환은 혼잣말과 닮은 한탄을 이었다.

"뭐가 그리 급하다고 그렇게 가 버려서."

회한에 찬 목소리가 하경의 가슴을 울렸다. 큰 산처럼 보이던 아버지가 작아 보였다. 문득 그는 오늘 아버지가 왜 같이 점심을 먹자고 했는지 이해가 되었다. 아버지는 밖에서는 남부러울 것 없는 큰 회사 오너였지만, 집 안에서는 아직도 어머니를 그리워하는 나약한 남자였다. 아버지가 툭하면 자신을 놀리는 이유도 알 것 같았다. 어렸을 적, 뒤를 쫓아다니던 어린 아들을 추억하는 것이리라. 외로운 마음을 잊고 싶어서.

"이제 그만 일어나지. 너도 지원 양 데려다주든지 집 구경을 시켜 주든지 네가 알아서 하고."

언제 약한 모습을 보였냐는 듯, 주환은 자리를 털고 일어났다. 엉거주춤 따라 일어난 지원이 고개를 푹 숙였다. 한쪽 입가만 살짝 끌어올린 손 사장은 바로 응접실을 나가 버렸다.

지원은 아직 소파에 앉아 있는 하경에게 손을 뻗었다. 그가 고소를 지으며 그녀의 손을 잡고 몸을 일으켰다. 손에서 손으로 전해지는 따스한 온기가 울적한 마음을 달래 주었다.

"좀 슬퍼졌어."

손으로 붉어진 눈가를 비빈 그녀가 그의 허리를 꼭 안으면서 소곤거렸다.

"오빠는 오래 살아야 돼."

하경이 소리 없이 웃으며 지원의 등줄기를 쓸었다. 걱정 말라는 듯 안심시키는 손길에 그녀가 눈을 살포시 감았다. 영원히 함께할 수 없다면 적어도 한날한시에 같이 떠났으면 좋겠다. 머나먼 미래를 그리던 그녀가 고개를 반짝 들고 물었다.

"오빠 방, 구경시켜 줄 거야?"

"그래. 올라가자."

개구쟁이처럼 그녀의 입가가 늘어졌다. 침실, 서재, 드레스 룸에 욕실 등 그가 개인적으로 사용하는 공간을 드디어 볼 수 있게 되었다. 기대가 되지 않을 리가 없었다.

12장
오빠가 너무 야하잖아

윤지원이 어쩌다가 인사를 드렸으니, 이번에는 손하경 차례였다. 지원이 예의 없는 차림으로 손 사장을 만났다는 사실에 충격을 받은 민화는 3일 정도 막내딸을 들들 볶았다.

"절대 차려입고 오지 말라고 그래!"

"왜?"

심드렁하게 되물으면서 지원은 수박만 우걱우걱 먹었다. 막내의 저 태평한 모습을 보니 열불이 뻗쳐서 민화는 지원의 머리를 콩 쥐어박았다.

"내가 정말 너 때문에 못 산다! 아이고, 이제 손 사장을 어떻게 봐?"

"누가 보면 벗고 간 줄 알겠다!"

홍, 콧방귀를 뀌고 지원이 투덜거렸다. 어차피 하경이 퇴근길에 들른다고 했으니, 정장 차림일 것이 뻔했다. 리조트에 있었을 때처럼 캐주얼한 차림도 좋지만 지원은 하경의 정장 차림이 무척 좋았다. 금욕적인 슈트를 입으면 그가 더욱 섹시하게 보여서였다.

손하경을 집에 초대했다는 소식에 지수도 일찌감치 친정에 와서 일을 거들었다. 동생이 얌전하게 서울에 붙잡힌 이후로 지수는 몸이 안정되었다고 했다. 다행이다 싶으면서도 지원은 의심의 끈을 놓지 않았다. 물론 꾀병은 아니겠지만, 윤지수라면 컨디션 컨트롤도 할 수 있을 거라는 생각이 들었다.

"알아보니까 손하경은 별로 지저분한 소문이 없더라고요."

온갖 인맥을 다 활용해서 하경의 뒷조사를 한 지수는 특별한 문제를 발견하지 못했다. 임준서와 친구라고 해서 무척 걱정스러웠는데 다행이었다. 과거가 다 세탁된 거라면 조금 끔찍하겠지만, 아무쪼록 지금까지 눈에 띄는 이상한 소문은 없었다. 민화는 큰딸의 말에 그제야 마음을 놓았다.

"그건 다행이네."

"오빠, 그런 사람 아니거든?"

지원이 입술을 삐죽이면서 투덜거렸다. 지수가 동생을 한심하게 응시했다. 콩깍지가 단단히 쓰인 모양이었다. 지수는 일부러 지원을 자극했다.

"신기하다니까? 친구들은 온갖 사고를 치고 다녔는데 자기 혼

자 깨끗하잖아. 마약해서 쫓겨난 놈도 있고 빵 들어갔다 온 놈
도 있는데."

"오빠는 약 해 본 적 없댔어!"

지수는 애초에 해서는 안 될 일에 손대지 않았다고 큰소리를
치는 동생이 기가 막혔다. 돈 좀 있다는 부유한 자식들에게 붙는
지저분한 소문은 마약뿐만이 아니었다. 손하경 친구 중 하나는
밖에서 애를 만들어 와서 호적상 동생으로 만들어 키운다는 소
문도 있었다.

"그래도 모르는 거야. 진짜 애라도 숨겨 놨으면 어쩔래? 네가
키울 거야?"

"씨이!"

끔찍한 소리에 지원은 울상이 되었다. 민화가 혀를 쯧쯧 차며
지수의 어깨를 툭 쳤다.

"동생 그만 놀려라."

그제야 지원은 언니가 자신을 놀리고 있음을 깨달았다. 억울
했지만 지원은 찍소리 한 마디도 못 하고 참아야만 했다. 언니에
게 말로는 물론 힘으로도 이길 수 없기 때문에.

"저녁에 온대요? 몇 시에?"

"퇴근하고 일곱 시쯤 온대. 진 서방은?"

"바쁜 거 잘 알잖아요."

지수가 고개를 설레설레 저으면서 참석하지 못한다고 돌려
말했다. 남편은 아침 일찍 출근해서 저녁 늦게, 가끔은 당직까지

해야 하는 가엾은 영혼이었다. 엄마와의 대화를 끝내고 나서 지수가 다시 몸을 돌려 지원을 쳐다보았다.

"손주환 사장은 어땠어?"

"뭐가?"

"일요일에 너한테 어땠냐고."

언니의 질문이 무슨 뜻인지 잘 모르겠다. 지원이 고개를 갸웃거렸다.

일요일에 특별한 일은 없었다. 찜닭이 맛있었고, 메리엔 리조트의 이름과 뜻을 알게 되었다. 자신이 쓰는 2층보다 세 배는 더 넓은 하경의 개인 공간을 둘러보았고, 그걸로 끝이었다. 손주환 사장은 응접실을 뜬 이후로 윤지원에게 관심을 갖지 않았다.

"그냥 아저씨 같았는데."

동생의 모호한 대답이 마음에 들지 않아 지수가 구체적으로 되물었다.

"괜히 우리 집안 후려치거나 못마땅한 기색은 없었고?"

"응. 별로 신경 안 쓰던데? 결혼 빨리하고 싶냐고 물어봐서 그렇다고 했어."

"진짜, 윤지원. 솔직한 거 하나는 대단하다니까."

지수는 진심으로 감탄했다. 이럴 때 보면 윤지원의 해맑은 성격이 부러웠다. 이것저것 재지 않고 솔직하게 원하는 바를 말하는 것. 동생은 쉽게 해내는 일이지만 윤지수에게는 참 어려운 일이었다. 그때 엄마가 끼어들었다.

"네가 빨리하자고 그래서 엄마만 힘들잖아."

지원은 물론 지수도 민화를 동그란 눈으로 응시했다. 민화가 한숨을 길게 내쉬며 불평했다.

"일이 갑자기 빨리 진행되는 것 같아서 따라가기 버거워. 오늘 이것도 어떻게 보면 인사 오는 거잖아?"

"그냥 밥 한 끼 먹인다고 생각하고 말아요. 엄만 확대 해석하느라 스트레스받는 거야."

지수가 엄마를 달래듯이 말했다. 일요일에 윤지원이 아무 준비 없이 얼떨결에 손하경의 집을 방문했듯, 오늘은 손하경이 방문하는 것이라고 가볍게 생각하면 될 일이었다. 안주인 입장에서는 그렇지 않다는 게 문제였지만 말이다.

"그래도 어떻게 그러니? 첫인상이라는 게 중요해."

"그렇게 따지면 이미 첫인상은 엉망진창 아니에요?"

큰딸의 말에 호텔 한정식집에서 일어난 소동을 떠올린 민화의 안색이 어두워졌다. 그날 일은 웬만하면 잊고 싶었다.

"참! 네 아빠랑 중간에 만나서 같이 온다는데 어휴…… 네 아빠가 실수라도 할까 봐 걱정이다."

"실수하면 어때? 아빠가 어른인데."

지원이 눈을 동그랗게 뜨고 물었다. 틀린 말은 아니지만 워낙 분위기를 못 읽는 남편이 민화는 불안할 따름이었다. 손주환 사장만큼 손하경도 어려웠다. 회사를 물려받을 '후계자'라고 여기는 탓이었다.

"아는 집은 예비 사위 대접할 때 밖에 나가서 했다던데 괜히 집으로 부르나?"

아끼던 접시에 반찬을 나누어 담으며 민화가 또 걱정스럽게 중얼거렸다. 잘라 놓은 수박을 다 먹은 뒤, 포크를 내려놓은 지원이 답답하다는 투로 말했다.

"엄마, 나 거기 가서 찜닭밖에 안 먹고 왔거든요? 거창하게 안 해도 된다니까."

"그건 네 생각이고!"

쩔쩔매는 엄마를 지원이 불만스럽게 바라보았다. 지수는 이미 포기한 듯 고개를 절레절레 저으며 의자에서 일어났다. 그때, 초인종 소리가 들렸다. 영숙과 함께 음식을 담고 있던 민화가 멈칫했다.

"너희 아빠 온 거 아니니?"

"그렇겠죠. 또 누가 온다고."

지수가 태연하게 대답하면서 주방 밖으로 나갔다. 걱정으로 가득한 엄마와 다르게 하경과 만날 생각에 신이 난 지원이 뛰어나왔다.

"다녀오셨어요!"

막내딸의 환대에 기분이 좋아진 창섭이 지원의 머리를 쓰다듬었다. 아버지 뒤편에 서 있는 하경을 보고 지원이 환하게 웃었다. 오늘 하루 종일 그를 기다렸다.

"어서 와요."

뒤늦게 주방에서 나온 민화가 어색한 미소를 지어 보이면서 하경을 반겨 주었다.

"저번에는 죄송했습니다."

"아니에요."

하경은 민화를 보자마자 제일 먼저 사과부터 입에 담았다. 어른들과 함께 있는 자리에서 지원을 끌고 나갔으니 민화의 속이 상하는 것도 당연했다. 물론 민화는 너그러운 척 손을 내저을 뿐이었다. 지수는 가족들에게서 한 걸음 떨어져서 날카로운 눈빛으로 하경을 살펴보았다.

"오면서 일 얘기도 하니까 좋더라고."

"기술 전문이 아니라서 이해는 많이 힘들었습니다."

창섭이 흐뭇한 표정으로 말하자 지수의 눈이 가늘어졌다. 하경은 난처한 듯이 겸손을 떨었고, 아무 생각이 없어 보이는 동생은 그저 남자가 좋다고 찰싹 달라붙어 있었다. 지수가 아버지에게 한마디 타박했다.

"잘 모르는 사람한테 왜 자꾸 설명하려고 하세요? 아버지도 참."

지수와 눈이 마주친 하경은 저도 모르게 움찔했다. 자신에게 향한 지수의 시선은 결코 호감이 담긴 눈빛은 아니었다. 동생을 많이 아끼는 언니인가, 하경이 착각할 때였다. 식탁 정리를 마친 민화가 목소리를 높였다.

"저녁 먹기 조금 늦었는데 얼른 식사부터 해요!"

방금 전까지 수박을 먹었던 지원은 입맛이 없었지만 옆에 하경이 앉는다는 것만으로도 기뻐서 군말 없이 식탁 앞에 앉았다.

저녁을 먹고 나서 지원은 하경이 그랬듯, 2층을 안내해 주었다. 하필이면 수박을 잔뜩 먹은 터라 자꾸 화장실로 달려간다는 것이 문제였지만.

하경은 정원이 내려다보이는 발코니에 서서 지원을 기다렸다. 소박한 정원 구석에는 작은 그네도 있었다. 아마 자상한 아버지가 딸들을 위해 만들어 준 것이리라. 이곳에서 어린 윤지원이 자랐을 것이라고 생각하자 마음이 따뜻해졌다. 그때였다.

"2층, 꽤 아늑하죠?"

"그러네요."

지수가 발코니로 나와서 하경의 옆에 섰다. 솔직히 하경은 지원의 언니인 윤지수가 조금 불편했다. 자신에게 보이는 적대감이나, 시니컬한 태도 때문이었다. 동갑이라는데, 장녀라 그런지 윤지수에게는 범접하기 힘든 아우라 같은 것도 있었다.

"지원이 혼자 쓰는데, 이제 걔도 여기 나가겠네요."

하경은 쓸쓸하게 말하는 지수의 눈치를 슬쩍 살폈다. 그가 아무런 대답을 하지 않자 그녀가 고개를 돌려 그를 똑바로 쳐다보며 물었다.

"여기 들어와서 살 거 아니죠?"

"……네. 아버지 혼자 계시니까."

"그래요. 맨날 그쪽 보면 우리 엄마도 신경 쇠약 걸릴 테니까 잘됐네요."

역시 어려운 여자였다. 하경이 난감한 표정을 애써 감추었다. 애초에 '그' 손하경에게 처가살이를 바라지도 않았다는 듯, 지수는 굳이 권유하는 말을 덧붙이지는 않았다. 적막한 공기가 불편하다 싶을 무렵, 하경이 먼저 친근하게 입을 떼었다.

"아, 지금 개발팀에 계신다고 들었는데 맞나요?"

"네. 개발3팀인데 휴가 중이에요. 윤지원 때문에 휴가 냈었거든요. 다음 주 내로 복귀할 예정이고요."

"그러시군요."

하경이 미소를 지어 보였다. 윤지수는 윤창섭의 회사 직원이었다. 그럭저럭 규모가 있는 회사라 개발팀이 세 팀 이상 있는 모양이었다. 아버지 회사를 물려받고 싶었던 걸까? 아니면 그저 아버지처럼 두뇌가 이공 계열에 더욱 발달되어 있는 걸까?

두 가지 가능성을 갖고 하경은 지수를 다시금 살펴보았으나 그녀의 속내를 쉽게 알 수는 없었다. 그의 시선에 담긴 의미를 안다는 양 지수가 퉁명스럽게 물었다.

"지원이랑 결혼하고 회사 주식 얼마나 더 가져갈 생각이에요?"

"예?"

깜짝 놀란 하경이 얼굴을 굳혔다. 지수가 피식 웃었다.

"아버지가 경영에 어둡다고 해서 우리 집안사람들을 전부 바보 취급하지는 마세요."

기업 오너인 윤창섭은 경영진이라기보다는 실무진에 가까운 편이었다. 눈을 빛내고 있는 지수를 보자 굳이 허울 좋은 거짓말을 할 필요는 없을 듯했다. 하경이 솔직하게 대답했다.

"예, 정확히는 그룹 산하로 완전히 편입시킬 계획이세요."

사실, 손주환이 윤지원을 며느리로 맞으려는 이유는 명백했다. 주환에게는 윤 사장의 회사를 자회사 형식으로 흡수하려는 생각이 있었다. 손 사장이 90년대 중후반부터 늘 고민하던 것이 IT와의 결합이었는데, 취약한 분야에 처음부터 투자하느니 고만고만한 회사를 집어삼키는 편이 훨씬 쉬웠다.

그럴 줄 알았다는 듯 지수가 허탈하게 웃었다. 손주환 사장도 그렇지만 아들이라는 손하경도 속이 시커멓다. 머릿속으로 계산을 다 마쳐 놓고 세기의 로맨스라도 찍는 듯 윤지원을 구워삶았으니 말이다.

"회사가 해체되는 건 아니겠죠?"

"네. 사명도 유지할 거고요. 자회사 격으로."

그러니 걱정하지 말라는 듯 하경이 빙그레 웃어 보였다. 물론 그 정도로 넘어갈 윤지수가 아니었다.

"은찬에서 경영에 관여하면 조금만 수틀려도 멋대로 임직원 해고하고 팀 해체하고…… 그럴 거죠?"

"글쎄요……."

그럴 리 없다는 입바른 말조차 하지 않는 그가 지수는 불편했다. 그래도 어쩌랴. 이미 혼담은 긍정적으로 진행 중이었고, 경영이 특기가 아닌 아버지는 막내가 대기업 안주인이 된다는 사실에 충분히 기뻐하고 있었다. 사명이 유지가 된다는 사실 하나만으로도 아버지는 만족할 테고. 회사 걱정은 자신 혼자뿐인 것 같아 지수가 한숨을 내쉬었다.

"우리 회사가 그렇게 가능성이 있나? 은찬도 R&D팀 빵빵하잖아요."

"스마트…… 하고는 조금 거리가 있죠."

"하긴, 은찬이 전자 쪽은 쥐약이네요."

조소 섞인 말을 하며 윤지수는 마지막 남은 자존심을 세워 보았다. 부질없는 짓이기는 했다. 손하경은 끄떡도 하지 않았으니까. 아무렇지 않은 그의 모습에 지수가 어깨를 축 늘어뜨렸다.

"아버지 회사, 솔직히 말하면 아까워요. 내가 물려받고 싶었거든요. 그래서 전자과도 나왔고."

"대단하시네요."

영혼 없는 칭찬이 이어졌다. 지수는 여전히 하경을 못마땅하게 쳐다보았다. 머리 아프고 복잡한 회사 이야기는 여기서 끝이었다. 다른 중요한 사안이 있었다.

"근데 우리 과에 또라이 하나 있었거든요?"

갑자기 화제가 바뀌자 하경의 표정이 달라졌다. 그의 의아한 눈빛에 지수는 웃음이 나올 것 같았다. 바로 비웃음이. 지수가 눈을 가늘게 뜨고 싱긋 웃으며 말을 이었다.

"그 또라이랑 친구라던데."

"제가요? 누구랑?"

"GG, 임준서."

"아."

하경은 지수가 하려는 말의 의미를 단번에 이해했다. 그의 당황한 얼굴을 보자 지수는 이번 공격이 제대로 먹혔음을 깨닫고 신이 났다. 그녀의 목소리가 높아졌다.

"사고 많이 쳤겠어요? 임준서랑 친구라면."

"준서…… 가 조금 그렇죠."

"아하, 그쪽은 안 그런가 봐요?"

하경이 낭패를 본 듯 눈가를 찡그렸다. 지수는 웃음이 비집고 나오려는 것을 겨우 참았다. 그러게 친구를 가려 가면서 사귀고, 건실하게 살아야 하는 법이다. 그런 면에서 보면 윤지원이 손하경에게 너무나도 아까웠다. 언니의 입장을 배제하고서도 말이다.

"내 동생, 별로 연애도 못 해 본 앤데 나중에 억울하겠다. 그렇죠?"

윤지수의 공격에 손하경은 찍소리도 하지 못했다. 결혼 이후에 제 버릇 못 버리고 사고라도 치면 가만두지 않겠다는 말을, 지수는 완곡하게 하고 있었다. 하경이 어색하게나마 미소를 지어 보일 참이었다.

"무슨 이야기 해?"

구세주처럼 지원이 나타났다. 언니 앞에서도 지원은 스스럼없이 하경의 팔을 꼭 껴안았다. 코웃음을 치면서 지수가 지원의 팔을 내려다보았다. 동생은 결혼을 계획하며 꿈에 부풀어 있을 시기니 굳이 찬물을 끼얹고 싶지는 않았다.

"그냥 이런저런 재미있는 이야기?"

이런저런 재미있는 이야기를 한 것 치고 분위기가 썩 좋지는 않은 것 같다. 씩 웃는 언니가 왠지 불길했다. 지원이 미간을 좁혔다.

"언니, 설마 내 흉본 건 아니지?"

하지만 대답 대신 메롱, 혀만 쏙 내밀고 지수는 베란다에서 나가 버렸다. 언니의 뒤에 대고 지원이 투덜거렸다.

"맨날 저런다니까!"

분노 섞인 지원의 한탄을 잠재워 준 사람은 하경이었다. 그가 그녀의 등을 토닥거렸다. 여름밤은 서울이나 플로리다나 별로 다를 게 없었다. 더운 기운이 식은 바람을 맞으며 머릿속을 정리한 하경이 힘없이 말했다.

"언니 성격이 장난 아니네."

회사에 관한 이야기를 윤지수와 하게 될 거라고는 상상도 하지 못했던 터라 하경은 내심 놀랐다. 어른들끼리만 말이 오갈 거라고 예상했었기에 더욱 그랬다. 한편, 지원은 하경과 지수 사이에 무슨 이야기가 오갔는지 몰라서 별생각 없이 설명했다.

"엄마가 딸만 둘 낳았다고 할머니한테 엄청 구박받았거든. 언니가 아들 노릇해 주겠다고 그래서 좀 성질이 괴팍해."

지원의 설명을 듣자 그제야 하경은 지수의 언행을 이해할 수 있었다. 아버지 회사를 물려받고 싶어 하던 것도, 동생의 남자에게 보이는 기묘한 적대감도 다 그런 책임감에서 비롯된 것이리라. 그가 끄덕거릴 찰나였다.

"거기에 유단자야. 합기도."

지원이 양손을 주먹 쥐어 보였다. 하경이 문가를 슬쩍 곁눈질했다. 지수가 나가고 문은 이미 굳게 닫혀 있었다. 그가 한숨을 섞어 말했다.

"뼈도 못 추릴 짓은 하지 말아야겠네."

"그게 뭔데?"

그녀가 순진한 눈빛을 내보였으나 그는 대답 대신 어깨만 으쓱했다. 물론 뼈도 못 추릴 일은 일어나지 않을 예정이지만 말이다.

*　　*　　*

아침부터 윤지원은 분주했다. 항상 착용하는 루비 목걸이와 다이아몬드 반지를 끼운 뒤에 지원은 자그만 가방을 들고 드레스 룸을 나왔다. 계단을 내려오면서 그녀가 제일 먼저 한 일은 하경에게 전화를 거는 것이었다.

"오빠, 뭐해?"

─뭐하긴? 네 오빠 일한다.

지친 듯한 연인의 목소리에 지원이 키득거렸다. 역시나 하경은 집에서 늘어져 있는 지원과 달리 아침 일찍 출근했다. 이래서 남자들이 불쌍하기도 하고.

"많이 바빠?"

―숨을 쉬고 있는 건지도 모르겠어. 왜?

지원은 벌써 현관에서 구두를 신고 있는 엄마를 보고 걸음을 재촉했다. 엄마는 화가 난 듯 허리에 손을 얹고 지원을 흘겨보고 있었다. 헐레벌떡 샌들을 신으며 그녀가 계속 말했다.

"나 지금 엄마랑 예물 보러 갈 거거든? 플래너가 몇 세트 뽑아 주기는 했는데 엄마가 직접 보고 싶대서."

―그래?

"엄마 말고 오빠랑 가고 싶었는데."

그녀가 본심을 속삭이자 그가 낮은 목소리로 웃었다. 몸이 딱 하나만 더 있었다면 그녀의 곁에 있었겠지만, 안타깝게도 손하경은 오전 회의에 참석해야 했다.

현관을 나선 그녀가 정원을 가로지르면서 엄마 눈치를 살폈다. 다행히 엄마는 막내딸이 전화를 하든 말든 관심이 없었다. 엄마는 그저 플래너가 보내 준 카탈로그를 다시 살피느라 바빴다.

"이따 시간 봐서 점심때 오빠 회사 앞으로 갈까? 점심 먹고 고른 세트 사진도 보여 줄 겸."

―으음…… 그래. 오면서 미리 연락 줘. 일단 점심 스케줄은 비워 둘게.

어째서일까? 그의 말이 다급하게 느껴졌다. 느긋한 자신과 다르게 그는 무척 바쁜 모양이었다. 그녀는 정신없는 와중에도 통화에 응해 주는 그가 고마웠다.

"응. 오빠 많이 바쁜가 보다."

—회의가 급하게 잡혀서 그래. 왜?

"아니야. 그럼 이따가 전화할게. 끊어."

전화를 끊고 나서도 그녀는 한참 동안 휴대폰을 귀에서 떼지 못했다. 얼마 전까지는 이어질 리가 없다 믿었던 인연이 이렇게 연결되어 있다는 사실이 감격스러웠다. 물론, 멍하니 있는 막내를 가만히 내버려 둘 민화가 아니었다.

"얘! 얼른 타!"

그제야 지원은 휴대폰을 가방에 넣고 자동차 뒷좌석에 올랐다.

"뭘 구구절절 다 보고하고 있어?"

통화를 엿듣지 않는 척하더니, 그래도 은근히 신경이 쓰였나 보다. 민화의 타박에 지원이 입술만 삐죽였다.

"보고라니! 그냥 얘기한 거야."

투덜거리는 막내딸에게 민화가 조언했다.

"얘, 남자는 원래 초장에 기를 딱 잡아야 돼. 괜히 주눅 들지 말고 좀 뻔뻔하게 나가."

"헐……."

언제는 조심하라더니 결혼이 거의 확정이라고 본색을 드러낸다. 지원은 엄마를 질린 듯이 쳐다보았다. 민화가 어깨와 목에 힘을 주고 어리바리한 막내를 걱정스럽게 응시했다. 이러다 신랑하고 시아버지한테 휘둘리며 살 것 같아 걱정이었다.

"우리가 기운다고 엄청 신경 쓰던 사람이 누군데!"

"어머, 서로 다 이득이 되니까 결혼을 하는 거지. 그쪽도 얻을 것 없으면 너랑 결혼 안 시키잖아."

지원은 할 말을 잃어버렸지만 그러거나 말거나 민화는 당당했다. 사위 될 손하경이 윤지원에게 푹 빠져 있다는 사실을 눈치챈 이후로 민화는 지고 들어가기가 싫어졌다. 손하경은 윤지원을 위해서 정략혼마저 깨뜨리려던 남자였다. 웬만한 일로는 막내딸에게 해가 가지 않을 것이다.

거물급 손님이다 보니, 직원들은 프라이빗 룸으로 민화와 지원을 안내했다. 심드렁한 윤지원과 다르게 민화는 날카로운 눈빛으로 번쩍거리는 보석을 살피고 있었다. 민화의 옆에서 제품 설명을 맡은 직원은 실장급 베테랑이었다.

"어머니, 이쪽 세트 보시겠어요? 유럽 왕실에서 결혼 예물 후보까지 올랐던 세트예요. 신부님도 마음에 드실 거예요."

……라며 실장이 지원에게 시선을 주었으나 윤지원은 시큰둥했다. 옆에 엄마가 아니라 하경이 있었다면 태도가 달랐겠지만 말이다. 머리를 긁적이면서 끄덕끄덕 의미 없이 고개만 주억거리는 막내를 민화가 못마땅하게 쏘아보았다.

"좀 얌전히 봐 봐, 윤지원. 네 예물이잖아. 네 취향껏 맞춰야지."

"다 예쁜데 뭐. 핑크 다이아몬드도 예쁘네."

처음에는 지원도 눈을 빛내며 주얼리 구경에 나섰으나, 벌써 열다섯 세트쯤 살펴보고 설명도 들은 터라 지겨웠다. 마음 같아서는 아무거나 눈에 띄는 세트로 부탁하고 나가 버리고 싶었지만 엄마의 보복이 두려워서 그럴 수도 없었다.

"얘가 이래요."

막내딸의 지루한 태도에 난처한 듯 민화가 한숨을 푹 내쉬었다. 신랑 쪽 안주인이 없으니 장녀 결혼 때보다 어깨가 무거웠다. 만약 장녀의 결혼을 겪지 않았더라면 민화는 혼돈에 빠졌을 것이다.

"약혼식을 따로 하는 건 아니지만, 약혼반지를 빼면 안 되죠. 이렇게 결혼반지랑 세트가 되고요."

실장은 신부 당사자가 아닌 신부 어머니를 공략하기로 마음먹었다. 실장이 유명한 세트를 보여 주면서 작은 상자에 담긴 소박한 반지를 곁들였으나 지원이 고개를 저었다. 생긴 것은 소박해도 가격은 절대 소박하지 않은 제품이었다.

"약혼반지는 됐어요."

"어머, 그러시구나."

웬일로 신부가 제 의견을 내자 실장이 깜짝 놀라며 고개를 돌렸다. 엄마도 눈을 동그랗게 뜨고 물었다.

"뭐가 돼?"

"미국에서 오빠가 반지 사 줬어."

지원이 왼손을 자랑스럽게 들어 보였다. 어린 애들 장난감 같은 반지를 보자 민화는 복잡한 감정이 치솟았다. 서로의 정체를 모르고 나눈 반지는 참 순수해 보였지만, 안타깝게도 민화는 순수와는 거리가 먼 사람이었다.

"얘 그건 그냥…… 어휴! 말을 말자! 약혼반지도 다 포함해 주세요."

신부 어머니의 고마운 대답에 실장은 마음속으로 환호했다.

"그리고 평소에 착용하실 웨딩밴드는 어떻게 하시겠어요? 저희 쪽이 파인 주얼리도 취급하는데, 확인해 보시겠어요?"

"아뇨, 그건 나중에 선택할게요."

매일 끼고 있을 반지. 지원은 이것만큼은 자신의 뜻대로 하고 싶었다.

"왜? 온 김에 보지?"

"오빠가 사 준 반지로 그냥 할지, 다른 걸 새로 할지는 오빠랑 상의할래. 엄마는 신경 쓰지 마세요."

민화는 평소보다 단호한 막내딸의 말에 어쩔 수 없이 수긍하고 말았다. 한 번뿐인 결혼인데 둘만의 예물을 엄마와 고르고 있으려니 지원은 기운이 빠졌다. 그래도 어쩔 수는 없었다. 하경은 중요한 위치에 있는 사람이고, 짧은 전화 통화에서도 바빠 보였으니 자신이 이해해 줘야 했다.

결국 윤지원의 결혼 예물은 어느 유럽 왕실에서 후보로 고민했던 그 세트가 되었다. 예쁘긴 한데 어딘가에 착용하기 나가기는 부담스러울 만큼 번쩍번쩍해서 왠지 모셔 두기만 할 것 같았다. 예약을 걸어 두고 실장이 건네는 커피를 마시며 민화가 막 한시름 놓을 때였다.

"엄마, 결혼할 때 원래 다 받은 만큼 돌려주고 그래야하는 거 아냐?"

"그렇지."

"근데 이래도 되는 거야? 아빠 파산하는 거 아니에요?"

막내딸의 황당한 질문에 민화는 말문이 막혔다. 엄마의 한심하다는 듯한 시선에 주눅 든 지원이 뺨을 붉적였다.

"……손 사장이 잘도 파산하게 내버려 두겠다. 응?"

"아님 말고."

지원의 눈동자가 슬그머니 구석으로 돌아갔다. 그동안 민화는 엉뚱하기 그지없는 상상만 하는 막내가 답답해서 걱정이었다. 불 같은 사랑에 푹 빠져서 현실을 등진다거나, 정략결혼은 하기 싫다고 비행기를 타는 막내였다. 하지만 그런 성격 덕분에 깜찍한 인연을 만났으니 전화위복인 것 같기도 하니, 역시 인생사는 알다가도 모를 일이었다.

"그 집 아들 하나뿐이야. 하나뿐인 아들 결혼하는데 무슨 짓을 못 하겠어?"

"무슨 짓이라니……."

애먼 상상을 하는 지원의 얼굴이 일그러졌다. 민화는 향긋한 커피를 한 모금 마실 뿐이었다. 테이블에 팔을 올리고 턱을 괸 지원이 조심스레 물었다.

"너무 우리 마음대로 계획하는 거 아닌가 좀 그래서요. 손 사장님은 아무 관심 없나?"

민화가 커피 잔을 내려놓고 고개를 끄덕였다. 신기한 일이지만 하나뿐인 아들의 결혼인데도 주환이 내건 조건은 9월 즈음 식을 올리는 것, 하나뿐이었다. 그 때문에 두 달 동안 모든 일정을 소화하려니 민화는 눈코 뜰 새가 없었다.

"남자들은 원래 별로 관심 없어. 맞다. 너 드레스는 이번 주 금요일에 엄마랑, 언니랑 같이 보러 가면 돼. 웨딩 촬영할 드레스."

"네……."

결혼 예물보다 드레스 시착이 더욱 귀찮은 일정이었다. 드레스는 강하게 조인 속옷을 착용하고 하루 종일 이 옷, 저 옷을 입어 봐야 하기 때문이었다. 대부분 침대 위에서 늘어진 채 시간을 보냈던 지원은 바쁜 시간이 달갑지만은 않았다. 이게 만약 자신의 결혼 준비가 아니었다면 벌써 때려치웠을 것이다.

커피를 다 마신 민화가 가방을 들면서 입을 열었다.

"나온 김에 맛있는 거 먹고 들어가자."

"아, 엄마. 나 오빠랑 점심 먹고 들어갈게."

이 시간만을 기다렸다. 작은 가방을 어깨에 멘 지원이 손을 내젓기 무섭게 민화가 눈가를 찡그렸다.

"애! 그럼 난 어떡하라고?"

"엄마도 아빠한테 가 보세요. 그럼 되잖아."

"어머머, 이젠 엄마도 필요 없다 이거니?"

자식 된 입장에서 어찌 그런 말을 직접 할 수 있을까? 대답 대신 지원이 씨익 웃으며 손을 흔들고 도망치듯 건물을 빠져나갔다. 황당한 민화의 시선이 한참 등 뒤에서 느껴지다가 사라졌다.

회사 앞으로 가면서 하경에게 전화를 몇 번이고 해 보았지만 연락이 되지 않았다. 미리 연락을 달라더니 정작 전화를 안 받는다. 코끝을 찡그린 지원은 결국 메시지만 남겼다.

[회사 앞ㅠㅠ]

정장 차림의 직장인들이 지나다니는 곳에서 티셔츠에 짧은 청바지 차림인 윤지원은 유난히 눈에 띄었다. 이럴 줄 알았으면 얌전한 원피스라도 입고 올 것을! 지원은 매번 하는 후회를 오늘도 했다. 그녀는 가방 끈을 잡고 꼼지락거렸다.

'점심시간인데!'

엘리베이터에서 직원들이 우르르 빠져나오고 있었다. 그는 왜 연락이 되지 않는 걸까? 초조한 마음으로 지원은 건물 벽에 기대었다. 출입문을 나서는 사람들이 지원을 의아하게 훑어보았다. 창피해진 지원은 시선을 의식하지 않는 척, 괜스레 휴대폰만 들여다보며 만졌다.

'왜 전화 안 되지?'

그녀가 입술을 삐죽거리며 메시지를 몇 통 더 보냈다.

[배고파서 죽을 거야.]

[흑흑흑흑…….]

[전화 주세요ㅠ]

물론 답장은 없었다. 지원이 속으로 투덜거릴 무렵이었다. 건물 안쪽에서 익숙한 목소리가 들렸다.

"예, 그러면 보고는 다음 주쯤 받도록 하죠."

지원의 머리가 그쪽으로 홱 돌아갔다. 칼 같은 정장 차림의 하경이 비슷한 또래의 남자와 엘리베이터에서 걸어 나오고 있었다. 지원의 눈이 휘둥그레 뜨였다. 연락은 되지 않는데 본인이 나타났다!

"특별한 지시 없으면 그렇게 알겠습니다."

낯선 남자의 말과 함께 하경이 고개를 끄덕였다. 그를 가만히 지켜보고 있던 지원은 이상한 낌새를 느꼈다. 1층 로비에 있던 사람들이 태연한 척을 하면서 손하경의 눈치를 살피고 있었다. 남녀 할 것 없이 손하경의 눈치를 보는 상황이 역설적으로 그의 위치를 드러내고 있었다. 게다가 직원들이 임원을 실제로 볼 만한 기회도 별로 없었다.

지원은 유리에 비친 자신의 차림을 쓱 훑고 눈을 꼭 감았다. 멀쩡하게 입고 올 것을! 심지어 화장도 안 하고 대충 선크림만 발랐다.

'안 되겠다.'

적어도 하경의 옆에 있는 남자가 자리를 뜰 때까지는 숨어 있어야겠다. 편한 차림으로 온 여자가 손하경의 약혼녀라는 사실이 소문이라도 나면 그가 부하 직원들에게 웃음거리가 될지도 몰랐다. 주변을 슬쩍 둘러보고 나서 지원은 큼직한 기둥 뒤로 살금살금 들어가 숨었다.

'다음부터는 빡세게 꾸미고 와야지.'

지원이 고개를 숙이고 티셔츠 끝자락을 매만질 때였다. 왠지 주변이 어두워진다 싶더니 시야에 남자 구두가 쏙 들어왔다. 어째 익숙하다 싶은 구두를 본 그녀가 떨떠름하게 고개를 들고는 식겁했다.

"히익!"

"왜 여기 이러고 있어?"

오래 기다렸던 사람이 나타나기는 했는데 문제는 윤지원에게 다른 사람들의 시선이 쏠리는 것이었다. 지원은 한 손으로 입가를 가리고 그를 올려다보았다.

"어, 어떻게 알았어?"

그녀는 숨어 있는 자신을 찾아낸 그가 대단하다 싶었다. 그가 씩 웃으며 솔직하게 대답했다.

"네가 기둥 뒤로 들어가는 거 봤어. 왜 나한테 안 오고 여기 숨었어?"

"옷 봐. 완전 창피해서…… 다음에는 정장 입고 와야 할까 봐."

뒤늦게 하경은 지원의 옷차림을 확인하고 나직하게 웃었다. 확실히 회사와 어울리는 차림은 아니었지만, 그는 그녀의 존재만으로도 충분했다.

"괜찮아. 누더기를 걸쳐도 예쁠 테니까."

"그건 오빠한테나 그렇겠지."

뾰로통하게 받아치기는 했어도 지원은 내심 기분이 좋았다. 제 감정을 숨기지 못하는 그녀답게 벌써 입가가 살짝 풀어졌다.

하경이 그녀의 머리를 귀 뒤로 다정하게 넘겨 주었다. 두 사람을 향한 호기심 어린 시선이 로비에 가득했다. 이렇게 된 이상, 그녀는 얼굴 팔리는 일을 감수해야만 했다.

"맞다. 오빠, 왜 전화가 안 돼?"

"전화?"

지원의 물음에 하경이 재킷과 바지 주머니를 매만지더니 낭패를 본 듯 눈가를 일그러뜨렸다.

"두고 왔다."

하필이면 오늘 휴대폰을 두고 다닐 게 뭐람? 지원이 하경을 흘겨보았다. 그가 수습하기 위해 미소를 지으며 곧바로 사과했다.

"미안해. 그래도 회의하고 바로 내려온 거야. 너 와 있을까 봐."

휴대폰과 달리 제대로 챙긴 차 키를 주머니에서 꺼내며 그가 화제를 돌렸다.

"예물은 잘 봤어?"

"응. 유럽 왕실에서 후보로 봤다는 걸로 골랐어."

"유럽 왕실……."

"궁금하지?"

지원이 덧붙였으나 하경은 고개만 한 번 끄덕일 뿐이었다. 어째 별로 궁금해하지 않는 것 같다. 그의 싱거운 반응이 아쉬워서 그녀는 일부러 휴대폰에서 사진을 찾아 보여 주었다.

"어때?"

"으음…… 그래, 예쁘네. 잘 어울리겠어."

"오빠랑 같이 가서 봤어야 하는 건데. 지루하고 재미도 없었어. 엄마는 자꾸 더 보라고 하고…….."

미간을 좁힌 그녀를 곁눈질한 그가 희미한 미소를 슬쩍 비쳤다. 웃어 보이기는 했어도 마음이 무거웠다. 한 번뿐인 결혼인데 바빠서 준비 과정을 함께하지 못한다는 것이 미안했다.

"오늘 내가 같이 갔어야 하는 건데."

"응? 괜찮아. 조금 서운하긴 하지만 오빠도 바쁘니까 어쩔 수 없지."

개의치 않는다는 듯 대답한 지원이 휴대폰 화면을 끄고 가방에 넣었다. 이해해 주려 노력하는 지원이 고마워서 하경은 그녀의 머리를 쓸어 주었다. 금전이 빈자리를 전부 메울 수는 없겠지만 조금이나마 그녀가 덜 서운했으면 좋겠다는 생각이 들었다.

"비싼 걸로 하지 그랬어?"

"그럴 줄 알고 비싼 걸로 했지."

그녀가 개구쟁이처럼 눈을 빛냈다. 애교 섞인 표정이 그의 무거운 마음을 덜어 주었다.

"마음에 들기는 하고?"

"응. 사실 예쁘긴 하잖아?"

지원이 배시시 웃었다. 예쁘다는 보석보다도 그녀의 미소가 하경의 눈에는 더욱 예쁘고 밝게 빛나 보였다.

주차장으로 가기 위해 그를 따라 걸으며 그녀가 말을 이었다.

"약혼반지도 했어. 안 하려고 했는데."

"왜 안 하려고 했어?"

"이거 해서."

지원이 왼손 약지를 들어 보였다. 하경의 손에도 끼워져 있는 반지였다. 윤지원은 이 반지를 결혼반지로 삼고 싶다고 말했었다. 안타깝게도 그 반지에 담긴 애절한 감정을 모르는 어른들 눈에는 차지 않는 듯했지만 말이다.

"참! 웨딩밴드는 오빠랑 같이 상의한다고 했어."

"나랑?"

같이 고르러 가야 하나? 하경이 머릿속으로 일정을 떠올렸다. 워낙 정신없이 바빠서 평일에는 오늘처럼 점심시간 정도나 날 것이다. 그러나 예물도 같이 보지 못했는데 웨딩밴드 정도는 함께 골라 주고 싶었다. 역시 일요일밖에 시간이 나지 않겠다 싶을 무렵이었다. 그녀가 조심스럽게 말했다.

"근데 따로 사지 말고 그냥 이걸로 하면 안 될까?"

두 사람의 추억이 담긴 반지를 지원은 꼭 사용하고 싶었다. 하경이 그녀를 물끄러미 내려다보았다. 햇살처럼 밝은 여자에게 그 반지로 만족하겠느냐는 질문은 필요가 없었다. 기대 가득한 그녀의 눈빛은 단호했으니까.

"그래, 알았어."

그녀가 좋다면 그걸로 충분했다.

허락이 떨어지기 무섭게 지원이 안도의 한숨을 내쉬었다. 어른들처럼 하경 역시 반대할까 봐 걱정한 탓이었다. 신이 난 그녀가 그에게 팔짱을 꼈다.

"우리 뭐 먹으러 가?"

"먹고 싶은 거 있어?"

선택권이 넘어오자 지원이 힐끔 그의 눈치를 보다가 천천히 운을 떼었다.

"있긴 한데……."

사실, 며칠 전부터 계속 먹고 싶은 음식이 있었다. 먹어도 괜찮을까 싶어서 지원이 조심스레 물었다.

"오빠 사무실, 개인 사무실이지?"

상관없는 물음에 그가 대답 대신 고개를 끄덕였다. 잘됐다는 듯 그녀가 밝은 표정을 지었다.

"그럼 거기서 햄버거 먹어도 돼?"

"빅맥?"

손하경은 윤지원의 취향을 잘 알고 있었다. 상상만으로도 입맛이 돌아서 지원의 얼굴이 환해졌다.

"웅! 나 진짜 드레스 때문에 다이어트 중이라서 미치겠어. 그냥 포토샵 해 주면 안 되나……."

"다이어트를 한다고? 왜?"

"사진발 잘 받으려면 엄청 말라야 한대. 이게 말이 돼?"

결혼이 결정된 이후로 지원은 죽음의 다이어트를 해야만 했다. 살면서 한 번도 살이 쪘다는 생각을 해 본 적 없는 그녀는 다이어트가 생소해서 힘들었다.

"맞다. 나 빅맥 먹은 거 비밀로 해야 돼. 알았지?"

손목도, 발목도 심지어 허리까지 한 줌인 그녀에게 왜 다이어트가 필요한지 하경은 이해하지 못했지만 어쩔 수 없었다. 그가 해 줄 수 있는 일이라고는 이렇게 그녀의 일탈을 도와주는 정도에 그쳤다.

햄버거 세트를 사고 돌아오니 시간이 20분가량 흘러 있었다. 지원은 널찍한 사무실을 쭉 둘러보고는 감탄을 뱉었다.

"우와…… 장난 아닌데? 여길 혼자 쓴다고?"

하경은 대답 대신 테이블 위에 종이봉투를 내려놓았다. 넓은 사무실은 손님 접대용 소파와 테이블, 업무용 원목 책상, 그의 위치를 드러내는 고급스러운 의자와 크고 높은 책꽂이까지 적절하게 배치되어 있었다. 유리가 놓여서 더욱 위생적으로 보이는 테이블을 쓱 훑은 지원은 이내 고개를 들고 의자 뒤편, 통유리창을 쳐다보았다. 블라인드 사이로 햇빛이 새어 들어오고 있었다.

솔직히 말하면, 회사 오너인 아버지의 사무실도 이 정도는 아니었다. 그녀가 천장에 붙은 시스템 에어컨을 올려다보자 그가 기다렸다는 듯 물었다.

"추워?"

"아니!"

여름에 추운 것도 사치였다. 지원은 사치를 즐기기로 마음먹었다. 몸에 착 감기는 가죽 소파에 드러눕다시피 편히 앉은 그녀가 조잘거렸다.

"밖에 비서 언니도 짱 예쁜데. 여기가 천국이네."

"불편하면 비서 바꿀까?"

하경의 말에 지원은 깜짝 놀랐다. 아무 생각 없이 뱉은 말일 뿐이었다. 점심시간임에도 한 사람은 자리를 지켜야 하는 비서는 사무적인 표정으로 상사를 맞이했다. 심지어 지원을 보고도 놀란 기색 하나 없었던 프로페셔널한 사람이었다.

"왜? 괜찮아."

그리고 무엇보다 윤지원은 자신이 있었다. 손하경이 다른 여자의 유혹에 넘어가지 않으리라는 자신. 하경은 자신만만한 지원의 얼굴에 실없이 웃고 말았다. 소파 등받이에 폭 기댄 지원은 책장 옆에 있는 문을 가리켰다.

"저쪽 문은 뭐야?"

"아, 저기 침대 있어."

그의 대답이 떨어지기 무섭게 그녀가 벌떡 일어났다. 방금 전까지는 느긋하기 그지없던 윤지원의 행동이 빨라졌다. 그가 그녀에게 의아한 눈길을 보냈다.

"왜 그래?"

하경의 질문을 무시하고 후다닥 문을 열어 본 지원이 기겁했다. 정말 침대가 있었다. 싱글 사이즈라기엔 넓고, 더블이라기에는 살짝 좁은 침대는 빳빳한 시트로 둘러싸여 있었다. 그녀가 황당하다는 듯 물었다.

"……집에 못 들어오는 거야?"

"많이 바쁠 땐?"

"그럴 수가……."

울상이 된 그녀에게 그가 재빨리 다가갔다. 기운이 빠진 그녀는 그의 팔을 꼭 잡고 불안한 듯 눈동자를 굴렸다. 이거 설마…….

"오빠, 신혼 때부터 우리 막…… 주말부부 되는 건 아니겠지?"

"걱정 말고 밥부터 먹어. 절대 그럴 일 없으니까."

그건 손하경이 용납할 수 없는 일이었다. 어떻게 윤지원과 결혼을 하게 됐는데, 신혼 때부터 주말부부라니? 무슨 일이 있어도 퇴근만큼은 꼭 지키리라, 그는 단단히 마음을 먹었다.

하경의 말에 겨우 안심한 지원이 다시 소파로 돌아왔다. 그럼에도 불안은 쉬이 가시지 않았다. 그가 바쁘다는 건 어느 정도 이해하고 있었지만 사무실에 침실이 따로 마련되어 있을 정도로 바쁠 줄은 몰랐다. 지원은 우울해졌다. 리조트에서 시간을 보냈던 대로 하루 종일 붙어 있을 수 있다는 건 순진한 착각에 불과했다.

하지만 윤지원의 우울함은 햄버거 포장지를 펴는 순간 사라졌다. 그동안 먹고 싶었던 햄버거를 한 입 베어 물자 그녀의 표정이 온순해졌다. 여유를 되찾은 그녀가 사무실 안을 또 둘러보고 감상을 말했다.

"이런 사무실이면 일할 맛은 나겠다."

대기업 임원 사무실은 역시 여러 사람이 파티션을 나누어서 사용하던 사무실과는 차원이 달랐다. 윤지원은 다른 사서들과 부대끼면서 사무실 생활을 했었다. 그다지 불만스럽지는 않았다. 때로는 재미있기도 했고, 이용자에게서 케이크 같은 선물이 들어오면 나누어 먹는 맛도 있긴 했으니까.

"여기서 한 달만 일해 봐. 똑같지."

하지만 하경은 부정적이었다. 지원이 눈을 동그랗게 뜨고 그를 쳐다보았다. 일하기 싫은, 서러운 직장인의 표정이긴 했다.

"그런가? 그럼 오빠한테 못 할 짓을 했네. 점심시간만이라도 탈출하게 해 줄 걸."

"알면 됐어."

하경이 한숨을 내쉬자 지원이 낄낄 웃었다. 어느 사무실이나 마음에 들지 않는 것은 마찬가지인 모양이다. 그녀 역시 감옥 같은 사무실을 벗어나는 것만이 직장인들의 낙임을 알고 있었다. 물론 오늘, 손하경은 탈출에 실패했지만 말이다.

셔츠 소매를 깔끔하게 걷은 후, 그가 음료 컵에 빨대를 꽂았다. 그녀는 햄버거를 먹다 말고 그의 팔뚝을 물끄러미 바라보았다. 그녀의 시선을 느끼고 있던 그가 덤덤하게 물었다.

"뭘 그렇게 봐?"

"오빠 팔."

"……왜?"

"완전 섹시한 것 같아서."

윤지원은 툭하면 이렇게 사람을 자극하곤 했다. 평범한 단어일 뿐인데, 이상하게 그녀의 입에서 조합되어 튀어나오면 유난히 자극적이었다. 그의 눈이 가늘어졌다.

"진짜 장난 아니야."

쓸데없이 덧붙인 지원이 개구쟁이처럼 웃으며 슬그머니 하경의 팔을 잡아 보았다. 손바닥 가득 느껴지는 탄탄한 감촉에 그녀의 입가가 절로 벌어졌다. 그가 담백하게 물었다.

"오늘 아침, 잘 먹었어?"

"응? 응. 아침은 제대로 먹어. 저녁을 못 먹어서 그렇……."

"그래, 점심은 천천히 먹자."

담백한 질문은 연막이었다. 하경이 지원의 손을 잡아 소파에서 일으켰다. 마치 이렇게 될 줄 몰랐다는 양, 그녀가 당황스러운 눈빛을 내보였다.

"뭐? 잠깐……."

……같은 말은 손하경에게 통하지 않았다. 하경에게 질질 끌려 도착한 곳은 아까 지원이 절망했던 침실이었다. 이럴 때는 침대가 반갑긴 하다. 폭신한 침대 위에 앉은 그녀가 눈동자를 굴렸다.

"오빠, 회사에서 이래도 되는 거야?"

"무슨 상관이야?"

자신을 향한 연인의 시선이 뜨거웠다. 분명 사무실 공기는 서늘한데, 몸이 화끈 달아올랐다. 지원의 걱정은 단 하나, 바깥에 비서들이 있다는 것 정도였다. 사무실이라고 해서 연인과 함께 뒹굴지 못하는 것은 아니었다. 여기는 '개인' 사무실이었으니까!

"막…… 들어오고 그러진 않겠지?"

"괜찮아. 그런 매너 없는 비서들 아니야."

"매너…….."

어느 쪽이 매너가 없는지 잘 모르겠다. 지원이 마음에 걸리는 단어를 중얼거렸다. 이미 재킷은 벗었으니 목을 꽉 조이고 있는 넥타이를 풀 차례였다. 하경이 막 넥타이를 잡아 풀 참이었다. 지원이 다급하게 그를 멈춰 세웠다.

"잠깐만! 오빠, 가만히 있어 봐."

그가 멈추자마자 무릎걸음으로 다가온 그녀가 넥타이를 확 낚아챘다. 그녀의 얼굴이 살짝 붉어졌다.

"대박…… 나 이거 한번 해 보고 싶었는데. 넥타이 푸는 거!"

"마음대로 하세요."

윤지원의 판타지를 충족해 주기 위해 하경은 손을 침대 위에 얌전히 내려놓고 털썩 앉았다. 이때다 싶어서 그녀는 그의 허벅지 위에 올라가서 떨리는 손으로 넥타이를 풀어 보았다. 넥타이 풀리는 소리가 야릇했다.

"어떡해! 풀었어!"

이 상황에서 아이처럼 좋아 날뛰는 연인을 하경이 복잡한 눈빛으로 응시했다. 마음 같아서는 그녀를 바로 눕혀 버리고 싶지만 그는 자제할 줄 알았다.

"단추도 풀어 봐."

그의 지시에 고개를 끄덕인 그녀가 마른침을 삼켰다. 셔츠 단추를 풀기 위해 그녀의 손이 꼼지락거렸다. 그런데 어째서일까? 손이 자꾸 미끄러졌다. 자신의 손에 곧게 박힌 그의 시선이 따가워서 그런 듯했다. 아니, 새 옷이라 아직 길이 덜 든 것일 수도 있겠다.

겨우 두 개를 풀어낸 지원이 입술을 삐죽이며 물었다.

"잘…… 잘 안 풀려. 이거 새 거지?"

하경이 웃음을 흘리며 그녀의 입술에 키스했다. 키스를 워낙 잘하는 남자라 그녀의 머릿속은 단숨에 비어졌다. 이제 그의 셔츠가 새 옷이든 헌 옷이든 상관없게 되었다. 키스는 점점 진해지고, 앉아 있던 그녀는 어느새 침대 위에 눕혀졌다.

"오빠."

"응?"

그의 팔 안에 가두어진 그녀가 히죽 웃으며 손을 들어 그의 뺨을 쓸어 주었다. 뜨거운 열기가 맞닿은 피부를 통해 느껴졌다. 그가 고개를 살짝 돌려 그녀의 손바닥에 입을 맞추었다. 간질간질한 감각이 이어졌다.

"여기서 하면, 오빠 야근할 때 큰일 나겠다."

"왜?"

"이거 자꾸 생각나서 일 못 하는 거 아냐?"

목 주위가 깊게 파인 여름용 티셔츠를 살짝 끌어내린 그녀가 짓궂게 웃었다. 속옷에 감싸인 봉긋한 가슴 위쪽이 살짝 드러났다. 간단한 행동이었는데 효과는 엄청났다. 얼굴을 바짝 굳힌 그는 할 말을 잃은 듯했다. 그가 말없이 셔츠 단추를 툭툭 풀어냈다.

"뭐야? 새 거 아니었어?"

손쉽게 풀어지는 단추를 지원은 망연하게 쳐다보았다. 안타깝게도 그녀의 목소리는 그의 귓가에 들리지 않았다.

근육이 꽉 짜인 몸을 홀린 듯 바라보던 그녀가 저도 모르게 군침을 삼켰다. 남자들이 글래머에게 혼이 나가듯, 윤지원도 손하경의 조각 같은 몸매에 정신을 잃을 지경이었다.

"오빠."

그는 대답하지 않았다. 이번에는 또 그녀가 무슨 말로 자극할까 두렵기까지 했다. 그의 대답은 필요 없었다는 듯, 그녀가 말을 계속했다.

"어떡하지?"

난처한 목소리와 다르게 그녀의 얼굴은 새빨갛게 익어 있었다. 그는 이번에도 대답하지 않고 그녀의 셔츠를 위로 확 걷었다. 가벼운 재질의 속옷으로 감싸인 가슴이 그의 시선을 붙잡았다. 그녀가 그의 어깨를 꼭 쥐자 다시 정신을 차린 그가 그녀의 바지 버클을 풀어 주었다. 그런데 평소와 다르게 그녀는 다리를 오므리고 있었다.

하경의 의아한 눈빛에 지원이 뾰로통한 표정을 지으며 고백했다.

"오빠 몸매가 너무 좋아서……."

"그래서?"

그녀의 말을 재촉하는 그의 목소리가 반쯤 낮아져 있었다. 그녀가 입술을 오물거리다가 새빨개진 얼굴로 말했다.

"확 젖어 버렸어."

눈가가 촉촉해진 지원과 다르게 하경은 빙그레 웃어 주었다. 그 미소가 어쩌 위험해 보여서 그녀가 어깨를 움츠렸다. 사실, 이미 손하경 이성은 안드로메다로 날아간 지 오래였다.

"잘됐네."

"잘된 거야?"

그녀는 그가 옷을 벗기기 쉽도록 허리를 살짝 들어 주었다. 침대 위에 나뒹굴던 그녀의 옷이 바닥으로 미끄러져 떨어졌다. 그는 그녀의 혼잣말 같은 질문에 대꾸하지 않고 속옷까지 빠르게 벗겨 주었다. 사무실에서 윤지원을 안게 될 날이 올 거라고, 며칠 전까지는 상상도 못 했었는데 그날이 왔다.

'인생이란…….'

그가 노인네 같은 생각을 할 때였다. 그녀가 그의 팔을 잡아당겼다.

"오빠, 빨리해 주면 안 돼?"

끝내주는 몸매에 홀려서 몸이 달아오른 윤지원은 그저 재촉하는 눈빛만 보내고 있었다. 이미 그의 남성이 정장 바지 안에서

뻐근하게 자기주장을 하고 있었지만, 그는 짐짓 모르는 척 그녀를 애태웠다.

"……뭘?"

원망스러운 시선이 오늘따라 참 달콤했다. 하경은 지원이 바라는 일을 쉬이 해 주지 않았다. 대신 그는 허리를 굽혀서 혀로 그녀의 가슴 끝을 살짝 건드렸다. 그녀가 양손으로 입가를 가리고 눈가를 찡그렸다. 튀어나오려는 신음이 그녀의 손에 막혔다.

그가 만들어 주는 감각에 끙끙 앓는 동안, 그녀의 여성은 흥건하게 젖어 갔다. 그는 혀로 유두를 굴리면서도 손으로 가슴을 듬뿍 쥐었다. 곧 그는 가슴을 지나 단정한 쇄골을 살짝 핥았다. 얇은 피부는 감각이 더욱 예민했다. 목 근처에서 굴러다니는 목걸이 펜던트가 감각을 더욱 고조시켰다.

"오빠, 응?"

안달이 난 지원이 우는 소리를 냈다. 하지만 손하경이 정말 못된 남자인 게, 그는 작정이라도 한 듯 아래로 손을 뻗치지는 않았다. 아랫입술을 꽉 깨물고 그녀가 그를 흘겨보며 투덜거렸다.

"손 사장님 말이 맞았어. 오빠는 바보야."

연인의 귀여운 투정에 그가 양손으로 그녀의 얼굴을 감싸고 가볍게 입을 맞추어 주었다. 씩 웃고 있는 그를 보자 그가 참 얄미워졌다. 그녀가 다리를 들어서 그의 허벅지를 툭 건드렸다. 마치 이래도 가만히 있을 거냐고 복수라도 하겠다는 양.

지원의 발이 슬금슬금 움직여서 하경의 중심을 스윽 쓸었다.

그의 눈가가 살짝 일그러지자 그녀는 입술을 삐죽였다.

"쳇, 자기도 안달이면서."

"뭐?"

삐뚤어진 그녀의 말에 그가 웃음을 터뜨렸다. 그녀는 마른 입술을 축이면서 그의 바지로 거침없이 손을 뻗었다. 한계에 다다른 건 그 역시 마찬가지여서, 더 이상 그녀가 애를 태울 일은 일어나지 않았다.

방금 전의 가벼운 키스는 온데간데없이 섹스의 전 단계나 다름없는 키스가 이어졌다. 서로의 혀가 얽히는 느낌이 탐욕스러웠다. 입 안의 점막을 휘젓는 민감한 감각에 저절로 신음이 새어 나왔다.

"으응……."

확실히 손하경은 키스를 참 잘했다. 그의 혀가 입 안을 훑고 지나갈 때마다 그녀의 여성이 움찔거렸다. 키스만으로도 몸이 뜨거워진다. 그녀의 신음을 기다렸는지 그가 드디어 손을 내려 주었다. 한참 가지고 놀던 가슴보다 더 아래로 내려간 손이 수줍게 부풀어 있는 그녀의 핵심을 찾아 문질렀다. 허리께에서 번쩍이는 감각에 그녀의 입에서 비명이 터졌다.

"앗…… 오빠!"

키스를 하다 말고 입술을 뗀 그녀가 그를 젖은 눈으로 올려다보고 있었다. 그는 아무 말 없이 미소만 지어 주고는 그녀의 발목을 잡아 가까이 당겼다. 자연스럽게 그의 허리에 다리가 감기자,

그는 그녀가 더는 움직일 수 없게 팔로 그녀의 다리를 눌렀다.

그녀의 눈동자만큼이나 여성도 촉촉하게 젖어 있을 게 분명해서 고맙게도 그는 굳이 손가락을 밀어 넣는 감질 나는 짓은 하지 않았다. 이내 여성 입구에 기다리던 것이 닿았다. 그녀의 얼굴이 화륵 타오를 찰나, 그는 익숙하게 그녀의 안을 꿰뚫고 들어왔다.

"아…… 흐윽!"

항상 느끼는 거지만, 처음에 그를 받아들일 때 몸이 벌어지는 기분은 늘 낯설었다. 잔뜩 흥분한 그녀의 내벽이 그를 꼭 죄어 왔다. 그녀의 안이 약물 같다는 건 이제 취소였다. 마약이 주는 쾌락에 익숙해지면 더욱 강한 약을 찾아야 하지만, 그녀는 항상 그에게 최고의 쾌감을 선사했다. 익숙해지고 싶어도 전혀 익숙해지지 않는다. 그녀가 살짝 몸을 비틀자 그가 저도 모르게 신음을 토해 냈다.

"읏…… 가만히 좀 있어."

살짝 갈라진 그의 음성에 그녀의 눈동자가 동그래졌다. 참을 수 없는 듯 눈가가 일그러진 그의 모습이 꽤나 자극적이었다. 물론 그 덕분에 그는 다시금 신음을 터뜨리고 말았지만.

"아…… 왜 이렇게 세게 물어?"

"오빠가 너무 야하잖아."

똑똑하게도 윤지원은 손하경에게 책임 전가를 해 버렸다. 그의 눈이 가늘어졌다. 그는 그녀의 다리를 끌어 올리며 그녀의 안에서 제 것을 빼냈다. 그가 빠져나간 길이 허전하다 싶을 때, 그가 강하게 허리를 쳐올렸다.

"으흑……."

저절로 벌어진 지원의 입에서 신음이 흘러나왔다. 안이 가득 메워지는 만족감을 넘어 몸 안에 가해지는 압력이 쾌감을 만들어 냈다. 그녀의 내벽이 그의 남성을 탐욕스럽게 물기 시작했다. 눈앞이 하얗게 아찔해져서 그가 멈칫, 움직임을 멈추었다.

"힘…… 힘 풀어."

"몰라! 마, 마음대로 안 된다고."

하경의 시선에 부끄러워진 지원이 양손으로 얼굴을 가렸다. 그녀의 무의미한 태도 하나하나까지 귀엽다 못해 자극적이었다. 짜릿하게 밀려드는 감각을 이기지 못한 그는 속으로 혀를 찼다. 느긋한 섹스는 아무래도 불가능할 듯했다. 그가 그녀의 허리를 살짝 들고 속도를 높였다.

"아, 으, 흑…… 오빠, 살살……."

안타깝게도 지원의 간절한 부탁은 하경에게 전해지지 못했다. 그가 거침없이 안으로 들어올 때마다 살이 부딪치는 소리가 그녀의 신음 소리에 섞여 야릇하게 실내에 울렸다. 얼굴을 가리고 있던 그녀의 손이 입가로 내려왔다. 입을 가리고 있는 손 때문에 그녀의 가슴이 제 팔에 눌렸다.

잠깐 움직임을 멈춘 그가 그녀를 물끄러미 내려다보았다. 끝내주는 광경이었다. 사랑하는 여자가 촉촉해진 눈으로 자신을 처다보고 있었다. 얼굴은 발그스레하게 변했고, 그녀의 팔에 눌린 가슴이 더할 나위 없이 야하고 아름다웠다.

시각적인 자극 덕분에 하경은 더욱 거칠어졌다. 지원은 이제는 입가를 가리는 대신 그의 팔을 꽉 붙잡았다. 강렬한 감각이 덮칠 듯 말 듯, 가까워지고 있었다. 아무 생각도 할 수 없는 상황에서 그녀는 힘겨운 숨결만 신음 사이로 간간히 터뜨릴 뿐이었다. 하여튼 이 남자와의 섹스는 쉽게 끝난 적이 없었다.

게으르기로는 대한민국 일인자인 윤지원은 침대에서 꼼짝도 하지 않았다. 정확히 말하자면 꼼짝도 할 수 없는 것에 가까웠다. 오늘도 여전히 그녀와 달리 하경은 언제 흐트러진 모습을 보였냐는 듯 깔끔한 정장 차림이었다.

"억울해……."

지원이 투덜거렸다. 침실 옆에 욕실이 딸려 있어서 씻는 데는 무리가 없었지만 손가락 하나 까딱할 힘이 없어서 움직이지 못했다. 결국 하경이 먹다 만 빅맥을 침대로 배달해야만 했다. 얼음이 녹아서 밍밍한 음료를 세 모금 마시고 지원이 한숨을 내쉬었다.

"나도 운동할 거야."

그는 격려나 의문을 표하지 않고 미소만 지을 뿐이었다. 그녀는 항상 섹스 후에 억울해했다. 자신의 체력이 부족해서 혼자 힘든 거라고 한탄을 하는 연인이 그는 무척 귀여웠다. 그가 그녀의 옷가지를 침대 옆에 올려 주고 물었다.

"맞다. 생일 언제야?"

"응? 7월?"

이미 미국에서부터 그녀의 생일이 7월인 것은 알고 있던 터라 그는 정확한 날짜를 알고 싶었다.

"7월 언제냐고. 지금이 7월이잖아."

"7월 31일."

말일이라면 아직 시간은 충분했다. 그가 안도의 한숨을 내쉬었다. 만약 7월 초였다면 처음 맞는 그녀의 생일부터 깜빡 넘길 뻔했다. 다이어트 도중이라 식은 빅맥도 맛있게 먹으며 그녀가 기대 가득한 표정을 지었다.

"왜? 챙겨 주게?"

"당연하지. 못 챙겨 줄까 봐 걱정했어."

솔직한 그의 대답에 그녀가 소리 내어 웃었다. 그가 침대 옆에 앉아 그녀의 머리를 귀 뒤로 넘겨 주었다. 그의 다정한 손길이 좋아, 그녀의 얼굴이 살짝 붉어졌다.

"뭐 갖고 싶은 거 있어?"

"올해 선물은 벌써 받았잖아. 이거."

그녀가 목걸이 펜던트를 집어 들어 보였다. 붉은 루비와 투명한 다이아몬드가 섞인 목걸이. 그를 사랑한다는 것을 절대 잊지 않겠다는 듯이 그녀는 이 목걸이를 단 한 번도 빼지 않았다. 목걸이를 볼 때마다 그를 향한 마음이 단단해졌다.

"그걸로 됐다고?"

"으음……."

지원이 고민하는 듯 뜸을 들이다가 슬그머니 하경의 눈치를 살폈다. 그는 정말 이 목걸이 하나로는 부족하다고 생각하는 걸까? 생각해 보면, 그는 그녀에게 뭔가를 더 해 주지 못해서 안달이었다. 사랑받는 기분이 달콤했다.

"그럼 31일에 하루 종일 시간 비워 줘. 일요일이니까!"

"일요일이야? 잘됐네."

어차피 손하경의 휴일은 윤지원에게 전부 헌납할 생각이었다. 그녀가 딱히 갖고 싶어 하는 선물이 없다 하니, 깜짝 선물을 하는 것도 좋을 듯했다.

"맞다. 오빠, 나 금요일에 드레스 입어 보러 가."

"언제? 오전에?"

"응. 사진 찍어서 보내 줄게."

휴대폰에 전화번호가 저장되었을 뿐만 아니라, 이제는 머릿속으로도 외울 지경이었다. 그의 번호를 알기 전까지는 무의미한 숫자의 나열일 뿐이었는데 지금은 크나큰 의미가 되었다.

금요일 오전이라. 하경은 머릿속으로 빽빽한 일정을 당기고 미뤄 보았다. 어떻게든 시간을 만들어야겠다. 예물은 함께 고르지 못해도 드레스만큼은 지원의 곁에서 같이 골라 주고 싶었다. 그가 무슨 생각을 하는지 모르는 그녀는 음식을 삼키고 말을 이었다.

"사진 보면 꼭 답장해. 예쁘다고."

답장이 아니라 그 자리에서 직접 말해 줄 것이다. 무엇을 걸쳐도 예쁜 예비 신부에게. 하경은 예상치 못한 방문에 놀라워할 그녀의 얼굴을 상상하는 것만으로도 벌써부터 즐거워졌다.

"당연하지."

그의 목소리가 기분 좋게 실내에 퍼졌다. 빅맥을 입 안 가득 집어넣으면서 그녀가 미소를 숨겼다.

하경에게 선물 받기 전에는 평범한 목걸이에 불과했던 루비 목걸이를 지원은 꼭 쥐어 보았다. 두 사람이 함께해 온 시간이 담긴 것들이 하나씩 늘어날 때마다 서로를 향한 마음은 더욱 깊어질 것이다. 지금처럼.

에필로그

있는 집 자식의 결혼식이라고 축의금은 받지 않는단다. 2년 전에 퇴사한 윤지원에게 청첩장을 받은 이나라 대리는 큼직한 홀을 보고 당황했다.

'아니, 호, 호텔 결혼식이 이런 거야?'

심지어 신랑은 대기업 후계자란다. 나라는 2년 전까지 윤지원이 같은 도서관에 근무했다는 것이 믿어지지 않았다.

"대리님, 대박이네요."

지원의 후임으로 들어온 사서도 같은 심정인 듯했다. 눈이 돌아갈 만한 손님들 사이에서 주눅이 들지 않는다면 그게 이상한 일이다. TV에서 본 적 있는 정치인, 기업인, 심지어 연예인까지 평생 동안 볼 유명 인사를 이 결혼식에서 다 보았다.

문득, 나라는 지원이 했던 말을 떠올렸다. 남자친구 직업을 물었을 때 지원은 그가 자동차 관련 사업을 한다고 했었다.

'하긴, 은찬 자동차도 자동차 관련 사업이기는 한데……'

국내 굴지의 대기업일 줄은 상상도 못 했다. 나라의 눈앞이 어지러워졌다.

다행히 예식은 끝이 났지만, 예식보다 정신없는 피로연이 기다리고 있었다. 먼저 중요한 어른들에게 인사를 하고, 사업 관련으로 영향력이 큰 사람들과도 안면을 텄다. 모두가 젊은 부부의 앞날에 축복을 해 주었는데 문제는 윤지원이 정신을 잃을 지경이라는 데 있었다.

'누가 누군지 모르겠어!'

어제 제대로 잠을 이루지 못한 지원은 창백한 안색으로 억지 웃음을 지었다. 눈치가 빠르고 명민한 언니가 냉수를 주지 않았더라면 호흡 곤란을 호소하며 기절을 했을지도 모르겠다. 지원은 자신만의 공간인 신부 대기실에서 잠시 쉬면서 한숨을 푹푹 내쉬었다.

"앞날이 캄캄해."

"얘가 복에 겨운 소릴 하네."

언니의 시니컬한 대꾸에 지원이 입술만 삐죽 내밀었다. 그때였다.

"신부님 좀 구경하러 왔습니다!"

신이 난 목소리와 함께 시커먼 남자들이 우르르 몰려왔다. 모르는 사람들의 난입에 눈만 동그랗게 뜬 지원과 달리, 지수의 안색이 험악해졌다.

"……임준서?"

"어? 절 아세……."

거기까지 말한 준서가 입을 쩍 벌렸다. 공대 전자과 동기였던 윤지수가 떡하니 서 있으니 당황하지 않을 수가 없었다.

"도, 도, 도, 동생? 윤지수의?"

"내 이름 알아주니 고맙구나."

지수가 코웃음을 치며 준서를 비웃었다. 준서도 윤지수를 알고 있었다. 1학년 때 인물이 반반한 지수에게 작업을 걸었다가 정강이를 걷어차이고 흠씬 두들겨 맞은 서러운 기억이 있어서였다.

"신랑이 저 새끼 친구라니……."

지수의 입에서 험한 소리가 나왔다. 준서가 슬금 뒷걸음질을 치고는 어색한 미소를 보였다.

"아이, 손하경은 나만큼 막장은 아니었어. 약은 안 빨았거든."

순간 윤지수의 얼굴이 무섭게 구겨졌다.

제주도 호텔에 유배당한 개망나니 임준서는 친한 친구의 결혼식에 참석해야 한다고 아버지에게 빌고 빌어서 드디어 서울에 올라올 수 있었다. 오랜만에 맡는 서울 공기에 벌써부터 여러 여자들 얼굴이 떠올라 기분이 최고였는데, 인간 병기 윤지수를 만나게 되어 벌써부터 불쌍한 똘똘이가 쪼그라드는 느낌이었다.

"오빠 친구분이세요?"

다행히 착해 보이는 오늘의 신부가 분위기를 훈훈하게 돌려주었다. 준서가 대뜸 오른손을 내밀며 젠틀한 척 자기소개를 했다.

"임준서입니다. GG호텔 제주점 총괄경……."

슬프지만 준서의 말은 끝까지 이어지지 못했다. 친구들이 신부 대기실에 쳐들어갔다는 소식에 하경이 헐레벌떡 달려온 탓이었다. 하경은 지원에게 뻗쳐 있는 준서의 손을 홱 치웠다.

"뭐 하는 거야? 왜 여기 있어?"

"인사 좀 하려고 했는데 대기실로 갔다고 해서 찾아왔지."

씨익 웃는 친구에게 하경이 미덥지 않은 시선을 내보이며 지원에게 소곤거렸다.

"쟤랑 손잡지 마. 병 걸려."

"누가 병균이냐?"

억울하다는 투로 준서가 투덜거렸다. 이 상황을 이해하지 못한 지원이 의아한 기색만 보이자 지수가 하경의 편을 들어주었다.

"세균보다 더 악질이지."

"사람 면전에 대고 말이 너무 심하잖아!"

하지만 그 누구도 임준서를 동정하지는 않았다.

시끌시끌한 시간이 지나가고 나서, 지원은 준서를 필두로 다른 친구들까지 소개를 받았다. 하경의 친구들은 대체로 유쾌한 타입이라 대화를 나누고 있으면 즐거워졌다. 가십에 어두운 동생과 달리, 지수의 얼굴 표정은 점점 험악해졌지만 말이다.

"음, 근데 신부 얼굴 어디서 본 것 같은데…… 우리 만난 적 있지 않아요?"

"네?"

준서의 말에 놀란 지원이 그를 가만히 살폈다. 그러나 기억 속에 없는 얼굴이었다. 그녀가 고개를 흔들며 부정했다.

"잘 모르겠는데요."

"정말? 낯이 익은데……."

준서가 진지한 눈빛으로 중얼거렸다. 윤지수의 동생이라 낯이 익은 건가, 준서가 고민할 무렵 하경이 얄밉게 대꾸했다.

"신경 쓰지 마. 저거 기본 멘트야."

"아니, 내가 아무리 막장이지만 친구 마누라한테까지 작업을 걸겠냐!"

억울해서 펄펄 날뛰는 준서에게 하경이 불신의 눈빛을 보냈다. 그건 동생의 옆에 있는 지수도 마찬가지였다.

*   *   *

신혼여행은 당연하게 메리엔 리조트로 정해졌다. 누가 먼저 랄 것도 없이 지원과 하경은 그곳을 신혼여행지로 선택했다. 9월, 이미 영업이 시작된 리조트는 전에 지원이 봤을 때와 전혀 다른 인상이었다.

"사람이 많네?"

"그땐 영업 전이었다니까."

쓸쓸하게 대꾸한 하경은 리조트를 감개무량한 표정으로 둘러보았다. 자신이 총괄한 프로젝트가 성공적으로 끝을 맺자 말로할 수 없는 성취감이 감동이 되어 밀려왔다.

체크인을 위해 프런트 데스크로 가자 낯익은 직원이 그들을보며 빙그레 웃어 보였다. 종종 지원과 마주쳤던 베테랑 직원이었다.

"어서 오세요. 기다리고 있었습니다."

"어? 안녕하세요!"

그때와 다른 점이라고는 직원의 조끼에 명찰이 달려 있다는것쯤이었다. 직원은 김 씨였다. 성 이외의 이름은 적히지 않은명찰이었지만 지원은 그 직원이 김 씨라는 사실만으로도 무척신기했다.

신혼여행지로 메리엔 리조트가 선택되었듯, 그들의 객실은 전에 하경이 사용했던 스위트룸이었다. 지원은 익숙한 객실 구조마저 반가워서 어린애처럼 실내를 우다다다 뛰어다녔다.

"오빠! 대박! 히노끼 그대로야!"

"그렇겠지……."

스위트룸에서 바뀐 것은 소파뿐이었다. 수영장에서 나와 참지 못하고 격렬한 정사를 벌인 탓에 소파가 망가졌다나? 사소한일인데 아버지에게 보고가 올라가 버려서 하경은 창피를 당했었다. 정확히는 아버지가 웃다가 뒤로 넘어갈 뻔했지만 말이다.

"바다!"

어느새 발코니로 나간 지원이 익숙한 바다를 보고 꽥 소리를 질렀다. 소파에 앉은 하경은 오랜 비행에도 지치지 않고 신이 난 그녀가 대단하다 싶었다. 그는 그녀의 뒤에 대고 말했다.

"오늘은 피곤하니까 일찍 자자."

"피, 피곤?"

믿을 수 없다는 듯 그녀가 그를 돌아보았다. 손하경과 피곤이라는 단어는 전혀 어울리지 않았다. 에너자이저가 따로 없는 그의 지난날 모습들을 떠올리며 그녀가 그를 의심스럽게 쳐다보았다.

"오빠, 피곤해?"

"당연하지. 몇 시간을 비행했는데."

"거…… 거짓말."

진실을 말해도 그녀는 영 들어먹을 생각을 하지 않았다.

"설마 오빠, 이제 나 잡은 고기라고 먹이 안 주는 거야?"

"무슨 소리야?"

이리저리 널뛰는 그녀의 생각을 그는 도통 쫓아갈 수가 없었다. 발코니에서 돌아와 문을 닫은 그녀가 새침하게 그를 올려다보았다.

"그러니까 이제 막 나랑 자는 것도 피곤하고 그……."

지원의 말은 더 이상 이어지지 못했다. 하경의 손이 그녀의 입을 막아서였는데, 때를 놓치지 않고 그녀가 혀를 날름 내밀어 그의 손바닥을 핥았다. 깜짝 놀란 그가 바로 손을 떼었다.

"난 안 피곤한데. 오빠가 나보다 체력이 모자라는 것도 아니면서."

"그거야 그렇겠지. 넌 비행하는 내내 잤잖아. 난 한숨도 못 잤어."

하경이 억울한 듯 이유를 설명했다. 그러고 보니 경유할 때 한 번 비몽사몽으로 걸었던 건 기억이 나는데 비행기가 어떻게 이착륙을 했는지는 전혀 기억이 나지 않았다. 열두 시간이 넘는 비행시간을 따져 보면 윤지원은 하루의 반을 쿨쿨 잔 셈이었다. 그녀가 난처한 듯 눈동자를 이리저리 굴리다가 대답했다.

"그랬…… 구나."

"그래. 네가 날 사랑한다면 오늘은 좀 재워 줘."

그는 정말 피곤해 보였다. 첫날밤에 새신랑을 황천길로 보내고 싶지 않아 그녀는 어쩔 수 없이 고개를 끄덕였다. 그는 옷도 갈아입지 않고 침대에 누워 버렸다. 아직 해가 지지 않은 시각이라 그녀는 빛이 새어 들어오지 않도록 블라인드와 커튼을 꼭꼭 쳤다. 예전에 그가 해 줬던 것처럼.

하경이 잠든 것을 확인한 후, 지원은 리조트 이곳저곳을 기웃거렸다. 지원을 아는 직원들이 조용히 눈인사를 건넸다. 애먼 동지 의식에 지원은 그들이 무척 반가웠다. 전에는 아직 시설 오픈이 되지 않았다며 그녀를 막아서던 직원들이 이제는 다들 '진짜' 직원으로서 근무를 하고 있었다.

그녀가 걸음을 멈춘 곳은 와인 바 앞이었다. 그러고 보면 여기서 하경과 처음으로 같이 술을 마셨다. 그가 전부 계산해 준 줄 알고 걱정했는데 알고 보니 아직 영업 전이었다. 혹시 그 바텐더가 있을까, 기대하면서 그녀가 와인 바 안으로 걸음을 옮겼다.

예전과 달리 와인 바에는 손님들이 드문드문 자리하고 있었다. 대체로 커플이었기에 지원은 옆이 괜히 허전했다. 체력이 방전된 새신랑은 충전을 위해 기절 중이었다.

"으……."

슬쩍 바텐더를 곁눈질했으나 지난번에 칵테일을 만들어 주던 바텐더가 아니었다. 실망스럽기는 했지만, 지원은 다음에 하경과 같이 왔을 때에는 그 사람이 있었으면 좋겠다고 애써 마음을 달랬다.

남편을 재워 놓고 술을 마시는 건 왠지 미안해서 지원은 도로 걸음을 돌렸다. 막상 옆에 하경이 없으니 재미가 덜했다. 그와 이곳저곳을 돌아다니며 추억 어린 대화를 나누고 싶었는데 아쉬웠다.

둘만의 성 같았던 스위트룸은 꼭 제2의 고향처럼 느껴졌다. 할 일이 없는 지원은 프라이빗 풀에 물을 가득 채웠다. 짐 속에는 그가 사 준 비키니 수영복이 있었다. 혼자서도 잘 노는 윤지원은 볕이 잘 들어오는 통유리창의 블라인드를 싹 걷고 붉게 물든 하늘을 보면서 비키니로 갈아입었다.

"차갑다."

발만 담갔는데도 몸이 싸르르 떨렸다. 수영장 끄트머리에 앉아서 발로 툭툭 물을 튀기던 그녀가 참다못해 벌떡 일어났다.

"재미없어!"

아니다. 윤지원이 원하던 신혼여행은 이런 게 아니었다. 그러게 비행기 안에서 좀 자 두지! 쓸데없이 예민한 남편을 속으로 욕하면서 그녀가 씩씩거렸다. 그녀는 수영복 차림으로 후다닥 침실에 달려갔다.

"오빠!"

곤히 잠들어 있던 하경이 힘겹게 눈을 떴다. 잠시 상황 판단이 되지 않아 그가 눈을 몇 번 깜빡거렸다. 이상하다. 어째서 귀여운 수영복 차림의 윤지원이 눈앞에 있는 건지 잘 모르겠다. 그의 두뇌가 영 회전할 기미를 보이지 않았다.

"오빠, 나 내버려 두고 벌써 세 시간이나 잤어!"

비키니 수영복 차림의 윤지원이 침대 위로 올라오더니 손하경을 깔고 앉았다. 그제야 눈가를 비비고 나서 하경이 고개를 끄덕였다. 세 시간 정도 잤다고 그새 컨디션이 조금 회복되었다. 아직 에너자이저 급은 아니지만 보통 사람들 정도는 되는 듯했다.

"리조트 구경도 했고, 수영장에 물도 받았는데 재미없어."

지원이 입술을 삐죽거렸다. 세 시간 동안 논 것치고는 그다지 실속이 있어 보이진 않았다.

"그럼 뭘 해야 할까?"

······라고 물으면서 그의 손이 그녀의 등 뒤로 슬금슬금 움직였다. 손바닥만 한 비키니 수영복 상의가 아래로 툭 떨어졌다. 그녀가 아무렇지 않은 척 말했다.

"저녁은 피곤하니까 룸서비스로 치킨 먹자."

그가 키득거리며 그녀의 등을 밀어서 자신에게로 넘어뜨렸다. 두 사람의 가슴이 맞닿았다. 그녀가 말한 '피곤한 사람'은 손하경뿐만이 아니라 이제 윤지원도 포함이 될 것이다. 진짜 첫날밤의 시작이었다.

아침 일찍 일어난 지원은 비어 있는 옆자리를 의아하게 쳐다보았다. 룸서비스로 저녁을 대강 때우고 나서 또 정신없는 시간을 보냈다. 뒤늦게 온몸의 근육이 비명을 질렀으나 이제는 익숙한 통증이었다. 그녀는 가운을 걸치고 객실 내부를 빙빙 둘러보았다.

"오빠, 여기 있어?"

욕실은 전부 비어 있었고, 침실도, 바깥으로 난 발코니도 인기척이라고는 하나도 보이지 않았다. 아침부터 이 남자가 어디를 싸돌아다니는가, 걱정하면서 그녀가 닫혀 있는 문을 벌컥 열었다. 전에 그가 서재로 쓰던 비밀의 방이었다.

"여기서 뭐해?"

그곳에 그가 있었다. 책상으로 쓰는 테이블 위에 웬 노트북이 하나 덜렁 놓여 있는 게 어째 휴가지에 와서도 일을 해야 하는 불쌍한 직장인 같았다.

"아버지가 뭐 좀 확인하라고 해서."

예전과 다른 점이라면, 윤지원이 이 방에 스스럼없이 출입한다는 것이었다. 두 사람 사이에 비밀은 더 이상 존재하지 않았다. 숨겨야 할 것도, 들켜서는 안 되는 일도 없었다. 그녀가 가까이 다가오자 그가 팔을 벌려 그녀를 안아 주었다.

"아침 뭐 먹을까?"

"별로 배는 안 고픈데."

입맛이 통 돌지 않아서 지원이 고개를 저었다. 하경 역시 아침에는 커피 정도만 마시곤 했던 터라 더 이상 그녀에게 식사 권유를 하지는 않았다.

"아, 맞다!"

"왜?"

서재로 썼던 방에서 나온 후, 옷을 갈아입기 위해 침실로 들어간 지원이 황금이라도 발견한 표정을 지었다.

"오빠, 우리 간식거리 좀 사러 가자."

"그래. 근데 아직 영업 안 할 텐데. 일단 씻고 나와."

고개를 끄덕인 그녀가 편백나무 욕조가 있는 욕실로 뛰어들어갔다. 정사를 나누고 나서 기절하듯 잠이 들어 버렸던 터라 개운하게 씻고 싶었다.

지원이 간식거리를 사러 가자는 이유는 간단했다. 방금 전 어떤 옷으로 갈아입을까 고민하던 그녀의 시야에 예전, 마트에 갈 적 입었던 옷이 계시처럼 들어왔다. 집에 돌아왔을 때와 가능하면 똑같이 짐을 꾸렸던 터라 옷과 신발 하나하나에도 추억이 깃들어 있었다.

그 추억 틈새에는 슬픈 기억도 함께 존재했다. 캐리커처를 보여 주던 미국인 할머니는 하경을 지원의 남편이라고 굳게 믿고 있었다. 신혼인데 둘이 참 잘 어울린다고 칭찬해 주던 할머니의 말에 마음이 참 아팠었다.

'하지만 이젠 진짜 신혼이지!'

욕조 안에서 지원이 주먹을 꼭 쥐었다. 이제는 슬퍼할 필요도, 마음이 아플 이유도 없었다. 손하경은 윤지원의 남편이었으니까!

"히히히……."

갑자기 하경이 무척 보고 싶어진 지원은 실없이 웃으면서 욕조에서 일어났다. 큼직한 타월만 몸에 싹 두르고 그녀가 슬그머니 욕실 문을 열었다. 그는 벌써 샤워를 마친 모양이었다. 머리카락 끝이 젖어 있는 게 세상 그 누구보다도 섹시한 남자였다.

"오빠!"

"응?"

하경이 돌아보기 무섭게 지원이 그의 허리를 덥석 끌어안았다. 슬금슬금 그녀의 손이 그의 옆구리로 향했다. 그의 미간이 좁아질 무렵, 그녀가 그의 옆구리를 쿡 찔렀다.

"자꾸 이러기야?"

그가 그녀의 손목을 홱 낚아챘다. 장난기 가득한 표정으로 그녀가 그를 올려다보며 애교 섞인 말을 뱉었다.

"아잉, 카센터 님."

그 호칭 하나에 그의 손에서 힘이 쭉 빠졌다. 그녀가 그의 팔을 찰싹 때려 주고는 도로 욕실로 후다닥 들어갔다. 그는 기가 막혀서 닫힌 욕실 문만 황당하게 쳐다보았다.

그리고 10분 정도 지나서 제대로 씻고 나온 지원이 머리의 물기를 닦으면서 하경에게 다가왔다. 젖은 머리를 그새 건조한 그는 소파에 느긋하게 늘어져 있었다. 그의 칼 같은 정장 차림도 좋지만 역시 편한 모습도 보기 좋았다.

"뭐해?"

"영화 볼 거 있나 찾아봤지."

"재미있는 거 있어?"

하지만 하경은 고개를 저었다. 영화 관람을 그다지 즐기지 않는 지원은 실망할 것도 없이 쉬이 납득했다. 그의 무릎 위에 자연스럽게 자리한 그녀가 싱글벙글 웃었다.

"민트 초코 먹어야지."

윤지원은 치약 같은 아이스크림을 좋아했다. 하경으로서는 통 이해가 가지 않는 취향이었다.

"간식거리면 또 초콜릿이랑 아이스크림 같은 거 사려고?"

"으응, 사실 간식보다는 그냥 좀 가 보고 싶어서랄까……."

"목적도 없이?"

그녀가 머쓱한 시선으로 그를 물끄러미 응시했다. 서로의 숨결이 느껴질 만큼 가까운 거리에서 그들은 신혼부부답게 애정이 듬뿍 담긴 눈빛을 교환했다. 그녀가 그에게 가볍게 입맞춤을 하고 이야기를 시작했다.

"왜 그때 우리 간식 산 날 있잖아."

그는 대답 대신 고개만 끄덕였다. 그녀의 등허리를 쓸어 주는 그의 손길이 참 다정했다.

"그날 어떤 할머니가 나한테 그랬어."

"뭐라고?"

"나랑 오빠랑 신혼인 것 같은데 잘 어울린다고. 오빠가 멋있다고도 했어."

칭찬인데 그는 썩 기뻐하지 않았다. 그럴 만도 했다. 그때, 그들은 신혼부부가 아니었다. 오히려 관계의 끝을 기다리는 사이였다.

그제야 하경은 그날 지원이 갑자기 '일주일만 신혼하자'는 제안을 왜 하게 되었는지 알게 되었다. 절실한 눈빛으로 말하는 통에 차마 거절할 수 없었던 그날, 그는 그녀에게 반지를 끼워 주었다. 지금도 그녀의 왼손 약지에 끼워진 반지였다.

"그래서 거기 다시 가고 싶었어. 진짜 신혼부부로."

슬픈 기억에 즐거운 추억을 덧칠하고 싶은 마음을 하경은 충분히 이해할 수 있었다.

석 달 전에 그랬듯, 지원은 간식거리를 보고 눈을 빛냈다. 지금 그녀의 모습을 보면 슬픈 기억을 잊고 싶어서가 아니라 그저 간식을 위해 마트에 온 것 같았다.

"초콜릿이 민트 맛이래. 맛있겠지?"

"치약 맛…… 아니야?"

"아니지. 선후 관계가 잘못되었어. 치약이 민트 맛인 거야."

지원이 진지하게 대답하고 카트 안에 초콜릿을 쓸어 담았다. 끔찍하게 단 초콜릿을 보자 하경은 괜히 소름이 돋았다.

"오늘은 여기까지만 사야지."

그나마 다행인 건 예전과 다르게 카트가 가득 차지는 않았다는 점 정도였다.

카트를 밀고 계산대로 가면서 그녀는 주변을 휘휘 둘러보았다. 겨우 결혼해서 신혼여행을 왔는데 아무도 신혼이냐고 물어보질 않는다. 오지랖 넓은 미국 사람들이 웬일로 그들을 휙휙 스쳐 지나갔다. 계산을 할 때까지도 지원에게 신혼여행을 왔느냐 묻는 사람은 한 사람도 없었다.

"어떻게 이럴 수가 있지?"

지원이 분한 듯 투덜거렸다. 저번처럼 누군가가 말을 걸면서 캐리커처 서비스에 대해 알려 주면 못 이기는 척 받으러 가 볼까 했는데…… 아무래도 캐리커처를 받을 기분이 아니었다. 어깨가 축 처진 그녀는 조수석에 오르자마자 힘없이 말했다.

"오빠, 나온 김에 스파클라도 사자."

윤지원은 폭죽 중에서도 스파클라를 가장 좋아했다. 하지만 목적지는 운전대를 잡은 사람 마음인지라 하경이 운전을 시작하며 느지막하게 대답했다.

"일단 점심부터 먹고."

그러고 보니 벌써 정오에 가까운 시간이었다. 그녀는 등받이에 폭 기대어서 고개를 끄덕였다.

"먹고 싶은 거 있어?"

"으음…… 있긴 한데 점심으로 먹긴 좀 기름질 지도."

지원이 머뭇머뭇 답했다. 통 짐작 가는 일이 없어서 그가 다시 금 물었다.

"괜찮아. 뭔데?"

"오코노미야끼."

"아."

철판 요리에 담긴 기억도 참 힘겨웠다.

"그때 던져 버려서 얼마나 아까웠는데. 씨이…… 아빠는 괜히 사람을 풀어 가지고."

다시 생각해도 그날의 추격전은 끔찍했다. 까딱했다가는 땡볕에 기절했을지도 모를 일이었다. 윤지원이 건강하고 달리기가 빨라서 그나마 다행이었다. 하지만 그녀는 아직도 그날 일만 떠올리면 치가 떨렸다. 따지고 보면 사서 고생한 격이었으니 말이다.

"그거 포장하고 스파클라 사서 돌아가자. 응?"

반짝반짝 빛나는 그녀의 눈을 보면 영 거절할 자신이 없어진다. 물론 손하경도 기름지고 느끼한 음식을 좋아하는 편이니 메뉴에 불만은 없었지만.

"탄다. 불꽃……."

항상 둘만 있었던 프라이빗 해변에는 이제 리조트 회원이나 투숙객들이 이곳저곳에 옹기종기 모여 있었다. 명당인 평평한 바위는 벌써 가족 단위로 휴가 온 손님들이 차지해 버렸다. 지원은 쓸쓸하게 스파클라 불꽃을 쳐다보았다.

"더 줘?"

"……흥이 안 나. 사람이 너무 많아서 그런가 봐."

지원이 입술을 삐죽거렸다. 스파클라 때문에 어둑어둑해지기만을 기다렸다. 아직 노을빛이 선명하지만 더는 기다릴 수가 없어서 그녀는 하경을 이끌고 해변으로 나왔다가 충격을 받았다. 항상 고요하던 해변에 사람들의 목소리가 울려 퍼진 탓이었다.

"내가 생각했던 그림이 아니야."

다 꺼진 스파클라를 바닥에 던지고 그녀가 그의 품에 얼굴을 묻었다. 웃음이 비집고 나왔지만 그는 겨우 웃음소리를 눌러 참았다. 그녀의 원망스러운 시선을 고스란히 받고 싶지 않았다.

"내가 너무 그때 추억에 집착하는 걸까?"

"왜 그렇게 생각해?"

그의 품에서 떨어져 나온 그녀가 심각한 시선을 아래로 떨구었다. 생각해 보면 자신이 꿈꾸었던 신혼여행과 현실은 살짝 동떨어져 있었다.

처음에는 동일한 리조트의 동일한 객실이라 한껏 기대했다. 뜨겁게 서로를 탐했던 기억은 그녀의 온몸에 강렬하게 각인이 되어 있었다. 그녀는 그때와 같은 일들이 다시 펼쳐지기를 바랐었다.

하지만 뭔가 조금씩 삐걱대기 시작했다. 시작은 어제 와인 바부터였다. 와인 바에는 간간히 손님들이 자리 잡고 있었고, 지원이 아는 바텐더는 어디에도 보이지 않았다.

오늘은 더욱 심했다. 마트에서는 아무도 그들에게 신혼이냐고 묻지 않았다. 오코노미야끼를 먹으려고 기억을 더듬어 그 가게를 찾아갔는데 황당하게도 그 가게는 그새 폐업을 하고 말았다. 대신 비슷한 철판 요리 전문점에서 오코노미야끼 비슷한 음식을 먹긴 했으나 아쉬운 마음은 어쩔 수 없었다. 지금 이 해변도 이질감이 가득했다. 고요한 가운데 파도 소리만 들리던 특별한 해변은 온데간데없어지고 평범한 해변이 되어 있었다.

과거는 이미 지나간 일이었다. 뜨거운 추억을 되살려 보고자 지원은 꽤 노력했지만 안타깝게도 비디오를 재생하듯 과거를 현재에 그대로 가져다 놓을 수는 없는 노릇이었다. 변하지 않은 건 단 하나.

지원이 고개를 들고 하경을 물끄러미 응시했다. 그때와 지금, 변함없이 자신의 옆에 있어 준 사람은 이 남자뿐이었다. 그녀는 그의 손을 잡고 어깨에 머리를 기대었다.

"오빠, 우리 들어갈까?"

"벌써?"

아직도 한가득 남은 스파클라를 보며 그가 의아한 듯 물었다. 스파클라를 고작 세 개만 태웠다. 타지 못한 불꽃은 아직도 스물일곱 개나 남아 있었다.

"응. 갑자기 오빠를 막 안고 싶어졌어."

솔직해도 너무 솔직한 윤지원의 말에 하경이 멈칫했다. 아직 불이 붙지 않은 스물일곱 개의 스파클라 따위는 이제 눈에 들어오지 않았다. 그녀의 말 한마디가 그의 정염에 불을 질러 버렸으니 말이다.

"돌아가면."

"응?"

"진짜 바로 확 덮쳐 버릴 거야."

그의 목소리가 위험하게 울렸다. 자신을 향한 욕망이 고스란히 드러나는 눈빛과 음성에 그녀의 기분이 한층 좋아졌다. 그녀는 그의 뺨을 양손으로 감싸고 짧게 버드 키스를 두 번 해 주었다.

가슴을 아릿하게 만드는 과거의 추억에서 집착을 버리자 지원의 마음이 한결 가벼워졌다. 그녀는 히죽 웃으면서 그에게 팔짱을 끼웠다. 지금 새로운 추억을 만들면 되는 것이었다.

스위트룸 출입문이 거칠게 닫혔다. 객실로 돌아가자마자 바로 덮치겠다는 하경의 말은 진심이었다. 그는 지원을 팔 안에 가두고 그녀에게 진한 키스를 퍼부었다. 그녀의 등이 차가운 출입문에 닿았다.

"으음……."

치열을 훑으며 들어온 그의 혀가 그녀의 입 안 점막을 샅샅이 쓸었다. 언제나처럼 그의 키스 실력에 경의를 표하며 그녀는 그의 목에 팔을 감았다. 그녀의 반응에 키스는 더욱 진하고 뜨거워졌다.

하경의 손이 지원의 치맛자락 안으로 들어왔다. 가볍고 팔랑팔랑한 옷자락은 그의 침입을 쉽게 받아들였다. 그의 손이 엉덩이를 지나 허리를 타고 올라갔다. 원피스가 몸에 달라붙지 않는 디자인이라 그는 수월하게 그녀의 맨허리를 매만질 수 있었다.

입술을 떼고 나서 그에게 매달린 그녀가 뾰로통하게 말했다.

"오빠, 진짜 여기서 끝까지 다 할 거야?"

그와의 정사는 항상 근육통을 동반했다. 만약 현관에 서서 사랑을 나눈다면 무척 벅찰 것이 틀림없었다. 그럼 내일은 분명 몸살에 가까운 근육통으로 끙끙 앓을 것이다. 그는 그녀와 이마를 맞대고 장난스럽게 미소를 지었다.

"그랬으면 좋겠어?"

"아니, 아니지……."

지원이 고개를 절레절레 저었다. 하경도 그녀에게 무리한 일은 시키고 싶지 않아 그녀의 허리를 잡고 번쩍 안아 올렸다. 다리가 허공에서 떨어지자 그녀가 까르르 소리 내어 웃었다. 치맛자락이 그의 팔뚝에 감겼다.

하경이 지원을 내려 준 곳은 소파였다. 침실까지 갈 여유도 없는 모양이었다. 그녀를 내려 주자마자 그가 그녀의 위에 자리를 잡았다.

"오빠 조금 짐승 같아."

쉴 틈 없이 밀어붙이는 그의 태도에 그녀가 중얼거렸다. 그가 빙그레 웃으며 물었다.

"그래서 싫어?"

"아니. 좋지."

지원은 좋으면서 싫다고 돌려 말하는 적이 없었다. 그녀는 항상 솔직했고, 그 솔직함이 가끔은 하경에게 크나큰 자극이 되곤했다. 그녀의 치마를 거침없이 들어 올린 그가 무릎으로 그녀의 다리를 벌렸다. 서늘한 공기가 속옷에 닿자 그녀가 얼굴을 붉히면서 그의 어깨를 찰싹 때렸다. 그가 능글맞게 말했다.

"원래 신혼은 다 이런 거잖아?"

"여러 번 결혼해 본 사람처럼 말하네?"

"지난번에 일주일 동안 겪었잖아, 신혼."

그가 그녀의 왼손을 들어 약지에 입을 맞추었다. 변함없이 자리하고 있는 반지가 그의 입술에 닿았다. 그녀의 입가가 스르르 벌어졌다.

원피스의 가느다란 어깨끈을 내리고 지원은 위로 옷을 벗었다. 속옷 차림의 그녀가 그의 셔츠 단추를 풀어 주었다. 빳빳한 정장용 셔츠가 아니라 단추는 어렵지 않게 풀렸다.

서로의 몸을 탐하는 데 거추장스러운 옷가지는 차곡차곡 소파 밑에 쌓여 갔다. 두근두근, 심장 뛰는 소리가 유난히도 크게 들렸다. 그녀는 그의 어깨에 손을 올리고 그를 가만히 쳐다보다가 입을 열었다.

"오빠, 이거 보여?"

어깨를 짚지 않은 손으로 그녀가 제 목에 걸린 목걸이를 살짝 들어 보였다. 생일 선물, 혹은 이별 선물이었던 루비 목걸이. 그녀는 그가 이 목걸이를 걸어 준 뒤에 했던 말을 똑똑하게 기억하고 있었다. 먼 훗날에도 그를 사랑한다면 이 목걸이를 걸고 나와 달라고. 그녀에게 있어서 루비 목걸이를 걸고 있다는 건 그를 사랑하고 있다는 뜻이었다. 열정적으로 영원히.

실오라기 하나 걸치지 않은 나체에 붉은 목걸이 하나만 걸고 있는 지원의 모습은 무척 색정적이었다. 루비 목걸이처럼 그녀의 가슴 끄트머리와 얼굴이 붉게 달아올라 있었다. 시각적인 자극에 하경은 목소리가 나오지 않아 고개만 끄덕였다.

"나 이거 한 번도 뺀 적 없어. 오빠가 걸어 준 이후로."

"그래?"

"앗, 아니다. 결혼식 때 뺐었네."

자신 있던 그녀의 목소리가 작아졌다. 그녀의 생생한 감정이 절로 느껴져서 그가 웃음을 터뜨렸다.

"아, 아무튼 거의 뺀 적 없어."

그녀가 우물쭈물 주장했다. 그는 대답 없이 그녀의 뺨을 쓸어 주고는 손을 내려 목걸이 펜던트를 잡았다. 그녀는 그의 길쭉한 손가락에 시선을 두었다. 어째 정비사치고는 손이 곱다 싶었는데, 역시 이 남자는 펜대나 굴리는 사람이었다. 그가 얌전히 펜던트를 놓아주고 물었다.

"왜 계속 걸고 있었어?"

"오빠가 그랬잖아. 사랑한다면 이 목걸이를 걸고 나오라고."

지원이 씩 웃으면서 담담하게 대답했다. 기약 없는 약속이지만, 꼭 다시 만나겠다는 의지를 담아 하경이 했던 말이었다. 그녀가 눈을 예쁘게 휘면서 말을 이었다.

"사랑하니까 계속 걸고 있었어. 오빠를 사랑하니까."

그녀의 말이 그의 심장을 꼭 죄어 왔다. 윤지원은 아무렇지 않게 감동적인 말을 하곤 했다. 저번에도 그랬다. 새 신발에 적응하지 못해서 다리와 발에 상처가 났음에도 그녀는 이 더운 날씨에 전속력으로 달려왔었다. 그와 헤어지고 싶지 않다는 굳은 마음 하나로 힘겨운 일을 해낸 것이다.

"그래, 날 사랑한다니까 조금 세게 해도 괜찮겠지?"

"진짜 변태라니까!"

지원이 꽥 소리를 지르면서 하경의 어깨를 찰싹 때렸다. 그가 살짝 눈가를 찡그리더니 미소를 지어 보였다. 위험한 미소였다. 그러고 보니 이 남자, 아픈 걸 좋아하는 것도 같았다.

그가 그녀의 뺨을 스윽 쓸어 내리더니 턱에서 목을 지나 가슴까지 부드러운 손길을 이어갔다. 벌써 꼿꼿하게 선 유두를 엄지로 꾸욱 누른 그가 싱글거렸다. 미묘한 감각에 그녀가 미간을 좁힐 때였다.

"다 벗었는데 내가 준 목걸이 하나만 하고 있잖아, 지금."

순간 그녀의 움직임이 뚝 멎었다. 마치 그의 눈동자에 사로잡힌 듯 그녀는 미동도 하지 못했다. 그의 눈길이 뜨겁다. 아니, 그의 시선이 닿은 곳마다 따갑고 화끈거렸다. 그녀는 호흡마저 멈춘 채 바짝 마른 입술을 축였다.

"네 모습이 얼마나 야한지 알아?"

직접 보지는 못했지만 그의 말에 그녀는 자신의 모습이 머릿속에 그려졌다. 더 이상 창피하거나 부끄러울 일이 없을 사이라고 생각했는데 그의 눈에 비치는 자신의 모습이 그녀는 괜스레 부끄러워졌다. 그래도 그녀는 태연한 척 페이스를 유지했다.

"그, 그래서 싫어?"

그가 종종 하던 말을 그녀가 그대로 돌려주었다. 그의 손이 가슴을 지나 골반까지 내려왔다. 앞으로 이어질 일이 예상되자 그녀의 다리가 뻣뻣하게 경직되었다. 그는 도드라진 골반 뼈에서 손을 돌려 그녀의 엉덩이를 살포시 쥐고 대답했다.

"그럴 리가. 좋아서 미치겠지."

그의 솔직한 대꾸에 그녀의 입이 살짝 벌어졌다. 그 틈을 놓치지 않고 그가 그녀에게 키스했다. 체온보다 조금 더 뜨거운 입술이 만났다. 혀와 혀가 얽히는 예민한 느낌에 신음이 절로 흘러나왔다.

하경의 목을 감은 지원이 열렬하게 키스에 응했다. 그는 그녀의 엉덩이를 잡은 그대로 자신에게 끌어당겼다. 질척하게 젖은 여성 입구에 그의 것이 단번에 와 닿았다. 그녀의 다리가 자연스럽게 벌어졌다.

그녀의 안으로 진입하는 순간, 하경은 그녀에게 빨려 들어가는 착각을 받았다. 정말 윤지원이 손하경을 집어삼킬 것 같아 그의 눈앞이 아득해졌다. 키스 때문에 그녀의 신음은 입 밖으로 나오지 못했다. 그녀가 그의 아랫입술을 깨물면서 길고 진한 키스가 끝이 났다.

"으흑……."

그가 뿌리 끝까지 찔러 넣을 태세로 강하게 밀고 들어오자 눈가를 찡그린 지원이 본능적으로 허리를 비틀었다. 강렬한 감각이 덮치는 바람에 그가 도망치듯 남성을 빼고 그녀를 내려다보았다. 뺨에는 발그레 홍조가 올라와 있었고 짙은 키스 탓에 그녀의 입술이 살짝 부풀어 올랐다. 그는 그녀의 턱을 잡아 올리고 짧게 키스한 뒤 다시 그녀의 안으로 제 것을 거칠게 찔러 넣었다. 몸이 벌어지는 감각에 그녀의 눈꺼풀이 파르르 떨렸다.

섹스를 할 적에 둘은 종종 대화를 나누었지만 신기하게도 이번에는 말이 나오지 않았다. 격렬한 몸짓에 신음마저 툭툭 끊어졌다.

"아, 으응, 훗……."

두 사람은 서로가 만들어 주는 감각에만 집중했다. 그가 밀고 들어오면 꽉 채워 주는 충족감이 야릇한 감각으로 변했다. 그와의 거리가 가까워질 때마다 자연스럽게 그녀의 핵심이 자극되었다. 뭍으로 나온 물고기처럼 그녀의 입이 뻐끔거렸다. 아랫배 안쪽 깊은 곳을 그는 어렵지 않게 자극했다.

"으, 흑……."

그의 움직임에 맞춰 그녀의 몸이 흔들렸다. 그녀가 참지 못한 신음을 터뜨리면 그를 감싼 내벽이 움찔 수축했다. 그럴 때마다 그는 자신도 모르게 더운 숨을 삼켰다. 그녀를 향한 갈증과 점점 가까워지는 절정 사이에서 그는 이성을 잃어 갔다. 조금 더, 원하는 것을 갖기 위해 그가 빠르게 움직였다.

그보다 먼저 그녀의 허리가 멈칫 굳어졌다.

"흐으응! 안 돼. 오빠 더는……."

지원은 발끝까지 힘을 바짝 주고 눈을 질끈 감았다. 살짝 벌려진 입술이 바르르 떨렸다. 그러나 아직 하경의 움직임은 끝이 나지 않았다. 계속 이어지는 짜릿한 감각을 이기지 못하고 그녀가 허리를 들썩였다. 힘이 풀린 그녀의 다리가 부들부들 떨렸다. 통증에 가까운 쾌감이 그녀의 아랫배를 가득 메웠다.

"오빠……."

"알았으니까 그만…… 좀 조여."

"알긴 뭘 알아!"

그녀가 울먹였다. 우는 목소리와 다르게 그녀의 안은 그를 쉴 틈 없이 몰아붙였다. 그녀가 그의 남성을 세게 물고 놓아주지 않자 눈가를 일그러뜨린 그가 그녀의 안에 절정의 증거를 토해 냈다.

윤지원이 마약이라면 아마 최상급 마약일 것이다. 하경은 숨을 몰아쉬는 지원을 가만히 내려다보았다. 그녀의 눈가는 눈물로 젖어 들었고 얼굴에 올라온 홍조가 더욱 짙어졌다. 그녀의 입술만큼 붉은 루비 목걸이는 들썩이는 가슴에 이리저리 흔들렸다. 그는 그녀의 이마에 맺힌 땀을 쓸어 닦아 주고는 입을 맞추었다. 그녀가 지친 투로 말했다.

"이따 밤에 와인 바 가 보려고 했는데……."

그녀의 시선이 원망스럽게 그에게 닿았다. 와인 바는커녕, 침대로 걸어가는 것조차 못할 것 같았다.

"오늘은 안 돼. 좀 쉬고 침대에서 보자."

"……뭐?"

지원이 눈을 동그랗게 떴다. 하경의 말이 어째 불안하게 들렸다. 좀 쉬고 침대에서 보자는 말은 침대에서 2차전이 계획되어 있다는 뜻이었다. 차마 말이 나오지 않아 그녀가 입술만 달싹였다.

"치약…… 이 아니라 민트 맛 초콜릿 줄까?"

그는 그녀의 경악을 모르는 척 소파에서 일어나 등을 돌렸다. 꽉 짜인 등 근육을 멍하니 보던 그녀가 정신을 번쩍 차렸다. 또 그의 몸매에 홀려서 설렁설렁 넘어갈 뻔했다.

"오, 오늘은 이만하면 되지 않아?"

"아직 안 식어서."

"뭐가?"

고개를 돌린 그가 한숨을 길게 내쉬며 검지를 아래로 내렸다. 그녀의 시선이 그의 손을 따라 움직였다. 그가 가리키고 있는 것은 민망하게도 말 그대로 아직 '식지 않은' 그의 남성이었다. 그녀의 얼굴이 새빨갛게 달아올랐다.

"오빠, 나 아무래도 운동을 해야 할까 봐."

울상이 된 지원이 입술을 삐죽였다. 초콜릿을 들고 돌아온 그가 그녀의 입술에 향긋한 초콜릿을 가져다 댔다. 붉은 입술에 대비되는 푸른빛 초콜릿이 꽤 잘 어울렸다.

"미리 운동을 해서 체력을 길러야 오래 살 거 같아……."

진심이 가득 담긴 그녀의 한탄에 그가 피식 웃었다. 오늘 밤에 침대에서 한 번 더, 내일은 그녀가 원하던 대로 와인 바에 한 번 들러 주고, 돌아와서 남은 시간 동안 또 그녀를 거침없이 탐할 것이다. 신혼은 다 이런 거니까.

즐거운 신혼여행의 서막이 이제 막 올랐다.

외전

새색시 윤지원은 우울했다. 그 우울함은 언니가 예쁜 조카를 낳은 뒤에 더욱 심해졌다. 이유는 간단했다. 임신 소식이 없어서.

하경과 결혼을 하기 전에도 지원은 피임과 거리가 멀었다. 될 대로 되라는 생각으로 가출했을 때는 물론, 결혼식을 올리고 정식으로 부부가 된 이후에도 피임은 전혀 해 본 적이 없었다. 그렇다고 부부 관계가 나쁜 것도 아니었다. 신혼이랍시고 너무 뜨거워서 되레 문제였다.

'그런데 왜!'

언니의 SNS 프로필 사진은 귀여운 조카 사진이었다. 아버지 회사 경영에 참여하게 되면서 바빠진 주제에 언니는 SNS만큼은 꼬박꼬박 했다. 언니와 메시지를 주고받을 때마다 부러워서 지원은 부아가 치밀었다.

—너도 애가 잘 안 들어서나 보다. 병원은 가 봤어?

"아뇨."

엄마와의 통화에 지원은 시무룩해졌다. 병원에 갔다가 끔찍한 진단을 받을까 봐 통 용기가 나질 않았다.

—얘, 그래도 손 서방이나 너희 시아버지나 들들 볶지는 않잖아. 마음 편히 먹어. 초조하면 더 안 들어서.

엄마의 말마따나 아이에 대한 압박을 주는 사람은 아무도 없었다. 하경은 신혼 생활을 오래 이어가고 싶어 했다. 아이가 있으면 좋긴 하겠지만 그는 지금 아이보다는 서로에게 집중하기를 바랐다. 시아버지도 별 말은 없었다. 손주를 빨리 보면 좋기야 하겠으나 굳이 당장 아이가 생기기를 바라는 건 아니었다. 결혼한 지 고작 1년 차다 보니 그 누구도 벌써부터 임신 관련으로 압박을 주지는 않았다.

—손 사장이 생각보다 괜찮은 어른인 것 같아서 다행이야.

시아버지는 처음에 오만한 사람이라고 생각했는데, 제 울타리 안에 있는 가족에게는 무척 좋은 사람이었다. 지원은 자신이 무슨 사고를 치든 대수롭지 않게 넘어가 주는 시아버지에게 감사할 때가 많았다. 사실 과거 김숙자 여사가 저지른 일에 비하면 새 발의 피나 다름없어서 넘어가는 것뿐이었지만, 윤지원은 그 사실을 몰랐다.

—근데 언제 회사 물려준다니?

"몰라요!"

엄마가 뜬금없이 왜 시아버지 칭찬을 하나 했다. 김칫국을 사 발째 마시는 엄마에게 꽥 소리를 지른 지원은 남편이 회사를 물 려받든 말든 이제 상관없었다. 날 선 막내딸의 목소리에 민화가 혀를 쯧쯧 차며 그만 통화를 끝내자고 말했다.

윤지원의 생활은 예전에 은둔형 외톨이인 양 처박혀 있었을 때와 달라진 게 거의 없었다. 애초에 심성이 게으른 건지 집에서 뒹굴뒹굴 노는 게 답답하거나 불편하지는 않았다. 그래도 시아 버지 눈치를 봐서 슬쩍슬쩍 뭔가를 배우러 다니는 척을 하기는 했으나 윤지원은 인생을 날로 먹는 백수였다.

오늘도 지원은 침대에 엎드려서 휴대폰이나 들여다보고 있었 다. 정력 대장인 남편을 두고 임신이 안 되는 이유를 고찰하다가 실없는 유머 자료를 보며 실실 웃고는 또 금세 언니의 프로필 사 진을 보고 울적해 했다.

'이러고 있을 수는 없어.'

엎드려 있던 지원이 몸을 바로 세웠다. 계속 불안해하느니 확 실한 검사를 받고 전문가의 조언을 구하는 게 생산적이었다.

형부가 교수로 있어서 지원은 오래 기다릴 것 없이 검사를 받 을 수 있었다. 며칠이 걸려 나온 검사 결과, 윤지원은 매우 건강 했고 모든 사항이 전부 정상이었다. 검사 결과지를 보는 그녀의 눈빛이 복잡해졌다.

'오빠한테 이상이 있나?'

정상이라는 결과지를 받자마자 윤지원은 화살을 남편에게로 돌려 버렸다. 요즘 들어 눈코 뜰 새 없이 바쁜 하경이 그녀의 이런 마음을 알았더라면 기가 막혀서 할 말을 잃었을 것이 분명했다.

"아, 모르겠다!"

지원은 검사지를 꼬깃꼬깃 구겨서 휴지통에 던져 버렸다. 차마 하경에게 불임 검사를 받아 보라는 말을 할 자신이 없어서 그녀는 머리를 쥐어뜯다가 잠들고 말았다.

윤지원이 잠에서 깨어났을 땐 사방이 어두워졌을 즈음이었다. 머리를 벅벅 긁으며 일어난 지원이 숨을 컥 들이켰다. 저녁이면 남편과 시아버지가 퇴근을 한다. 백수 주제에 자느라 인사도 못하면 큰일이었다.

후다닥 1층으로 내려온 지원은 아직 아무도 돌아오지 않은 데 안도하면서 거실 소파에 앉았다. 주로 차를 마실 때 머무는 공간이라 찻잎 냄새가 은은하게 맴돌았다.

"로즈마리 차예요. 드세요."

부탁도 하지 않았는데 집안일을 거드는 가정부가 지원에게 허브티를 건네주었다. 어쨌든 미래 이 집안의 안주인이 될 지원에게 잘 보이는 게 좋았다.

"고맙습니다……."

차를 막 한 모금 마실 무렵, 초인종 소리가 울렸다. 이 집에 드나드는 사람을 모두가 알아야 한다는 신념하에 김숙자 여사가 만든 규칙은 가족 구성원에게도 적용되었다. 큰 회사 주인인 시아버지마저 꼬박꼬박 초인종을 눌러야 했다.

"엥?"

당연히 하경과 주환이 함께 들어올 줄 알았는데 웬일로 하경만 먼저 퇴근해 돌아왔다. 지원은 그의 뒤를 힐끔힐끔 살폈다. 아무리 좋은 사람이라지만 그래도 시아버지는 어려웠다. 그녀의 마음을 아는 듯 그가 웃으며 말했다.

"아버지는 오늘 많이 늦으실 거야."

"아……."

지원이 고개를 끄덕였다. 그녀는 한 모금만 겨우 마신 차를 잊지 않고 위층으로 가지고 올라갔다. 드레스 룸에서 옷을 갈아입고 나온 하경이 그녀에게 다가가 물었다.

"오늘 가죽 공예 클래스 안 갔다며?"

"어? 어떻게 알았어?"

"처형한테 연락 왔었어."

"언니가?"

의아한 표정으로 지원이 되묻자 기다렸다는 듯 하경이 그녀에게 서류 봉투 하나를 내밀었다. 얼떨결에 서류 봉투를 받아 든 그녀가 봉투를 열어서 투명 파일에 담긴 서류를 꺼냈다.

"이게 뭐야?"

"너 불안해하지 말라고 받아 온 거야."

허리에 손을 얹은 그가 읽어 보라는 듯 턱짓을 했다. 슥슥 종이를 넘기는 그녀의 표정이 시시각각 변해 갔다.

그가 건넨 것은 윤지원이 받았던 검사 결과지와 같은 서류였다. 검사 결과에 따르면, 손하경도 정상. 심지어 그는 무척 건강했다.

"형부 있는 병원에서 검사받지 말았어야 했어. 비밀 보장이 전혀 안 되잖아."

투덜거리면서도 지원은 내심 안도했다. 하긴, 우리 동네 정력대장의 건강이 비정상일 리가 없었다.

지원은 전부 정상 범위에 있는 그의 검사 결과지를 몇 번이고 들여다본 후에 깊은 한숨을 내뱉었다. 둘 다 문제가 없는데 1년째 임신과 거리가 먼 생활만 해 왔다. 대체 이유가 뭘까? 정말 엄마 말대로 임신이 잘 안 되는 체질이란 게 있는 걸까?

"집에 혼자 있으니까 더 부정적인 생각만 드는 거야. 이틀 정도 휴가 낼 테니까 어디 바람이나 쐬러 다녀오자."

하경이 가볍게 제안했다. 집밖을 나가는 게 귀찮기는 하지만 지원은 고개를 무겁게 끄덕였다. 사실, 기분 전환이 무척 필요했다.

* * *

하경이 바쁜 터라 해외로 멀리 갈 수는 없어서 그들은 제주행 비행기에 올랐다. 언니가 극도로 혐오하는 GG호텔 제주 지사장이 흔쾌히 스위트룸을 내준 덕분이었다.

"임준서가 이럴 땐 쓸모가 있네."

프런트 데스크에서 지원과 하경은 오랜만에 준서를 만났다. 결혼식 때 이후로 본 적이 없었다. 그럴 만한 것이 임준서는 손하경의 결혼식이 끝남과 동시에 다시 제주로 끌려가고 말았다.

"오랜만이에요."

그래도 제법 임원인 척 준서는 점잔을 빼고 있었다. 겉으로 보면 이 사람이 개망나니로 유명한 그 임준서라고는 믿기지 않을 것이다. 지원이 고개를 숙여 인사했다.

"안녕하세요."

지랄 맞은 윤지수와 다르게 윤지원은 얌전해 보였다. 그녀에게 호감이 있는 준서가 살갑게 말을 붙였다.

"저희 호텔 처음이죠? 손하경은 자주 왔었지만."

"아…… 저 사실 한 번 와 봤던 거 같아요."

"같아요?"

모호한 대답에 준서가 지원의 말꼬리를 잡았다. 지원이 어색하게 웃으면서 설명을 덧붙였다.

"아뇨, 오긴 왔었는데 그때 기억이 조금 흐려서요."

노숙자, 혹은 부랑자와 비슷한 생활을 했던 윤지원은 그즈음의 기억이 흐릿했다. 뭘 하면서 돌아다녔는지 기억이 잘 나지 않았다. 어딜 묵었는지도 생각이 잘 나지 않는데 그나마 이 호텔에서 신용 카드 한도 초과를 겪었던 기억만큼은 남아 있었다.

"그렇구나. 어렸을 때 와 봤어요?"

"아뇨, 3년 전쯤?"

지원의 대답에 준서가 눈을 동그랗게 떴다. 하경도 처음 듣는 소리에 지원을 돌아보았다. 하경보다 준서가 먼저 입을 열었다.

"어? 그때 나 유배당했을 땐데. 언제요?"

"여름이었어요. 제가 그때 며칠 동안 제주도에 있었거든요. 여기 저기 호텔은 옮겨 다녔지만요."

"아, 그러시……."

거기까지 말한 준서가 대뜸 말을 멈추고 눈을 가늘게 뜬 채 지원을 쳐다보았다. 결혼식장에서 처음 봤을 때, 어디서 본 적이 있다 싶었다. 그때는 그저 윤지수의 동생이라 착각했나 보다 여겼지만 왠지 그뿐만이 아닌 듯했다. 여자 얼굴에 예민한 임준서는 스쳐 가며 만난 여자도 기억하는 대단하고 쓸모없는 두뇌를 갖고 있었다.

'절대 말 못 하지!'

그러니까 임준서는 윤지원을 어디서 보았는지 알아챈 것이었다. 그가 슬그머니 하경의 눈치를 살폈다. 손하경은 제 아내라면 끔찍한 놈이었다. 그런 친구의 앞에서 예전에 윤지원에게 작업을 걸었다가 퇴짜 맞았다는 말을 할 수 있을 리가 없었다.

"저, 저희 호텔 꽤 괜찮으니까 마음에 드실 겁니다."

준서는 호텔 임원으로서 친구 부부를 대하기 시작했다. 그러거나 말거나 손하경은 친구를 돌쇠 취급했다.

"잡담은 그만하고 짐 풀게 캐리어 좀 올려 줘."

"나 참, 이래 보여도 나 전무라고."

"네, 전무님. 짐 좀 올려 줘."

역시 손하경은 지지 않았다. 임원이랍시고 준서는 호텔 직원에게 자연스럽게 지시를 내렸고, 지원은 하경의 손에 이끌려서 객실로 올라갔다.

메리엔 리조트와 다르게 GG호텔 스위트룸은 널찍하지는 않지만 아늑한 편이었다. 지원은 깔끔하게 정리된 침대 위에 앉아서 시트를 손으로 쓱 쓸며 중얼거렸다.

"제주도에서는 별로 좋은 기억이 없어."

"왜?"

"제주도에 가출한 적이 있었거든. 플로리다로 갔을 때처럼."

준서와 대화를 나누다가 묻어 두었던 기억이 떠올라 지원을 우울해졌다. 기분 전환을 하러 온 건데 기분만 잡치고 돌아가게 생겼다. 코끝을 찡그린 그녀를 보며 하경이 피식 웃었다.

"무슨 일로 가출까지 했어? 결혼하라고 해서?"

"그건 아니고……."

그제야 지원은 말을 꺼낸 것을 후회했다. 남편에게 옛 남자에 대해 말하려니 무척 껄끄러웠다. 그녀가 뜸을 들일수록 그는 그녀의 말에 흥미를 갖는 듯했다. 어쩔 수 없이 그녀는 털어놓기로 마음먹었다.

"오빠, 듣고 화내면 안 돼."

"뭔데 그래? 알았어."

그가 가볍게 대답했다. 3초 뒤 그는 이 대답을 후회하게 되었지만.

"그때 만나던 사람하고 엄마가 억지로 헤어지게 만들었거든."

지원의 말이 끝나기도 전에 하경의 얼굴이 굳어졌다. 억지로 헤어졌다는 말이 가슴에 걸렸다. 원치 않은 이별을 자신 또한 겪어 보았기에, 그는 이별한 연인들이 갖는 애틋한 감정을 잘 알고 있었다. 가슴 깊은 곳에서 질투심이 차오를 때였다. 그녀가 얼굴을 파삭 구기고 말을 이었다.

"엄마가 민철 선배한테 3천만 원을 주고 떨어지라고 했대. 근데 그 새끼가 3천 받고 진짜 떨어진 거야. 어이가 없어서…… 그래도 난 좀 잘해 보려고 했는데 미친놈이 나보고 뭐라고 했는 줄 알아?"

지원이 씩씩거리면서 욕을 섞어 말하자 하경의 질투심이 단번에 사그라졌다. 그가 고개를 젓자 그녀가 분통이 터진다는 투로 말했다.

"윤지원이 3천만 원에 졌다는 거야. 말이 돼? 오빠 내가 3천만 원도 안 되는 것 같아?"

그럴 리가 없었다. 윤지원을 붙잡기 위해서 전 재산도 다 쏟아부을 생각까지 했던 손하경이었다. 이번에도 대답 대신 그가 고개만 설레설레 젓자 그녀가 침대를 주먹으로 쾅 내리쳤다.

"아, 다시 생각하니 빡치네. 그래서 제주도 완전 싫어. 박민철 개새끼."

전에도 들어 본 말이었다. 박민철 개새끼. 술에 취한 지원이 한탄하듯 뱉었던 말이었다. 연인의 과거에 질투하는 건 못난 놈들이나 하는 짓이라고 생각했는데 가슴속에 묵직하게 차오르는 감정은 질투와 닮아 있었다. 질투는 사랑의 또 다른 면이라더니, 그녀를 사랑하는 이상 어쩔 수는 없나 보다.

제주도 해변은 플로리다와 다른 듯 닮아 있었다. 모래사장을 자박자박 걸으면서 지원은 하경의 손을 놓지 않았다. 그가 그녀의 눈치를 살피다가 어렵게 입을 열었다.

"우리 결혼한 지 겨우 1년짼데 왜 벌써 아이가 갖고 싶은 거야?"

"언니가 자꾸 혜윤이 자랑하잖아."

조심스레 물어본 것치고 그녀는 가벼운 대답만 주었다. 조카 혜윤의 포동포동한 얼굴을 떠올린 그는 허탈해졌다. 뭔가 특별한 사연이 있는 줄 알았는데 그저 언니가 부러워서라니, 생각지 못한 대답이라 그가 당황해서 되물었다.

"……그거 때문에?"

"그것도 그렇고……."

지원이 잠시 말을 멈추었다. 말 대신 그녀는 먼저 한숨을 내쉬었다. 그녀는 마른 모래를 내려다보면서 천천히 이어 말했다.

"우리 엄마랑 언니 둘 다 임신이 진짜 어렵게 되었대. 나도 그러면 어떡하나 불안해서 빨리 아이가 생겼으면 했어."

그녀의 안색이 한층 어두워졌다. 처음에는 크게 신경 쓰지 않았다. 신혼을 즐기고 싶으니 임신은 조금 미뤄져도 괜찮겠지 싶었다. 그런데 결혼한 지 반년쯤 지나자 마음속 깊은 곳에 숨겨 두었던 불안이 싹을 틔웠다.

"언니도 임신 스트레스 때문에 되게 많이 울었거든. 언니가 우는 거 그때 처음 봐서 좀 충격이었어."

그제야 하경은 지원의 마음을 이해할 수 있었다. 그의 걱정스러운 눈빛에 그녀가 히죽 웃어 보였다. 언제나 밝아 보이는 그녀는 지금처럼 문득문득 아득한 모습을 보이곤 했다. 그가 그녀의 손을 꼭 잡아 주었다.

"둘 다 건강하니까 괜찮겠지?"

"당연하지. 불안해할 것도 없어."

그가 힘주어 말하자 그녀의 마음이 든든해졌다. 이 남자는 지금처럼 그녀의 걱정과 불안을 손쉽게 해결해 주곤 했다. 기분이 한결 나아진 그녀가 그의 팔에 기댈 즈음이었다. 그가 뜬금없는 말을 했다.

"그럼 이제 그만 호텔로 들어가자."

"응? 저녁은?"

"룸서비스 시키거나 임준서 부리면 돼."

지원의 미간이 좁아졌다. 이왕 멀리까지 여행 온 김에 맛있는 음식도 먹고 경치도 구경할 생각이었다. 그런데 대뜸 호텔행이라니? 겨우 이틀밖에 시간을 못 낸 주제에! 그녀가 불만스럽게 물었다.

"왜, 왜 서두르는 건데?"

"아이 가지려면, 아이가 생길 일을 해야지."

이 남자는…… 담담한 표정으로 음흉한 소리를 태연하게 한다. 황당한 투로 그녀가 흘겨보았으나 그는 어깨만 으쓱거릴 뿐이었다. 기가 막혀서 헛웃음이 절로 튀어나왔다. 그녀가 그의 단단한 팔을 찰싹 때리며 타박했다.

"진짜 변태라니까?"

입술을 삐죽이면서도 지원은 싫지 않은 듯 하경의 팔짱을 끼고 걸음을 돌렸다. 따지자면 그의 말은 틀린 것도 아니었다. 별을 따려면 일단 하늘부터 봐야 하는 법이었으니까. 평소와 다르지 않은 밤이 그들을 기다리고 있었다.

하지만 이때의 윤지원은 몰랐다. 한 달쯤 뒤에, 시아버지가 호랑이 두 마리와 춤을 추는 기이한 꿈을 꾸었다는 말을 심각한 표정으로 하리라고는 꿈에도 상상하지 못했다. 앞으로 시끄러운 호랑이들 때문에 집안 조용할 날이 없으리라는 것도.

후담

손하경은 근심 걱정에 가득 찬 장모와 마주 앉아 있었다.

"조심해야 해. 무슨 말인지 알지?"

그가 굳은 표정으로 고개를 끄덕였다. 아내의 임신 소식에 기뻐했던 것도 잠시, 장모의 당부가 그의 가슴에 서늘하게 닿았다.

"나나 큰애나 워낙 힘들었어서, 우리 지원이는 안 그랬으면 좋겠는데."

민화의 걱정은 오로지 막내딸의 건강뿐이었다. 임신이 어려울까 봐 걱정했는데, 의외로 막내딸은 결혼 후 1년여 만에 좋은 소식을 보내왔다.

문제는 민화 본인이나, 장녀인 지수의 경험이었다. 이상하게 둘 다 임신이 잘 되지 않았고 아이가 생기더라도 절대 안정이 필요했기에, 민화는 벌써부터 막내딸을 걱정하는 중이었다.

지원은 현재, 형부가 근무하는 병원의 특실에 누워 있었다. 임신 사실을 알게 된 지 고작 하루가 지났을 뿐이라 아직 실감은 나지 않았다.

"엄마는 갔어?"

"집에 다녀오신대."

입원 준비를 위해 민화는 잠깐 집으로 돌아갔다. 대신 지원의 곁에는, 회사에서 단숨에 날아온 남편이 자리해 주었다. 침대에 누워서 주사액이 똑똑 떨어지는 링거를 보다가 그녀가 한숨을 내쉬었다.

"오빠, 나 조금 무서워."

"왜?"

"……잃어버릴까 봐."

현실이 될까 두려워서 그녀는 일부러 '아이'라는 단어를 입에 올리지 않았다.

예전에 지원은 언니가 임신으로 전전긍긍하던 모습을 보고 충격을 받았었다. 그때는 언니의 마음을 온전히 이해하지 못했었는데, 이제야 조금은 알 것도 같았다. 엄마나 언니의 불안이 옮겨 온 듯 그녀 역시 초조해졌다.

그때, 하경의 손이 지원의 이마를 덮었다. 따뜻한 기운 덕분에 초조하던 마음이 살짝 가라앉았다.

"괜찮을 거야. 나쁜 생각은 하지 마."

일어나지 않은 일에 불안해할 필요는 없었다. 그의 손길이 든 든해서 그녀는 기분 좋게 눈을 감았다.

병원에서는 특별한 이상이 없다는 진단이 내려졌다. 다만 의 사는 유전적인 이유로 자궁이 약할 수 있기 때문에 일단은 지켜 보고 있는 편이 낫겠다고 판단했다. 못해도 임신 초기 3개월가 량은 병원에 입원해 있으라는 조언이 있었다.

'지겹겠다.'

그래도 위험한 것보다는 지루한 편이 나았다. 지원은 자신의 머리를 쓸어 주고 있는 하경을 흘긋 곁눈질했다. 오늘, 바쁜 평 일임에도 불구하고 그는 반차를 내서 계속 그녀의 곁에 있어 주 었다.

"안 돌아가도 돼?"

"괜찮아, 오늘은."

"그래도……."

그녀가 흘긋, 그의 눈치를 살폈다. 회사에서 손하경은 중요한 위치에 올라 있었다. 경영권 승계를 위한 작업이 차근차근 진행 중이기에 더더욱 조심스러울 시기였다. 도움은 주지 못할망정 그에게 책잡힐만한 일을 만들어 주고 싶지 않았다.

"내가 윤지원을 위해서 아버지랑 회사도 버리려던 사람이야."

하지만 하경은 빙그레 웃으며 그녀를 안심시키려 노력했다.

거짓말은 아니었다. 그때의 절박한 심정은 손하경의 인생 전 체에 영향을 미쳤다. 한 걸음 물러나서 관조하던 성격은 변했고 소중한 사람을 잃지 않기 위해 그는 현재에 최선을 다했다. 그에게 있어서는 지금 아내의 곁에 있어 주는 일이 가장 중요했다. 그러나 그녀는 여전히 걱정스러운 시선을 보냈다.

"진짜 괜찮은 거지?"

확인하듯 되묻는 그녀에게 그가 얼굴을 가까이 들이밀었다. 코끝이 닿았다. 입술이 살짝 간지러울 정도로 부딪칠 즈음, 그가 나직하게 대꾸했다.

"왜? 내 말 못 믿어?"

"아니, 믿어."

그녀가 그에게 이마를 맞대고 쿡쿡거릴 때였다. 똑똑, 누군가가 출입문을 두드렸다. 엄마라면 그냥 열고 들어올 텐데, 싶어서 의아해하던 지원은 들어오는 사람을 보고 화들짝 놀랐다.

"앗! 아버님."

급작스러운 시아버지의 방문에 지원의 얼굴이 굳어졌다. 침대에서 일어서려는 며느리를 보고 주환이 고개를 저었다.

"누워 있어."

하경이 그녀에게서 떨어져 나와 아버지를 의아하게 바라보았다. 어머니의 죽음 이후로, 아버지는 병원이라면 지긋지긋해 했다. 병원에 대해 좋은 기억이라고는 하나도 없는 아버지가 웬일인가 싶었다.

아들의 눈빛에 담긴 의미를 읽고 주환이 헛기침을 했다.

비서로부터 지원의 사정을 전해 들은 주환은 걱정을 이기지 못하고 결국 병원까지 행차했다. 바쁜 일정 중에 굳이 시간을 내어 병원을 찾은 이유는 걱정뿐만이 아니라 일주일 전에 꾼 또렷한 꿈 탓도 있었다.

"내가 말이야…… 실은 일주일 전에 꿈을 꿨어."

"꿈이요? 꿈?"

의자를 끌어와 침대 옆에 앉은 주환이 진지한 표정을 지었다. 한편 황당한 말에 하경이 미간을 좁혔다. 아버지답지 않게 꿈 이야기를 꺼내고 있어서였다.

"새끼 호랑이 둘이 내 주변에서 빙빙 돌면서 춤추던 그런 꿈인데. 네 엄마도 오랜만에 내 꿈에 나와서 흐뭇하게 웃어 주고 말이야."

아버지가 세상을 먼저 떠난 어머니 이야기를 서글프게 하는 터라, 하경은 더 이상 아무런 대꾸도 할 수 없었다. 지원은 남편과 시아버지를 번갈아 보았다. 두 사람 사이에 감도는 묵직한 슬픔은 시간이 지날수록 옅어지겠지만, 아직은 아닌 모양이었다.

"여하튼 그렇다. 인상 깊은 꿈이라 잊히지도 않고 그랬는데, 왜 그런가 했더니 이게 태몽인 것 같아."

주환이 한숨을 길게 내쉬고 말을 이었다. 세상을 떠난 시어머니와 새끼 호랑이 둘이 나오는 꿈. 시어머니는 시아버지의 그리움일 테고, 그렇다면…….

"호랑이…… 두 마리요?"

지원이 중얼거리다가 아직은 밋밋한 배를 내려다보았다.

둘이라고?

오늘도 하경은 이른 시간부터 병원에 들렀다. 아직 잠에서 다 깨지도 못한 지원이 눈가를 비볐다. 가물가물한 눈으로 시간을 살피니 일곱 시 정도 되어 있었다.

"미안해, 오빠. 왜 이렇게 졸린 건지 모르겠어."

지원은 그가 시간을 내서 기껏 찾아왔는데 잠에 취한 모습만 보여 주려니 미안할 뿐이었다.

하지만 매일 아침 반복되는 병원 방문은 손하경의 이기적인 마음과도 맞닿아 있었다. 그는 눈으로 직접 그녀의 건강한 모습을 확인하고 싶었고, 또 하나. 윤지원이 어디론가 사라져 버릴까 봐 두려워하는 마음도 없지는 않았다.

"먹고 싶은 거 생기면 그때그때 바로 전화해."

"응? 알았어."

졸린 가운데에서도 히죽 웃어 보인 그녀가 다시금 시계를 확인했다. 일곱 시가 살짝 넘어 있었다.

"오빠, 출근해야지."

출근해야 할 시간에 병원에 붙어 있으니 염려가 되는 모양이었다. 그녀가 신경 쓰지 않게끔 그는 얌전히 아내의 말을 듣기로 했다.

"조심하고."

귀에 딱지가 앉을 만큼 조심하라는 소리를 들었지만, 그녀는 그 소리가 지겹지 않았다. 자신을 걱정해 주는 말이니 싫증이 날 리가 없었다. 그녀가 환하게 미소를 지었다.

"걱정 마. 이래 보여도 조신하다고."

이는 사실이었다. 가출을 감행하던 때와 달리, 결혼 후 지원은 이불 밖은 위험하다는 이유로 침대에 콕 박혀 있었다.

그녀의 뺨에 키스를 해 준 하경은 떨어지지 않는 걸음으로 병실을 나갔다. 문이 닫히기 무섭게 지원은 다시 잠들어 버렸다. 잠이 쏟아져서 참을 수가 없었다.

시간이 흘러 의례적인 교수 회진이 끝나고 지원이 무의미하게 시간을 낭비하고 있을 즈음이었다. 오늘도 어김없이 엄마와 언니가 병실에 들어왔다. 엄마도 남편처럼 병원 문지방이 닳도록 들락날락했고, 언니는 바쁜 와중에도 시간을 내어 가끔 얼굴을 비춰 주었다.

"몸은 어때?"

지원은 3일 만에 와서 상태를 또 묻는 언니가 왠지 우스웠다. 그녀가 양쪽 팔을 번갈아 들어 보이고는 씩씩하게 대답했다.

"난 괜찮은 것 같은데 언제까지 병원에 있어야 하는 거야?"

예쁜 얼굴을 갸웃거리는 동생을 보고 지수가 한숨을 뱉었다. 역시 단순한 윤지원다웠다. 생각이 많은 자신과 다르게 동생은 특별히 스트레스받을 일이 없었다.

지수는 세상 걱정 없는 지원을 물끄러미 바라보았다. 하긴, 만약 지수 자신이 동생이었다면 그녀는 버티지 못했을 것이다. 일단, 시아버지와 함께 산다는 것만으로도 예민한 윤지수는 스트레스를 받다 못해 폭발했을 테니 말이다.

그러나 지원은 시아버지와도 적당히 잘 지내는 듯했다. 정말 괜찮은 거냐고 몇 번이고 물어봤으나 지원은 손주환 사장을 끔찍하게 어려워하지는 않았다. 가끔은 며느리 주제에 시아버지를 동정하기까지 했다.

"어머님이 살아 계셨으면 좋았을 텐데. 정말 불쌍한 것 같아, 아버님."

…… 같은 소리까지 할 정도로.

세상만사 태평한 동생을 가만히 바라보던 지수가 입을 열었다.

"나 봐 준 선생님이 너 전담한다고 그랬어."

"오, 정말?"

지원의 눈이 동그래졌다. 지수의 담당 의사는 당시, 지수가 위험하다 싶을 적에 적절한 처방을 내려서 무사히 조카를 태어나게 해 준 일등공신이었다. 믿음이 가지 않을 리 없었다. 다리를 겹쳐 꼰 지수가 덤덤히 말을 계속했다.

"초기부터 조심해야 해. 먹고 싶은 거 있어?"

"글쎄…… 지금은 됐어. 먹고 싶은 거 생기면 오빠가 사다 준대."

지원이 휴대폰을 들어 보였다. 애정이 넘쳐흐르는 신혼이니 그 정도는 당연한 일이었다. 눈코 뜰 새 없이 바빠도 아내가 먹고 싶은 것쯤은 기꺼이 사다 바쳐야지. 얄미운 제부를 떠올린 지수가 막 고개를 끄덕일 찰나였다.

민화가 인상을 찌푸렸다.

"애, 큰일하는 사람한테 그런 것까지 부탁하면 어떡하니? 엄마한테 말해."

"잉? 그런가?"

지원이 큰 눈을 깜빡거렸다. 듣자 하니 엄마 말에도 일리는 있었다. 하경은 현재 무척 바쁜 시기였다. 아침마다 병원을 찾아오고, 퇴근길에도 병원에 들르는 것만으로도 그의 일정에는 벅찰 터였다.

그래도 입덧할 땐 남편이 음식 공수로 고생하는 거 아니었나? 뭐, 윤지원에게 아직 입덧은 오지 않았지만. 머리로는 그가 바쁜 걸 이해하는데도 마음은 그의 관심을 계속 받고 싶어서 지원이 갈팡질팡할 때였다. 웬일인지 언니가 지원의 편을 들어 주었다.

"내버려 둬요. 열 달 동안 남자들이 하는 게 뭐야? 밥이라도 가져다 바쳐야지."

지수의 똑 부러지는 말에 민화의 입이 웬일로 꾹 다물렸다. 구태여 반박하지 않는 걸 보면 엄마도 비슷한 마음인 듯했다. 사위가 딸을 귀하게 여겨 주기를 바라는 것 말이다.

지원은 민화의 눈치를 살피다가 조심스럽게 말을 돌렸다.

"엄마, 아버님이 태몽을 꾸신 것 같대."

"어떤 태몽인데?"

다행히 엄마는 태몽에 관심을 가져 주었다. 미신이나 미스터리를 믿지 않는 지수도 예상외로 관심을 보였다. 이내, 검지와 중지를 편 지원이 말했다.

"새끼 호랑이 둘이 나왔다고 그러셨어."

"호랑이면 아들 꿈인데. 아니, 그보다…… 둘? 쌍둥이인가?"

"진짜 쌍둥이면 좋겠다. 그렇지?"

한 번에 아이가 둘이 나오면 적막한 저택도 금세 시끄러워질 것이다. 지원이 기대 가득한 눈빛으로 제 배를 내려다볼 참이었다. 이성적이고 과학적인 윤지수가 가방에서 큼직한 보온 도시락통을 꺼냈다.

"그런 거에 현혹되지 말고. 윤지원, 이거 먹어. 엄마가 죽 쑤어 왔어."

지수가 꺼낸 음식은 민화가 병원에 오기 전 새벽같이 일어나 몸에 좋다는 재료를 넣어 만든 죽이었다. 엄마의 사랑이 듬뿍 느껴지기는 하는데…….

"나 죽 별로 안 좋아하는데."

플로리다의 강렬한 햇빛 아래에서도 뛰어다닐 만큼 타고난 건강 체질이었던 윤지원은 아플 일이 없어서 죽과 친하지 않았다. 지원이 입술을 삐죽이자 지수가 혀를 쯧쯧, 찼다.

"소화 잘 되고 영양가도 많으니까 다 먹어."

윤지원은 역시나 언니의 말을 거스르지 못했다. 아침 식사를 대신해서 지원은 간이 덜 된 죽을 한 숟가락 입에 넣었다.

점심에 약속이 있다며 엄마와 언니가 돌아가고 나자 지원은 지루해 죽을 지경이었다. 곧 점심시간이라 지원은 맛없는 병원 밥을 먹느냐, 아니면 썩 내키지 않는 죽을 마저 다 먹느냐 두 가지 길에 놓여 있었다.

그때, 그녀의 머릿속에 하경의 말이 스쳐 지나갔다.

"먹고 싶은 거 생기면 그때그때 바로 전화해."

지원은 잠시 고민하다가 휴대폰을 집었다. 한참 동안 게임을 하느라 휴대폰은 뜨거워져 있었다. 하경에게 전화를 할까 하다, 그녀는 고개를 젓고 먼저 메시지부터 보냈다. 지금 그가 무슨 중요한 일을 하고 있을지 모르니까.

[나 빅맥이 먹고 싶은데?]

그가 메시지를 읽자마자 바로 전화가 걸려 왔다. 그녀가 히죽 웃으면서 스피커폰을 켰다. 휴대폰이 너무 뜨거워서 얼굴에 대고 싶지 않았다.

―빅맥? 햄버거 먹어도 돼?

"오빠. 빅맥은 균형 잡힌 음식이야. 적당량의 채소와 소고기, 빵에 치즈까지 완벽하다고."

지원의 진지한 대꾸에 하경은 말이 없었다. 먹고 싶은 게 생기면 뭐든 말하라더니, 햄버거라고 무시하는 건가? 괜스레 불안해진 지원이 감정에 호소했다.

"병원 밥이 맛없어서 그래. 엄마가 죽도 해다 줬는데 너무 밍밍했어."

─알았어. 조금만 기다려.

"응!"

결국 손하경이 또 지고 말았다. 지원은 키득거리면서 통화를 종료하고, 휴대폰 게임 마지막 스테이지에 집중하기 시작했다. 돈이 얼마가 들든 꼭 깨고 만다는 집념으로 그녀가 액정을 노려보았다.

게다가 슬프게도 지금은 게임 말고 할 일이 없었다.

"으…… 할 수 있다, 윤지원……."

집중하느라 시간이 얼마가 흘렀는지도 모른 채 그녀는 마침내 마지막 스테이지를 깨고 만세를 불렀다.

"만세! 깼다!"

만세를 부름과 동시에 병실 문이 벌컥 열렸다. 양손을 들고 있던 지원이 어중간하게 손을 내리고 출입문 쪽으로 고개를 돌렸다. 이 추태를 본 방문객은 다행스럽게도 남편뿐이었다.

"뭐…… 해?"

"오빠!"

지원은 하경을 보고 활짝 웃었다. 그의 손에는 기다리던 봉투가 들려 있었다. 일정이 꽉꽉 들어차 있는 그의 사정상, 음식 정도는 비서를 통해 보낼 줄 알았는데 의외였다.

"직접 와도 돼?"

"점심시간이잖아."

아직 한 시가 되지 않기는 했지만 점심시간이 얼마 남지 않은 시간이었다.

"오빠, 점심 먹었어?"

"지금 먹어야지."

씩 웃은 그가 포장지를 벗긴 햄버거를 먼저 그녀에게 내밀었다. 아마 저 종이봉투 안에는 느끼하기 짝이 없는 쿼터파운더치즈버거도 들어 있을 것이다.

냉큼 햄버거를 받아 든 지원은 시야 끝에 걸린 보온 도시락통을 못 본 척했다. 죄책감이 조금 들었으나 엄마의 정성은 이따가 출출하다 싶을 때 먹도록 하고, 지금은 일단 햄버거부터 먹어야겠다.

아쉽지만 윤지원에게는 감자와 탄산음료를 제외하고 햄버거만 허락되었다. 그래도 병원 밥이나 우적우적 먹었던 윤지원에게는 천상의 맛이었다.

"너무 심심해."

"심심해 보이더라. 너 벌써 이 게임 최고 레벨이잖아."

하경이 테이블 구석에 놓인 그녀의 휴대폰을 들었다. 게임 화면이 켜져 있었다. 아직도 뜨끈한 열기가 가시지 않은 게, 방금 전까지 게임을 하고 있었음이 틀림없었다. 만세를 부르던 것도 마지막 스테이지를 끝냈기 때문이겠지.

지원이 민망한 듯 웃음으로 얼버무렸다. 물론 게임만 하고 있지는 않았다. 임신에 대한 정보를 찾아보기도 했고, 어제는 엄마들 커뮤니티에 신입 회원으로 가입도 했다.

"오빠, 아버님 꿈 말이야."

햄버거를 입에 문 하경이 고개만 끄덕였다. 계속 말하라는 몸짓에 그녀가 재잘거렸다.

"진짜 쌍둥이일까?"

"언제 확인할 수 있지?"

"다음 주쯤이라던데."

새끼 호랑이 두 마리가 나왔다는 꿈이 마음에 걸려서 지원은 의사에게 언제쯤 쌍둥이인지 확인이 되느냐 물었었다. 그러나 아직 확인이 되지 않는 시기라 내심 실망했다.

지원은 시아버지인 손주환 사장의 쓸쓸한 낯빛을 기억하고 있었다. 크기만 한 저택에는 사람 소리가 들리지 않았다. 시아버지가 손주를 기대하는 이유를 공감하는 터라, 지원은 이왕 이렇게 된 거 두 배면 더 좋을 텐데, 싶었다. 일석이조로 말이다.

하지만 하경은 그다지 신경을 쓰지 않는 투로 대답했다.

"지금은 그냥 흘려들어. 괜히 기대하지 말고."

"기대하는 거 어떻게 알았어?"

그거야 윤지원의 눈빛만 봐도 다 알 수 있는 거였다. 특히 손하경에겐. 그가 대답 대신 미소만 지었다. 입가만 살짝 끌어올린 남편의 미소는 언제 봐도 심장이 떨렸지만, 그녀는 아무렇지 않은 척 휴대폰 화면으로 시선을 떨구었다.

게임도 다 끝냈고, 이제 병원에서 뭘 하지?

"오빠. 오빠가 엄마한테 말 좀 해 주면 안 돼? 나 퇴원해도 될 것 같은데."

건강 체질 윤지원은 몸에 이상이 없었다. 담당 의사도 잘 지켜보기만 하면 괜찮을 거라고 지원을 안심시켰고 지원 역시 건강에 자신했다.

"안 돼."

그렇지만 하경은 웬일로 단호했다. 그럼, 도대체 얼마나 병원에 더 있어야 하는 거람? 지원이 입술을 삐죽거렸다.

남자 둘만 덩그러니 남은 집은 전처럼 썰렁했다. 아들의 결혼 전에는 그럭저럭 넘겼을 정적이 쉽게 넘어가질 않아서 주환은 한숨을 속으로 삼켰다. 사람 하나가 빠졌다는 이유만으로 이렇게 쓸쓸해진다는 걸 또 겪으려니 입맛이 없었다. 결국 주환은 숟가락을 내려놓았다.

"그래도 난 자리가 허전하구나."

무뚝뚝한 성격 때문에 겉으로 표를 내지 않아서 그렇지, 주환은 귀여운 며느리를 예뻐했다. 윤지원은 활달한 강아지 같은 구석이 있었다. 며느리의 태평한 얼굴을 보면 근심 걱정이 덜어지기도 했다.

시아버지인 자신도 그럴 정도인데, 남편인 아들은 오죽할까? 그러니 하경이 아침 일찍 병원에 들렀다 출근하고, 퇴근하면서 병원에 들렀다 오는 것이다. 그나마 오늘은 일찍 돌아온 셈이었다. 저녁을 같이 먹고 있으니 말이다.

하경이 아무 대답을 하지 않자 정적은 더욱 심하게 느껴졌다. 주환이 물을 한 모금 마시고 은근슬쩍 제안을 했다.

"아예 임신 기간 동안 집안에 상주하는 닥터를 구하는 건 어떠냐?"

"편하신 대로 하세요."

아들의 동의가 떨어지자마자 주환의 얼굴이 밝아졌다. 이는 내심 머릿속으로 생각하고 있던 계획이었다.

"김 박사한테 한 번 물어보기는 해야겠다. 산부인과 전문의면 되겠지."

마침 지원도 특실에 혼자 있는 상황을 지겨워하는 중이었다. 주치의는 지원의 상태가 그렇게까지 걱정할 상태는 아니라고 진단을 내렸고, 집에 돌아온다고 해서 나쁠 건 없을 듯했다. 아버지의 '명령'은 지원이 집에 돌아오는 명목으로도 충분했다.

"많이 적적하세요?"

"네가 아들놈치고는 애교가 있긴 한데, 그래도 새아기만은 못하니까."

주환이 진심을 내비치자 하경이 소리 없이 웃었다. 어머니가 있을 적에는 이 집이 이렇게 큰지 몰랐다. 지금도 마찬가지였다. 윤지원이 있을 때는 이 집이 크게 느껴지지 않았다. 아버지도 같은 기분인가 보다.

"지원이는 아직 아버지 많이 어려워하고 있는데, 신기하네요."

어려워하고 있던가? 주환이 고개를 갸우뚱거렸다. 시아버지니까 친정아버지 대하듯 대할 수는 없기는 하겠지, 싶었다.

"그렇게 마음에 드세요? 아들보다 더 낫다고 생각할 정도로?"

하경이 농담 삼아 물었다. 사실, 회사에 도는 소문을 생각하면 무의미한 질문이었다.

집에 있기 눈치 보인다는 이유로 나가기 시작한 가죽 공예 클래스에서 그녀는 직접 만든 명함 지갑을 남편과 시아버지에게 선물했다. 존재 자체만으로 신분 증명이 충분한 손주환 사장이 명함 지갑 같은 걸 들고 다닐 필요가 없음에도, 주환은 명함 지갑을 꼬박꼬박 들고 다녔다. 그뿐만이 아니라 친한 이사와 비서들에게 자랑까지 해서 손주환 사장이 며느리를 아낀다는 소문이 회사 내에 돌고 있었다.

등받이에 몸을 편히 기댄 주환이 잠시 뜸을 들이다가 대답했다.

"네 엄마 같은 면이 있어."

"그래요? 어디가?"

"엉뚱한 게."

"……아, 네."

하경은 차마 부정할 수가 없었다.

"귀엽잖아?"

"그렇죠."

주환은 고개를 끄덕이는 아들을 보고 피식 웃었다. 아들 역시 며느리의 빈자리에 속을 태우고 있으면서 아닌 척하는 모습이 귀여웠다.

어쨌거나 빈자리가 빨리 다시 메워졌으면 좋겠다고, 두 남자는 말없이 같은 생각을 했다. 어쩌면 병원에 있는 윤지원 역시 같은 생각을 하고 있을지도 모르겠다.

그리고 이 집안이 시끄러워질 날은 머지않았다.

*　　　*　　　*

외출했다 들어올 적에 초인종은 필수적이었다. 이는 메리엔 여사가 만들어 둔 규칙이었다. 이 저택에서 깨지지 않는 불문율에 지원도 굳이 초인종을 눌러야만 했다.

그러나 웬일로 대문을 열어 준 사람은 살림을 돕는 가정부가 아니라 아들인 은범이었다.

"엄마 왔다!"

지원을 보자마자 찰싹 달라붙은 은범이 집 안쪽에 대고 소리를 꽥 질렀다. 귀가 얼얼할 만큼 큰 목소리였다. 이내, 쌍둥이인 은호가 후다닥 달려 나왔다.

"집에서 뛰지 말랬지?"

아무 생각 없이 단순하게 살던 윤지원은 아이들을 키우면서 잔소리 대마왕이 되고 말았다. 그럴 수밖에 없었다. 올해 여덟 살인 은호와 은범은 꼬리에 불이 붙은 망아지처럼 집안을 휘젓고 다녔으니 말이다.

지원의 허리에 매달린 은범이 조잘거렸다.

"엄마, 손은호가 물구나무서다가 머리 찧었대."

"뭐?"

황당한 소식에 지원이 경악했다. 걸음을 멈춘 지원은 눈치껏 도망치려던 은호의 목덜미를 잡아 질질 끌어당겼다.

"어디 봐 봐."

정말로 은호는 이마 한쪽이 붉어져 있었다. 매일 사고를 치는 아이들다웠다.

"어우, 엄마 진짜 속상해. 이게 뭐야?"

지원이 눈살을 찌푸렸다. 그나마 다행인 건 혹이 나거나 크게 상처가 나지는 않았다는 점이었다. 연고를 바를 필요도 없었다.

그 후 지원의 눈길을 잡아끈 건 은호와 은범의 옷이었다.

"아니, 너희들 왜 이렇게 지저분해?"

아이들 옷에는 웬 나뭇잎 조각이 붙어 있었다. 군데군데 흙이 묻어 있는 게 아무래도 정원에서 무슨 짓을 한 것 같은데…… 잔디밭에서 또 굴렀나? 축구를 한다고 뛰어다닌 건가? 여러 가지 기억을 떠올리며 지원이 이맛살을 찌푸릴 때였다.

둘 중에 그나마 착실한 은호가 솔직하게 고백했다.

"아까 정원에서 나무 탔어."

"뭐라고?"

잘못 들은 줄 알고 되물은 지원은 자신을 물끄러미 올려다보는 두 쌍의 눈에 허탈하게 한숨을 내쉬었다. 한숨이 아니라 기가 막힌 헛숨에 가까웠다. 엄마의 분노 게이지가 머리끝까지 차고 있는 것도 모르고, 은범이 자랑스럽게 손바닥을 들어 보여 주었다.

"손바닥 다 까졌어."

윤지원은 기가 막혔다. 오래된 저택답게 널찍한 정원에는 고목이 많았다. 건물 뒤편으로는 수풀이 우거졌다는 표현이 딱 알맞을 만도 했다. 대체로 나무는 관상용이었지, 타고 노는 놀이기구가 아니라는 게 문제지만.

제 잘못도 모르고 히죽거리는 두 아들놈들을 보고 지원이 꽥 소리를 쳤다.

"그게 얼마나 위험한데?"

엄마의 호통에 화들짝 놀란 아이들이 어깨를 들썩이며 뒤로 한 걸음 물러났다. 그러나 지원은 쉽게 넘어가지 않았다. 추락이라도 했다가 크게 다쳤으면 어떡하나, 상상만으로도 암담해진 탓이었다. 앞으로 또 이런 일이 벌어지지 않게끔 제대로 혼을 내 줘야 할 듯했다.

"그러다 나무에서 떨어졌으면 어떡할 뻔했어? 왜 그렇게 말을 안 듣니? 응?"

"잘, 잘못했어요……."

아이들이 황급히 사과를 하며 고개를 숙였다. 그때 다행스럽게도 구원자가 나타났다. 1층, 서재에서 주환이 느긋하게 걸어

나왔다.

"왜 이렇게 시끄럽냐?"

서재는 방음이 철저했지만 주환은 일부러 문틈을 살짝 만들어 두곤 했다. 손자들의 웃음소리가 듣기 좋다는 이유에서였다. 그 덕에 주환은 아이들이 혼나는 장면도 지켜보고, 손자들의 방패막이가 되어 주기도 했다.

"아버님, 벌써 오셨어요?"

"할아버지!"

지원의 얼굴에 낭패가 스쳐 지나갔다. 주환은 손자들에게 무척 물렀고, 영악한 아이들은 무조건 제 편이 되어 줄 할아버지의 뒤로 숨었다.

"엄마가 화내요."

쌍둥이가 주환의 양 옆으로 찰싹 달라붙어서 속살거렸다. 지원이 이마를 짚고 망나니 같은 아들을 쏘아볼 참이었다.

"너희들이 잘못한 거잖아. 정원 나무들은 이 할아버지가 아끼는 거니까 앞으로는 타지 마라."

평소와 다르게 할아버지가 한마디 거들자, 아이들이 도로 고개를 숙였다. 지원은 목구멍까지 치민 한숨을 겨우 삼켰다. 주환이 손자들에게서 시선을 떼고 며느리를 바라보았다.

"어멈도 너무 뭐라고 하지 마라. 애들이니까 그렇게 노는 거지."

"아버님이 자꾸 감싸 주시니까 은호랑 은범이가 말을 안 듣는 거예요. 혼 좀 더 내주세요."

하지만 주환은 어린 손자들이 그저 사랑스럽기만 했다. 인자한 할아버지의 눈빛에 은호와 은범은 다시 기가 살아나기 시작했다. 이러다가 엄마를 우습게 볼 것 같아, 지원은 단호하게 쓴소리를 했다.

"너희들이 원숭이야? 나무를 타게?"

은호와 은범이 올망졸망한 눈으로 바라보는 바람에 지원은 더 이상 아이들에게 혼을 낼 수가 없었다. 지원이 한숨을 길게 내쉬었다. 똑같이 생긴 쌍둥이들이 똑같이 시무룩한 표정을 짓고 있으니, 그 귀여운 광경에 마음도 약해지기 마련이었다.

하긴, 시아버지가 떡하니 버티고 있어서 아이들을 그 이상 나무랄 수도 없었다.

"얼른 둘 다 각자 방에 가서 씻어!"

"네에……."

쌍둥이는 힘없이 대답하고 후다닥 3층으로 올라갔다.

아이들이 목욕하는 동안, 속풀이를 다 하지 못한 지원은 옷을 갈아입고 나서 바로 언니에게 전화를 걸어 한탄했다.

"내가 못 살아! 남자애들은 원래 다 저래?"

─혜윤이는 얌전해서 모르겠네. 아니, 근데 너무 웃긴다. 나무를 타고 놀다니.

우아하게 딸 하나만 키우는 언니가 전화기 너머로 낄낄거렸다. 갑자기 지원은 힘이 빠졌다. 물론 자신도 언니처럼 우아하게 육아를 하고 싶지만, 어째 윤지원에게 있어서 육아는 전쟁과도 같았다.

"아버님도 애들 일이라면 다 오냐오냐 넘어가고, 나만 나쁜 사람 되는 기분이야."

─그래도 아빠 말은 잘 듣잖아.

"그것도 아빠가 일찍 들어와야 통하는 거고."

─하긴, 제부 바쁠 때지.

요즘, 지원은 하경의 얼굴 보기도 힘들었다. 툭하면 외국으로 출장을 나가질 않나, 아침부터 밤늦게까지 회사에 붙잡혀 있질 않나…… 사장이라면 중후한 가죽 의자에 앉아서 펜대나 빙글빙글 돌리고 칼퇴근을 할 줄 알았는데 개뿔, 손하경은 소처럼 일만 해야 했다.

─그래도 네가 이해해 줘. 워낙 바쁜 사람이잖아.

"이해해 줄 시간도 없다니까."

지원이 입술을 삐죽거렸다.

─나도 알음알음 듣는데, 미치지 않고는 그렇게 일 못 하겠더라. 보약이라도 해 먹이지그래?

"보약은 아니고 영양제는 잘 챙겨 먹이고 있어."

─네가 신경 좀 써 줘.

"그러고 있거든!"

언니의 잔소리에 지원이 투덜거렸다. 그러나 윤지수는 손하경의 편이었다.

그럴 만도 했다. 하경은 아버지의 회사를 은찬 내의 자회사로

홉수시키는 대신, 지수에게 독립적인 경영권을 보장해 주었다. 그 덕분에 지수는 하경에게 가진 사소한 악감정 등을 털어 버리고 든든한 지지자가 되어 주었다.

지원의 불평에 지수는 기꺼이 말을 돌려주었다.

―저번에 쇼핑 갔을 때 보니까 은호랑 은범이 키 많이 컸더라. 자기 아빠를 닮아서 그런가?

지원은 오늘 아침에 잠깐 봤던 남편을 떠올렸다. 확실히 키가 크기는 하지. 어깨도 넓고 몸도 근육으로 탄탄하고……

―윤지원! 내 말 듣고 있어?

"응? 어, 뭐…… 뭐라고?"

잠깐 남편 생각으로 다른 세상에 가 있던 지원이 정신을 차렸다. 하마터면 더럽게 침이나 흘릴 뻔했다.

꼭 윤지원의 머릿속을 들여다본 양 언니가 쯧쯧, 혀를 찼다.

―됐다. 나도 일해야 하니까 이만 끊어.

"으응."

―홍, 아직도 신혼이구만?

지수는 그 말을 끝으로 전화를 뚝 끊었다. 지원이 휴대폰 화면을 못마땅하게 내려다보았다.

언니와 남편의 사이가 돈독해져서 지원의 입장에서는 다행이긴 한데 한편으로는 남편 욕도 제대로 못 하게 되어서 조금은 아쉽기도 했다.

"어휴……"

한숨을 뱉으며 지원이 자리에서 일어났다. 아이들이 제대로 씻고 있는지 확인하기 위해서였다.

그리고 역시나.

"버블 공격!"

"눈 따가워!"

각자 방에 딸려 있는 욕실에서 씻으라고 했더니, 사이좋은 쌍둥이는 같은 욕실을 사용 중이었다. 은범이 은호의 얼굴에 욕조에서 몽글몽글 피어나는 거품을 뿌렸다. 은호가 눈가를 찡그리고는 우는 소리를 했다.

"하지 마아!"

"손은범!"

엄마의 호통에 은범이 움찔, 움직임을 멈추었다.

"엄마가 씻으라고 했지, 장난치라고 했어?"

힐끔힐끔 엄마 눈치를 보던 은범은 손에 묻은 거품을 재빨리 닦아 냈다. 지원은 눈에 거품이 들어갔다고 징징거리는 은호의 얼굴을 씻어 주고 나서 은범을 쳐다보았다. 눈치 빠르고 똑똑한 은범이 입을 열었다.

"미안해, 손은호."

"응……."

착한 은호는 금세 은범의 사과를 받아 주었다.

지원은 은호의 이마와 은범의 손바닥을 자세히 살펴보았다. 은호의 이마에는 붉은 기가 조금씩 사그라지고 있었지만, 은범의 손바닥은 까진 상처가 남아 있었다.

"은범이, 너 여기 안 아파?"

뒤늦게 제 손바닥의 상처를 깨달은 은범이 얼굴을 찌푸렸다. 지원은 그 상처에 자극이 가지 않도록 미지근한 물로 부드럽게 손바닥을 닦아 주었다.

아이들 목욕을 마치고 나자 지원은 녹초가 되었다. 잠시 3층 거실에 늘어져 있던 지원은 옷을 갈아입고 나온 은범을 보고 아차 싶었다.

"은범이 이리 와서 앉아 봐."

또 혼날까 봐 초조해진 표정으로 은범이 거실 테이블 앞에 앉았다. 그러나 지원은 은범을 나무라기 위해 부른 것이 아니었다.

"손바닥 봐 봐."

은범은 군말 없이 양쪽 손바닥을 쫙 펼쳐 내보였다. 작은 생채기들이 곳곳에 남아 있었다. 지원은 테이블 아래 있던 구급상자를 꺼냈다. 연고와 밴드만으로도 충분한 상처인데도 지원은 마음이 괜스레 아파 왔다. 위험한 짓 좀 하지 않았으면 좋겠는데.

"이젠 나무 타면 안 돼. 이렇게 상처 나잖아. 알았지?"

"응."

엄마가 꼼꼼하게 연고를 바르고 밴드를 붙이는 것까지 보고 나서 은범이 지원의 품에 파고들었다. 구급상자를 정리하려던 지원이 의아한 눈빛을 내비칠 때였다. 느닷없이 은범이 중얼거렸다.

"엄마, 사랑해."

"갑자기 왜 이럴까?"

그렇게 받아치면서도 지원은 괜히 뭉클해졌다. 말썽을 피우면 참 밉다가도 한 마디 예쁜 말에 녹아 버리는 게 엄마의 마음인가 보다. 이래서 아이들한테 져 주는 걸지도 모르겠다. 윤지원은 다시금 자신이 엄마가 되었음을 자각했다.

하지만 아이들의 싹싹한 태도는 잠깐이었다.

오랜만에 자정 전에 퇴근한 하경은 층간 소음에 미간을 찌푸렸다. 드레스 룸에서 나온 그는 믿을 수 없는 표정으로 위를 올려다보았다. 공동 주택도 아니고 단독 주택인데…….

"3층, 왜 이렇게 시끄러워?"

단독 주택에서 층간 소음에 시달리게 된 손하경 사장은 불만을 숨기지 않았다. 동시에 꿋꿋하게 인내하고 있던 윤지원 역시더 이상 참을 수가 없었다.

"자라니까 또 뛰어다니나!"

테이블 앞에 앉아 있던 지원이 벌떡 일어났다. 이 층간 소음은 새끼 호랑이 둘이 만든 것이 틀림없었다. 아이들은 제 스스로 몸을 가누고 기어 다니기 시작한 뒤로 온갖 말썽을 피우곤 했다.

게다가 하필이면 주로 뭔가를 파괴하는 쪽으로 말썽을 피우곤 했기에 그녀는 3층에서 무슨 일이 일어나고 있는지 상상도 하고 싶지 않았다.

"지금이 몇 신데 안 자?"

흘긋, 시간을 살핀 지원이 한숨을 뱉었다. 벌써 열한 시가 가까워지고 있었다. 아이들은 자야 할 시간인데 활기차게 뛰어다니고 있으니, 윤지원은 아들들 때문에 늙는 기분이었다.

"오빠가 가서 뭐라고 해 봐."

입술을 삐죽이면서 지원이 불평했다. 학교에 입학한 후로 은호와 은범은 지원의 말을 곧이곧대로 듣질 않았다. 새끼 호랑이를 잡는 데에는 역시 호랑이가 나서야 하는 법. 하경이 3층으로 향했다.

이쯤 되면 제대로 혼이 날 것이다. 그래도 아이들은 제 아빠라면 겁을 먹곤 하니까. 남편의 든든한 뒷모습을 가만히 보던 지원은 아이들이 생각보다 더 크게 혼이 날까 봐 또 걱정이 되어서 그의 뒤를 따랐다.

3층에 올라간 하경은 거실에 나와 있는 은호와 은범을 번갈아 보다 물었다.

"밤중에 뭐하고 있는 거야?"

마침, 통통거리며 굴러가던 축구공이 벽에 막혀 멈추었다. 아빠의 시선이 축구공에 박히기 무섭게 아이들의 안색이 싹 바랬다.

"축구가 하고 싶어져서⋯⋯ 요."

기세 좋게 대답하던 은호가 아빠의 시선에 말끝을 흐렸다. 제 잘못을 알고 있는 모양이었다.

3층 거실은 이미 난장판이었다. 카펫은 다 구겨져 있었고, 테이블 위에 놓여 있던 책들은 왕창 흐트러져 있었다.

기가 막힌 하경이 아무 말도 하지 않자 아이들을 슬금슬금 제 아빠의 눈치만 보았다. 약아 빠진 은범이 은호에게 책임을 전가했다.

"그거 봐, 내가 뛰지 말자고 했잖아."

은범이 은호의 옆구리를 쿡쿡 찔렀다. 호랑이 두 마리는 아빠 앞에서 꼬리를 말았다. 하경은 가만히 아이들을 지켜보다가 담담하게 말했다.

"축구는 날 밝을 때 바깥에서 해."

아이들은 동시에 네에, 하고 기어들어 가는 목소리로 대답했다. 더 이상 아이들을 나무라지 않고 하경이 돌아서자 뒤에서 지켜보고 있던 지원은 기가 막혔다.

"그, 그게 다야?"

"다?"

"눈물 좀 쏙 빠지게 혼나야 하는 거 아니야? 오빠 말은 잘 듣잖아."

2층으로 내려가는 하경을 뒤따르며 지원이 투덜거렸다. 벽에 서서 손들고 있으라고 벌이라도 주나 했는데, 싱겁게도 하경은 훈육을 거기까지만 하고 말았다. 단순하기 짝이 없는 아이들은 한 번 혼날 때 제대로 혼이 나야 하는 법인데!

"그게 잘 안 돼."

"왜?"

"애들 눈이 너랑 똑같이 생겨서."

미간을 좁힌 지원은 남편에게 황당하다는 시선만 보냈다. 하경은 아내의 못마땅한 눈빛에도 별로 개의치 않고 말을 이었다.

"너한테 뭐라고 하는 것 같거든."

"그게 무슨 상관이야? 도움이 안 돼, 도움이."

불평하는 그녀를 보고도 그는 씩 웃어 주었다.

하경에게 팔이 잡혀서 침실로 돌아온 지원은 지친 투로 침대에 털썩 주저앉았다. 오늘은 평소보다 바빴다. 이제 막 시작한 도서관 설립 프로젝트 때문이었다. 그런데 애들은 나무나 타고 물구나무나 섰다. 아, 축구도 하고.

"언니가 그러는데 혜윤이는 얌전하대."

"그래?"

"저번에 엄마랑 언니랑 쇼핑 갔을 때, 혜윤이 진짜 말도 잘 듣고 착하더라."

백화점에서 은호와 은범은 혈기를 주체하지 못하고 이리저리 뛰어다녀서 붙잡아 두느라 지원은 물론 백화점 직원들까지 진땀을 뺐었다. 그나마 프라이빗 룸이어서 다행이었다.

아이들이 워낙 산만해서 지원은 두 아들에게 혹여 무슨 문제가 있나 걱정하기도 했으나, 역시나 은호와 은범은 정상. 심지어 지능이 꽤 높은 편이라는 결과가 나왔다.

"딸이었어야 하나?"

지수의 손을 꼭 잡고 얌전하게 다니던 혜윤을 떠올리자 지원은 언니가 무척 부러워졌다.

하경은 대답이 없었다. 그녀의 말을 무시하는 건 결코 아니었다. 대신 스윽, 파자마 안쪽으로 나쁜 손이 파고들었다.

"뭐야, 이 손?"

"얌전한 딸 만드는 손."

그의 능글맞은 대답에 그녀의 눈이 가늘어졌다. 옷자락을 들치고 들어온 손은 그녀의 어깨를 부드럽게 매만졌다. 손길이 뜨겁다는 걸 깨달았을 적, 윤지원은 이미 침대에 누운 상태였다.

그러고 보니 남편을 이렇게 보는 것도 오랜만이다. 지원은 감상에 젖었다. 신혼 때는 매일 밤 서로를 바라보았는데, 일이 바빠지면서 둘이 함께하는 시간은 점차 줄어들었다. 최근, 하경은 아침 일찍 나가서 밤늦게 들어와 기절하곤 했다.

그녀가 그의 이마를 쓸어 주며 물었다.

"피곤하지 않아?"

"아니, 전혀."

그의 눈빛이 한층 가라앉았다.

하경은 사무실에 처박혀 있을 때보다 출장을 다니는 편이 차라리 나았다. 잠깐 눈을 붙이는 수면실에서 아내와 나누었던 뜨거운 시간을 떠올리면 종종 자신이 무엇 때문에 여기서 일이나 하고 있는 건지 허무해지는 탓이었다.

그의 입술이 그녀의 목에 가볍게 닿았다. 뜨거운 숨결에 그녀가 까르르 웃으며 어깨를 움츠렸다.

"간지러워!"

윤지원은 욕망에 늘 솔직했다. 이 상황에 군이 내일 출근을 걱정한다든가, 남편의 피로를 이해하는 쓸데없는 짓은 하지 않았다. 그녀가 그의 목에 양팔을 감고 손바닥으로 등을 쓸어 주었다. 역시 손하경의 탄탄한 몸매는 변하질 않았다.

그때, 눈치 없는 휴대폰이 진동했다. 그녀의 목과 턱, 쇄골 등에 키스를 하던 하경이 움찔했다. 진동이 계속 이어지지 않는 걸보니 전화 통화는 아닌 모양이었다.

"잠깐만."

눈가를 찡그린 그가 휴대폰을 들어 화면을 확인했다. 해외 지사에서 메일이 온 모양인데, 일은 업무 시간에나 확인하는 것이니 확인하지 않기로 하자.

휴대폰 설정을 전부 무음으로 바꾼 후 그가 시간을 다시금 보고 나서 입을 열었다.

"열한 시니까……."

"응?"

미간을 좁히고 있는 남편을 지원이 의아하게 올려다볼 참이었다. 협탁에 휴대폰을 뒤집어 두고 나서 그가 씩 웃었다.

"한 시까지만."

"두 시간이나?"

지원의 눈이 반짝였다. 손하경은 앞으로 두 시간 동안 연락두절 상태가 될 것이다. 그가 대답 대신 그녀를 품 안으로 끌어당겼다. 뒤집어 둔 휴대폰에 무슨 연락이 오든, 그는 멈출 생각이 없었다. 오랜만에 사랑하는 아내를 품에 안을 테니 말이다.

지원이 하경의 귓가에 소곤거렸다.

"오빠는 어째 체력이 떨어지질 않는 것 같아."

"아니야. 나도 요즘 힘이 부치는 게 느껴져."

그의 말이 진담인지 농담인지 모호하게 들렸다. 그녀는 그에게서 눈길을 떼지 않고 그의 팔을 느릿느릿 쓸었다. 탄탄하고 부드러운 피부! 지원은 손바닥에 닿는 익숙한 감촉에 몸이 절로 짜릿해졌다. 그녀의 얼굴이 조금씩 붉어질 즈음이었다. 그가 고개를 갸웃거렸다.

"나이를 먹는다는 게 이런 건가?"

"거짓말!"

근육으로 탄탄하게 덮인 몸을 보면, 손하경은 60살에도 에너자이저일 게 분명했다. 흐뭇한 상상으로 지원의 눈이 익살스럽게 일그러질 찰나였다.

"엄마!"

이럴 수가…….

방해는 연락만이 아니었다. 침실 출입문을 겁도 없이 벌컥 열고 들어온 은범이 지원을 찾았다. 아들의 방해에 깜짝 놀란 지원이 상체를 일으켜 앉았다.

그나마 출입문과 안쪽 침대까지의 거리가 상당해서, 지원은 민망한 기분을 숨길 수 있었다. 은범이 순진한 눈을 깜빡이며 말했다.

"은호가 테이블에 다리를 박았어."

"뭐? 왜?"

3층에서 아무 소리도 들리지 않아, 얌전히 자고 있는 줄 알았는데 또 그새 사고를 친 모양이었다. 윤지원은 한숨을 내쉬면서 눈을 질끈 감았다 뜨고 꽥 소리쳤다.

"지금 몇 신데 안 자!'

지원은 '이게 어떻게 온 기회인데!' 같은 소리는 하지 않았다. 그래도 윤지원은 아직 이성을 가지고 있었으니까. 평소보다 격렬한 엄마의 호통에 은범이 목을 움찔 움츠렸다. 다행스럽게도 아빠가 나서 주었다.

"있어. 내가 재우고 올게."

"쟤네⋯⋯ 진짜 잘까?"

낮에 나무까지 타고 놀던 주제에 잠이 안 오는지 아이들은 밤 늦은 시간까지 부모를 괴롭혔다. 혈기 왕성한 두 호랑이들을 재우기란 쉽지 않을 터였다.

하지만 지원의 눈빛에 하경은 말없이 미소만 지어 주었다. 복잡한 마음을 숨기고 하경이 자리에서 일어나자 은범이 엄마와 아빠를 번갈아 보았다.

"은범이, 올라가서 은호 데리고 내려와."

"네⋯⋯."

아빠에게는 순종적인 새끼 호랑이는 후다닥 침실을 나갔다.

나른하게 기지개를 켠 하경은 불안하게 자신을 바라보는 아내를 보고 말했다.

"아버지한테 맡길 거야."

그는 아들들이 진심으로 성가신 모양이었다. 오늘 새끼 호랑이 둘은 사랑이 가득한 할아버지의 품에서 자게 될 듯했다.

"오빠, 빨리 와."

지원은 애교 섞인 유혹도 잊지 않았다. 하경이 한쪽 눈을 찡그리더니 그녀의 입술에 가볍게 키스를 하고 침실을 나섰다. 인내심이 뚝뚝 떨어져 가는 그의 뒷모습을 보자 하니, 아이들이 말을 듣지 않으면 이번에는 크게 혼이 날 게 분명했다.

'말 잘 들어야 할 텐데.'

뭐 아빠 말이라면 잘 듣는 쌍둥이니까 어련히 알아서 할 것이다. 침대 헤드에 기댄 그녀는 잠깐 아이들 걱정을 했다가 곧 기대 섞인 눈빛으로 출입문 쪽을 응시했다.

뜨거운 밤은 이제 시작이었다.

〈완결〉